*LES ANNALES DU DISQUE-MONDE*

# MORTIMER

DU MÊME AUTEUR
*CHEZ POCKET*

*LES ANNALES DU DISQUE-MONDE*

La huitième couleur
Le huitième sortilège
La huitième fille

SCIENCE-FICTION

*Collection dirigée par Jacques Goimard*

Terry Pratchett

*LES ANNALES DU DISQUE-MONDE*

# MORTIMER

POCKET

Traduit de l'anglais
par Patrick Couton

Si vous souhaitez recevoir régulièrement
notre zine « **Rendez-vous ailleurs** », écrivez-nous à :

« Rendez-vous ailleurs »
Service promo Pocket
12, avenue d'Italie
75627 PARIS Cedex 13

PRESSECO
PAPIER RECYCLÉ
NATURE PROTÉGÉE



1re publication : Victor Gollancz Ltd, Londres


ISBN 2-266-08068-7

*Pour Rhianna*

Voici la salle brillamment éclairée aux bougies où l'on entrepose les compte-vies : des étagères et des étagères de sabliers trapus, un par personne vivante, qui transvasent leur sable fin du futur dans le passé. Les sifflements conjugués des cascades de grains de sable emplissent la salle d'un rugissement marin.

Voici le propriétaire qui la traverse d'un pas raide, l'air préoccupé. Il a pour nom la Mort.

Mais pas n'importe quelle Mort. Il s'agit de Celle dont la sphère d'opérations englobe, eh bien, non pas une sphère, justement, mais le Disque-monde, lequel est plat et se déplace à dos de quatre éléphants géants – eux-mêmes juchés sur la carapace de la gigantesque tortue stellaire la Grande A'Tuin –, bordé d'une chute d'eau qui se déverse éternellement dans l'espace.

Les savants ont calculé que les chances d'exister d'un phénomène aussi manifestement absurde sont de une sur un million.

Mais les magiciens, eux, ont calculé que les chances uniques sur un million se réalisent neuf fois sur dix.

De sa démarche cliquetante, la Mort arpente le carrelage noir et blanc sur ses phalanges d'orteils et marmonne sous son capuchon, tandis que ses doigts squelettiques comptent les rangées de sabliers en activité.

Finalement, il [1] en trouve un qui paraît le satisfaire, il le soulève délicatement de l'étagère et le porte jusqu'à la

1. Une fois pour toutes, la Mort est de sexe masculin (NdT).

bougie la plus proche. Il le tient de manière que la lumière s'y reflète et il contemple le petit point brillant.

Le regard fixe des orbites scintillantes enveloppe la tortue du monde qui rame dans les grands fonds de l'espace, la carapace balafrée par les comètes et grêlée par les météores. Un jour, même la Grande A'Tuin mourra, la Mort le sait ; voilà qui serait un vrai défi à relever.

Mais son regard se porte plus loin, plonge vers la magnificence bleu-vert du Disque lui-même qui tourne lentement sous son minuscule soleil en orbite.

Puis il s'infléchit, là-bas, vers la grande chaîne montagneuse dite du Bélier. Les montagnes du Bélier abondent en vallées profondes, en à-pics brutaux et en reliefs divers à ne savoir qu'en faire. Elles connaissent leur propre climat : pluies battantes, vents cinglants et orages permanents. D'aucuns racontent que c'est parce qu'elles abritent l'antique magie sauvage. Remarquez, d'aucuns racontent n'importe quoi.

La Mort bat de ses paupières absentes, règle sa profondeur de champ. Puis il distingue la région herbeuse sur les pentes de la montagne orientées dans le sens direct.

Puis il distingue un certain flanc de colline.

Puis il distingue un champ.

Puis il distingue un jeune garçon qui court.

Puis il regarde.

Puis, d'une voix comme des blocs de plomb lâchés sur du granite, il laisse tomber : « OUI. »

Indubitablement, il y avait quelque chose de magique dans le sol de cette zone vallonnée, accidentée, qu'on connaissait – à cause de l'étrange coloration que prenait la flore locale – sous le nom de pays de l'herbe octarine. Par exemple, c'était l'une des rares régions du Disque à produire des variétés de plantes rétroannuelles.

Les plantes rétroannuelles sont celles qui poussent à rebrousse-temps. Vous les semez cette année et elles poussent l'année dernière.

La famille de Morty était spécialisée dans la distillation du vin de raisin rétroannuel. Un vin très capiteux et très en demande auprès des diseurs de bonne aventure, puisqu'il permettait évidemment de voir dans l'avenir.

Le seul inconvénient, c'est qu'on avait la gueule de bois la *veille* au matin, et qu'il fallait boire en quantité pour s'en remettre.

Les cultivateurs rétroannuels étaient d'ordinaire des hommes costauds, sérieux, portés sur l'introspection et l'étude vigilante du calendrier. Un fermier qui néglige de semer des graines ordinaires ne perd qu'une récolte, alors que le distrait qui oublie de semer celles d'une récolte déjà faite douze mois plus tôt risque, lui, de flanquer la pagaïe dans tout le tissu de causalité, sans parler de la vive honte dont il se couvre.

Une vive honte qu'éprouvaient également les parents de Morty : leur cadet n'était pas du tout sérieux et montrait à peu près autant de dispositions pour l'horticulture qu'une étoile de mer morte. Non pas qu'il refusât d'aider, mais il apportait le genre d'aide brouillonne et enthousiaste que les hommes sérieux apprennent vite à redouter. Une aide vaguement infectieuse, sinon fatale. Grand, roux, taché de son, le jeune homme avait ce type de carcasse qui semble ne répondre que partiellement aux ordres de son propriétaire ; on l'aurait dit formé uniquement de genoux.

Ce jour-là, la carcasse en question parcourait les champs en trombe, en moulinant des bras et en s'égosillant.

Le père et l'oncle de Morty, au désespoir, l'observaient depuis le muret de pierre.

« Ce que j'comprends pas, dit le père Lezek, c'est que les oiseaux s'envolent même pas. Je m'envolerais, moi, si j'voyais ça me foncer dessus.

– Ah. Le corps humain, c'est formidable. J'veux dire, ses jambes s'baladent dans tous les sens. Mais il avance vite quand même. »

Morty arriva au bout d'un sillon. Un pigeon ramier suralimenté tangua tranquillement hors de sa trajectoire.

« Il manque pas de cœur, remarque, fit lentement Lezek.

– Ah, dame, c'est le reste qu'il a pas.

– Il salit guère à la maison. Mange pas beaucoup non plus, dit Lezek.

– Non, j'vois ça. »

Lezek regarda du coin de l'œil son frère qui contemplait fixement le ciel. « J'ai entendu dire que t'avais une place à proposer à ta ferme, Hamesh, fit-il.

– Ah. J'ai pris un apprenti, t'savais pas ?
– Ah, dit sombrement Lezek. Ça date de quand ?
– D'hier, mentit son frère avec la rapidité du serpent à sonnette. Tout est réglé, signé. Je r'grette. Ecoute, j'ai rien contre le p'tit Morty, tu comprends. c'est un bon gamin comme on aime à en voir, seulement...
– Je sais, je sais, fit Lezek. Il arriverait pas à trouver son cul avec ses deux mains. »
Ils considérèrent la silhouette au loin. Elle était tombée. Des pigeons s'étaient approchés en se dandinant pour l'examiner.
« L'est pas bête, remarque, fit Hamesh. Non, on peut pas appeler ça bête.
– Dame, c'est qu'y a un cerveau là-dedans, reconnut Lezek. Des fois, il s'met à réfléchir si dur qu'il faut y cogner sur le crâne pour qu'il fasse attention à nous. Sa mémé y a appris à lire, tu vois. M'est avis que sa tête a surchauffé. »
Morty s'était relevé pour se prendre les pieds dans sa robe.
« Tu devrais le mettre à un métier, dit Hamesh après réflexion. Prêtre, p't-être bien. Ou mage. Ça lit beaucoup, les mages. »
Ils échangèrent un regard. Par leurs deux têtes passa furtivement une vague idée de ce dont Morty serait capable s'il mettait ses mains bien intentionnées sur un livre de magie.
« Oui, bon, se hâta de dire Hamesh. Autre chose, alors. Ça doit pas manquer, les métiers qu'il pourrait apprendre.
– Il commence à trop réfléchir, voilà le hic, dit Lezek. Regarde-le, tiens. Pour faire peur aux oiseaux, on réfléchit pas, on le fait. Un garçon normal, j'entends. »
Hamesh se gratta le menton d'un air songeur.
« Ça pourrait devenir le hic de quelqu'un d'autre », dit-il.
L'expression de Lezek resta la même, mais un subtil changement s'opéra autour des yeux.
« Comment ça, donc ? fit-il.
– Dans huit jours, y a la foire à l'embauche de Montmouton. Tu le mets en apprentissage, tu vois, et ça sera son nouveau maître qu'aura la tâche de lui enfoncer un métier dans le crâne. C'est la loi. On y est obligé quand on prend un apprenti. »

Lezek regarda à l'autre bout du champ son fils qui examinait un caillou.

« J'voudrais pas qu'y arrive quelque chose, remarque, hésita-t-il. On l'aime quand même, sa mère et moi. On s'habitue au monde.

– Ça serait pour son bien, tu sais. On en ferait un homme.

– Ah. Bon. C'est vrai qu'y a d'quoi faire », soupira Lezek.

Morty s'intéressait au caillou. Dedans, il y avait des coquilles en spirale, reliques des premiers temps du monde où le Créateur avait conçu des êtres de pierre, allez savoir pourquoi.

Morty s'intéressait à des tas de choses. Pourquoi nos dents du haut s'adaptent si bien à celles du bas, par exemple. Il avait longuement réfléchi là-dessus. Puis il s'était penché sur le mystère du soleil qui se montre dans la journée, au lieu de la nuit quand on a le plus besoin de sa lumière. Il connaissait l'explication classique, qui d'une certaine façon ne le satisfaisait pas.

En bref, Morty appartenait à cette race d'individus plus dangereux qu'un sac d'aspics. Il tenait résolument à découvrir la logique cachée de l'univers.

Ce qui allait être difficile parce que, de logique, il n'y en avait pas. Le Créateur avait eu des tas d'idées excellentes lorsqu'il avait bâti le monde, mais le rendre compréhensible n'avait pas fait partie du lot.

Les héros tragiques gémissent toujours quand les dieux se soucient de leur sort, mais c'est aux gens que les dieux ignorent qu'il arrive les plus sales coups.

Son père lui criait dessus, comme d'habitude. Morty jeta le caillou en direction d'un pigeon presque trop repu pour tituber hors de portée, puis il revint d'un pas de flâneur à travers champ.

Voilà pourquoi, à la Veille des Porchers, Morty et son père descendirent à pied de leurs montagnes pour se rendre à Montmouton, les rares biens du jeune homme rassemblés dans un balluchon accroché au dos d'un âne. La ville ne s'étendait guère au-delà des quatre côtés d'une place pavée, bordée de boutiques qui assuraient tous les services nécessaires à la communauté agricole.

Au bout de cinq minutes, Morty ressortit de chez le couturier accoutré d'un ample vêtement brun à la fonction indéterminée, qu'un précédent propriétaire n'avait naturellement pas réclamé, et qui lui laissait toute latitude pour se développer, à supposer qu'il se développe en un éléphant à dix-neuf pattes.

Son père le considéra d'un œil critique.

« Très joli, fit-il, pour le prix.

– Ça m'démange, dit Morty. J'crois que j'suis pas tout seul dedans.

– Y a des milliers de jeunes gens dans le monde qui seraient très contents d'avoir un... – Lezek marqua un temps et renonça –... vêtement bien chaud comme ça, mon gars.

– J'pourrais le partager avec eux ? demanda Morty, l'espoir dans la voix.

– Faut avoir l'air élégant, dit Lezek d'un ton sévère. Faire impression, qu'on te remarque dans la foule. »

Pas de doute là-dessus. On le remarquerait. Ils se mêlèrent à la cohue qui encombrait la place, tout à leurs pensées. D'ordinaire, Morty aimait visiter la ville à l'atmosphère cosmopolite et aux étranges dialectes de villages parfois distants de dix, voire quinze kilomètres, mais ce coup-ci il éprouvait une appréhension désagréable, comme s'il se souvenait de quelque chose qui ne s'était pas encore produit.

Apparemment, la foire fonctionnait de la façon suivante : les hommes qui cherchaient de l'ouvrage se tenaient au milieu de la place en rangs désordonnés. Nombre d'entre eux arboraient de petits symboles sur leurs chapeaux pour signifier à tous leur spécialité : les bergers portaient des brins de laine, les charretiers une poignée de crins de cheval, les décorateurs d'intérieur un intéressant morceau de tapisserie en toile de jute, et ainsi de suite.

Les jeunes gens en quête d'apprentissage étaient rassemblés du côté Moyeu de la foire.

« Tu te mets là-bas, quelqu'un vient et te propose une place d'apprenti, dit Lezek, l'ombre d'un doute dans la voix. Si tu leur plais, s'entend.

– Comment j'vais leur plaire ? voulut savoir Morty.

– Eh ben... » fit Lezek qui marqua un temps. Hamesh n'avait rien expliqué là-dessus. Il puisa dans ses faibles connaissances de la place du marché, qui se réduisaient à la vente du bétail, et hasarda : « J'imagine qu'on te compte les dents et tout ça. On vérifie que tu siffles pas quand tu respires et que t'as de bons pieds. Si j'étais toi, j'raconterais pas que j'sais lire, les gens, ça leur fait peur.

– Pis après ? fit Morty.

– Après, tu t'en vas apprendre un métier, répondit Lezek.

– Quoi, comme métier ?

– Ben... Charpentier, ça, c'est un bon métier, se risqua Lezek. Ou voleur. Faut bien que quelqu'un le fasse. »

Morty se regarda les pieds. C'était un fils obéissant, quand il se surveillait, et si l'on attendait de lui qu'il soit apprenti, alors il avait la ferme intention d'en devenir un bon. Mais charpentier, ça ne l'emballait guère : le bois avait un caractère réfractaire et tendance à se fendre. Et les voleurs officiels étaient rares dans les montagnes du Bélier, où l'on n'avait pas assez de sous pour se les payer.

« Bon, finit-il par dire. J'vais essayer. Mais il se passera quoi, si on me prend pas ? »

Lezek se gratta la tête.

« J'sais pas, dit-il. M'est avis qu'il faut attendre jusqu'à la fin de la foire. A minuit. J'pense. »

Déjà, minuit approchait.

Une légère gelée craquante commençait à enduire les pavés. Dans la tour d'horloge ornementale qui surplombait la place, deux petits automates délicatement ouvragés sortirent en ronronnant par des trappes du cadran et sonnèrent les trois quarts d'heure.

Minuit moins le quart. Morty frissonna, mais les feux cramoisis de la honte et de l'obstination s'embrasèrent en lui, plus ardents que les pentes de l'Enfer. Il se souffla sur les doigts pour se donner une contenance, puis leva la tête et contempla le ciel glacé, essayant d'éviter les regards insistants des quelques attardés qui traînaient dans ce qui restait de la foire.

La plupart des marchands de plein air avaient remballé puis étaient partis. Même le vendeur de pâtés chauds en croûte avait cessé de crier ses produits et il en mangeait un, sans souci des risques qu'il faisait courir à sa santé.

Le dernier des autres aspirants apprentis avait pris le large des heures plus tôt. Un jeune homme qui louchait, avait le dos rond, la goutte au nez, et que l'unique mendiant patenté de Montmouton avait déclaré idéal. Le garçon de l'autre côté de Morty était parti pour fabriquer des jouets. Un à un, ils s'en étaient tous allés : maçons, maréchaux-ferrants, assassins, merciers, tonneliers, aigrefins et laboureurs. Dans quelques minutes, ce serait la nouvelle année et une centaine de garçons pleins d'espoir allaient se lancer dans des carrières, dans les nouvelles vies d'utilité publique qui s'offraient à eux.

Morty se demandait tristement pourquoi personne ne l'avait pris. Il s'était efforcé d'avoir l'air respectable et avait regardé tous les maîtres potentiels droit dans les yeux afin de les pénétrer de son excellente nature et de ses qualités éminemment estimables. Ce qui n'avait pas eu l'air de produire l'effet escompté.

« Ça te dit, un pâté en croûte ? demanda son père.

– Non.

– Il les vend pas cher.

– Non. Merci.

– Oh. »

Lezek hésita.

« J'pourrais demander au marchand s'il a envie d'un apprenti, dit-il avec obligeance. C'est du solide, ça, la restauration.

– J'crois pas qu'il en a envie, dit Morty.

– Non, probable que non, fit Lezek. Ils travaillent plutôt seuls, ces gens-là, m'est avis. De toute façon, il est parti maintenant. Attends, j'vais t'en garder un bout du mien.

– J'ai vraiment pas très faim, papa.

– Y a presque pas de nerfs.

– Non. Mais merci quand même.

– Oh. » Lezek s'affaissa légèrement. Il dansa un peu sur place pour ramener un semblant de vie dans ses pieds et siffla quelques mesures sans suite entre ses dents. Il sentait qu'il devait dire quelque chose, donner des conseils, remarquer que la vie avait ses hauts et ses bas, passer le bras autour de l'épaule de son fils et lui parler longuement des problèmes de l'âge adulte, bref, lui montrer que dans ce vieux et drôle de monde on ne devrait jamais, métaphoriquement parlant, faire le fier au point de repousser l'offre d'un pâté chaud en croûte parfaitement délicieux.

Ils étaient seuls désormais. La gelée, la dernière de l'année, assurait sa prise sur les pierres.

Tout là-haut, dans la tour au-dessus d'eux, une roue dentée cliqueta, déclencha un levier, libéra un rochet et laissa choir un lourd poids de plomb. Il se produisit un épouvantable sifflement métallique et les trappes du cadran s'ouvrirent en coulissant pour céder le passage aux bonshommes mécaniques. Ils balancèrent par saccades leurs marteaux, comme affligés d'une arthrite robotique, et entreprirent de sonner l'avènement de la journée nouvelle.

« Eh ben, voilà », fit Lezek d'un ton encourageant. Ils allaient devoir trouver un coin où dormir ; ils n'allaient tout de même pas marcher dans les montagnes en pleine nuit des Porchers. Peut-être y avait-il une écurie quelque part...

« Il est pas minuit tant que le dernier coup, il a pas sonné », dit vaguement Morty.

Lezek haussa les épaules. L'obstination acharnée de son fils avait eu raison de lui. « Bon, dit-il. On va attendre, alors. »

C'est à cet instant qu'ils entendirent le *clip-clop* de sabots, lesquels résonnaient plus fort sur la place glaciale que ne l'autorisait l'acoustique classique. En fait, le mot *clip-clop* rend incroyablement mal l'espèce de crépitement qui enveloppait la tête de Morty ; *clip-clop* évoque un petit poney plutôt guilleret, peut-être coiffé d'un chapeau de paille percé de trous pour les oreilles. Quelque chose dans ce bruit-ci faisait clairement comprendre que les chapeaux de paille n'étaient pas en option.

Le cheval pénétra sur la place par la route du Moyeu ; de la vapeur s'élevait en tourbillonnant de ses larges flancs blancs et moites et des étincelles jaillissaient des pavés sous ses pattes. Il trottait fièrement, comme un destrier. Aucun doute, il ne portait pas de chapeau de paille.

La haute silhouette qui le montait s'était emmitouflée contre le froid. Lorsque le cheval atteignit le centre de la place, le cavalier mit pied à terre, lentement, et tâtonna derrière la selle. Il – ou elle – ramena finalement une musette, l'accrocha par-dessus les oreilles de l'animal auquel il – ou elle – donna une tape amicale sur le cou.

L'air parut soudain épais, gras, et les ombres profondes autour de Morty se bordèrent d'arcs-en-ciel bleus et violets. Le cavalier s'avança à grands pas vers lui ; sa cape noire flottait dans son dos et ses pieds produisaient de légers cliquetis sur les pavés. Il n'y avait pas d'autres bruits, le silence écrasait la place comme de gros paquets d'ouate.

Une plaque de verglas vint gâcher l'effet impressionnant.

« OH, FAIT CHIER. »

Ce n'était pas exactement une voix. Les mots étaient bien là mais ils parvenaient dans la tête de Morty sans prendre la peine de lui passer par les oreilles.

Il se précipita pour aider la silhouette étalée à se relever et se retrouva tenir une main qui n'était que de l'os poli, lisse et jauni comme une vieille boule de billard. Le capuchon de la silhouette retomba en arrière, et un crâne nu tourna vers le jeune homme ses orbites vides.

Pas tout à fait vides, pourtant. Loin au fond, comme par des fenêtres donnant sur les gouffres de l'espace, il voyait deux toutes petites étoiles bleues.

Il vint à l'esprit de Morty qu'il aurait dû se sentir terrifié, aussi fut-il surpris de découvrir que non. C'était un squelette qui se tenait assis devant lui, qui se frottait les genoux et ronchonnait, mais un squelette *vivant*, curieusement intimidant mais, pour une étrange raison, pas très effrayant.

« MERCI, PETIT, fit le crâne. COMMENT TU T'APPELLES ?

– Euh... dit Morty, Mortimer... monsieur. On m'appelle Morty, des fois Mort.

– QUELLE COÏNCIDENCE, fit le crâne. AIDE-MOI À ME RELEVER, S'IL TE PLAÎT. »

La silhouette se redressa sur des jambes mal assurées et s'épousseta. Morty constatait à présent qu'un lourd ceinturon lui ceignait la taille, auquel pendait une épée à garde d'argent.

« J'espère que vous vous êtes pas fait mal, m'sieur », dit-il poliment.

Le crâne sourit. Evidemment, songea Morty, il n'a guère le choix. « PAS DE MAL, J'EN SUIS SÛR. » Le crâne regarda autour de lui et parut seulement remarquer Lezek, l'air gelé sur place. Morty se dit qu'une explication s'imposait.

« Mon père, dit-il en essayant de se déplacer en un geste protecteur devant la pièce à conviction numéro un sans froisser l'inconnu. Excusez-moi, m'sieur, mais vous êtes la Mort ?

– CORRECT. UN BON POINT POUR L'OBSERVATION, MON GARÇON. »

Morty déglutit.

« Mon père est un brave homme », dit-il. Il réfléchit un instant et ajouta : « Assez brave. J'aimerais autant que vous le laissiez tranquille, si ça vous ennuie pas. J'sais pas ce que vous y avez fait, mais j'voudrais que ça s'arrête. Sans vouloir vous offenser. »

La Mort recula d'un pas, le crâne penché.

« JE NOUS AI SEULEMENT MIS UN MOMENT HORS DU TEMPS, dit-il. IL NE VERRA ET N'ENTENDRA RIEN D'INQUIÉTANT POUR LUI. NON, PETIT, C'EST POUR TOI QUE JE SUIS VENU.

– Pour moi ?

– TU CHERCHES BIEN UN EMPLOI ? »

La lumière jaillit dans l'esprit de Morty. « Vous voulez Un *apprenti ?* » fit-il.

Les orbites se tournèrent vers lui, les têtes d'épingles actiniques flamboyèrent.

« EVIDEMMENT. »

La Mort agita une main osseuse. Il y eut une giclée de lumière violette, une espèce de *plop* visible, et Lezek se dégela. Au-dessus de sa tête les automates mécaniques repartirent dans leur égrenage des douze coups de minuit lorsqu'il fut permis au Temps de revenir mine de rien.

Lezek cligna des yeux.

« Pendant un moment, j'vous voyais plus, dit-il. Mille pardons... La tête ailleurs, sûrement.

– J'OFFRAIS À VOTRE FILS UNE SITUATION, dit la Mort. J'ESPÈRE QUE VOUS N'Y VOYEZ AUCUNE OBJECTION ?

– C'est quoi, votre métier, déjà ? demanda Lezek qui s'adressait à un squelette en robe noire sans manifester le moindre semblant de surprise.

– J'INTRODUIS LES ÂMES DANS L'AUTRE MONDE, dit la Mort.

– Ah, fit Lezek, bien sûr, excusez-moi, j'aurais dû deviner d'après votre costume. Un travail indispensable, très régulier. Vous exercez depuis longtemps ?

– DEPUIS UN CERTAIN TEMPS, OUI, dit la Mort.

– Bien. Bien. J'avais jamais vraiment pensé à ce métier-là pour mon fils, vous savez, mais c'est un bon travail, un bon travail, très sûr. C'est quoi, votre nom ?

– LA MORT.

– Papa... s'empressa le jeune garçon.

– J'crois pas connaître cette maison-là, dit Lezek. Où vous avez pignon, exactement ?

– DES PROFONDEURS INSONDABLES DE LA MER JUSQU'À DES ALTITUDES OÙ MÊME L'AIGLE NE SE RISQUE PAS, dit la Mort.

– C'est pas mal, approuva Lezek. Eh ben, je...

– Papa », fit le jeune garçon en lui tirant sur le manteau.

La Mort mit une main sur l'épaule du fils.

« TON PÈRE NE VOIT PAS ET N'ENTEND PAS LES MÊMES CHOSES QUE TOI, dit-il. TU CROIS QU'IL AIMERAIT ME VOIR... EN CHAIR ET EN OS, COMME QUI DIRAIT ?

– Mais vous êtes la Mort. Votre travail, c'est de tuer les gens !

– MOI ? TUER ? fit la Mort, visiblement offensé. CERTAINEMENT PAS. LES GENS *se font* TUER, MAIS ÇA, C'EST LEUR AFFAIRE. MOI, JE NE PRENDS LE RELAIS QU'À CE MOMENT-LÀ. APRÈS TOUT, CE SERAIT UN MONDE SACRÉMENT IMBÉCILE SI LES GENS SE FAISAIENT TUER SANS MOURIR, NON ?

– Ben... oui... » hésita le jeune garçon.

Il n'avait jamais entendu le mot « intrigué », qui n'apparaissait pas souvent dans le vocabulaire de la famille. Mais une étincelle dans son esprit lui dit qu'il vivait une expérience bizarre et fascinante et que s'il laissait passer ce moment, il le regretterait toute sa vie. Il repensait aussi aux humiliations de la journée, à la longue route du retour, à pied...

« Euh... commença-t-il, j'suis pas forcé de mourir, pour avoir la place, hein ?

– ÊTRE MORT N'EST PAS UNE OBLIGATION.

– Et... les os... ?

– OUBLIE-LES SI TU N'Y TIENS PAS. »

Morty respira à nouveau. Ça l'avait travaillé.

« Si l'père dit que c'est d'accord », fit-il.

Ils regardèrent Lezek qui se grattait la barbe.

« T'en penses quoi, toi, Morty ? demanda-t-il avec la lucidité fragile d'une victime de la fièvre. C'est pas l'idée qu'on se fait d'un métier. J'avais pas ça en tête, je r'connais. Mais on dit que croque-mort, c'est une profession honorable. C'est toi qui vois.

– Croque-mort ? » fit l'adolescent. Le squelette hocha la tête et se mit un doigt sur ses lèvres absentes dans un geste de connivence.

« C'est intéressant, dit lentement Morty. J'crois que j'aimerais essayer.

– Vous exercez où, vous avez dit ? demanda Lezek. C'est loin ?

– À UNE ÉPAISSEUR D'OMBRE, TOUT AU PLUS, dit la Mort. LÀ OÙ ÉTAIT LA PREMIÈRE CELLULE ORIGINELLE, J'ÉTAIS AUSSI. LÀ OÙ EST L'HOMME, JE SUIS. QUAND LA DERNIÈRE VIE SE TRAÎNERA SOUS LES ÉTOILES GLACÉES, J'Y SERAI.

– Ah, fit Lezek, vous vous déplacez pas mal, alors. » Il parut perplexe, comme s'il s'efforçait de se rappeler un détail important, puis visiblement il renonça.

La Mort lui tapota amicalement l'épaule et se tourna vers le fils. « TU AS DES AFFAIRES, PETIT ?

– Oui, répondit Morty qui se souvint alors : Seulement, j'crois que j'les ai laissées dans la boutique. Papa, on a laissé mon sac dans la boutique !

– Elle est fermée, dit Lezek. Les magasins, ils ouvrent pas le jour du Porcher. Va falloir que tu reviennes après-demain... enfin, demain maintenant.

– ÇA N'EST PAS BIEN GRAVE, dit la Mort. ON PART TOUT DE SUITE. JE NE VAIS SÛREMENT PAS TARDER À AVOIR DU TRAVAIL PAR ICI.

– J'espère que tu pourras passer nous voir bientôt », dit Lezek. Il donnait l'impression de lutter avec ses pensées.

« J'suis pas sûr que ce serait une bonne idée, fit Morty.

– Ben alors, au revoir, fiston, dit Lezek. Tu feras bien ce qu'on te dit, tu m'entends ? Et... excusez-moi, monsieur, vous avez un fils ? »

La Mort parut pris au dépourvu.

« NON, dit-il, JE N'AI PAS DE FILS.

– Je voudrais juste dire un dernier mot à mon garçon, si ça vous fait rien

– ALORS JE VAIS ALLER M'OCCUPER DE MON CHEVAL », dit la Mort avec plus de tact qu'à l'ordinaire.

Lezek passa le bras autour de l'épaule de son fils, non sans quelque difficulté vu la différence de taille, et l'entraîna doucement à travers la place.

« Morty, ton oncle Hamesh m'a parlé de ces histoires d'apprentissage, tu sais ? chuchota-t-il.

– Oui ?

– Eh ben, il m'a dit autre chose aussi, confia le vieil homme. Il a dit que c'est pas rare qu'un apprenti hérite de l'affaire de son maître. Qu'esse tu penses de ça, hein ?

– Ah. J'suis pas sûr, répondit Morty.

– Ça vaut le coup d'y réfléchir, dit Lezek.

– Justement, j'y réfléchis, père.

– Y a plus d'un jeune qu'a démarré comme ça, qu'il a dit, Hamesh. Il se rend utile, gagne la confiance de son maître, et, dame, pour un peu qu'y ait des filles dans la maison... Monsieur... euh... monsieur... il a parlé de filles ?

– Monsieur qui donc ? fit Morty.

– Monsieur... Ton nouveau maître.

– Oh. Lui. Non. Non, j'crois pas, dit lentement Morty. Je le crois pas du genre à se marier.

– Y a plus d'un jeune homme dévoué qui doit son avancement à ses épousailles, fit Lezek.

– Non ?

– Morty, j'ai pas l'impression que tu m'écoutes réellement.

– Quoi ? »

Lezek s'arrêta sur les pavés gelés et fit pivoter son fils face à lui.

« Va vraiment falloir faire un effort, dit-il. Tu comprends pas, mon gars ? Si tu veux arriver à quelque chose dans ce monde, faut *écouter*. C'est moi, ton père, qui te le dis. »

Morty baissa les yeux sur la figure de son père. Il voulait lui avouer des tas de choses : combien il l'aimait, combien il s'inquiétait ; il voulait lui demander ce qu'il avait cru voir et entendre. Il voulait dire qu'il avait l'impression d'être monté sur une taupinière et d'avoir découvert qu'il s'agissait en réalité d'un volcan. Il voulait demander ce que signifiait « épousailles ».

Ce qu'il dit en définitive, ce fut : « Oui. Merci. Je ferai mieux d'y aller. J'vais essayer de vous écrire une lettre.

– Y aura bien quelqu'un de passage qui pourra nous la lire, fit Lezek. Au revoir, Morty. » Il se moucha.

« Au revoir, papa. J'vais revenir vous voir », dit le jeune homme.

La Mort toussa discrètement, ce qui ressembla quand même au claquement d'une vieille poutre infestée de vrillettes.

« ON FERAIT MIEUX D'Y ALLER, dit-il. MONTE LÀ-DESSUS, MORTY. »

Tandis que le jeune homme grimpait comme il pouvait derrière la selle d'argent ouvragée, la Mort se pencha pour serrer la main de Lezek.

« MERCI, fit-il.

– C'est un bon petit, dans le fond, dit Lezek. Un peu rêveur, c'est tout. On a tous été jeunes, j'imagine. »

La Mort réfléchit un instant.

« NON, dit-il. JE NE CROIS PAS. »

Il rassembla les rênes et fit volter sa monture vers la route du Bord. De son perchoir derrière la silhouette en robe noire, Morty agita désespérément la main.

Son père lui rendit son salut. Puis, lorsque le cheval et ses deux cavaliers eurent disparu à sa vue, il baissa la main et la regarda. La poignée de main... Elle lui avait paru étrange. Mais il n'arrivait pas à se rappeler exactement pourquoi.

Morty écoutait les claquements de la pierre sous les sabots du cheval. Puis ce fut le bruit amorti de la terre tassée lorsqu'ils gagnèrent la route, puis plus rien.

Il baissa les yeux et vit le paysage déployé sous lui, la nuit comme gravée à l'argent du clair de lune. S'il tombait, il ne rencontrerait que le vide.

Il resserra sa prise sur la selle.

Puis la Mort lui demanda : « TU AS FAIM, PETIT ?

– Oui, m'sieur. » Les mots lui montèrent directement de l'estomac sans intervention du cerveau.

La Mort hocha la tête et retint sa monture. Elle s'immobilisa en l'air ; le vaste panorama circulaire du Disque scintillait en dessous. Ici et là une cité jetait une lueur orangée ; dans les mers chaudes proches du Bord apparaissait un soupçon de phosphorescence. Dans certaines vallées profondes, la lente et plutôt lourde lumière du jour discale [1], prise au piège, s'évaporait en brume argentée.

1. Tout, ou presque, se déplace plus vite que la lumière du Disque, laquelle est flemmarde et docile, à l'inverse de la lumière ordinaire. La seule chose connue pour aller plus vite que la lumière ordinaire, c'est la monarchie, selon le philosophe Ly Tin Wheedle. Voici son raisonnement : on ne peut avoir plus d'un roi à la fois, et la tradition veut que le trône ne reste pas vacant une seconde, si bien qu'à la mort d'un monarque la succession doit se transmettre *instantanément* à l'héritier. Il doit donc exister, disait le philosophe, des particules élémentaires – royons, voire reinons – qui entrent en jeu, étant entendu que la succession parfois échoue si, en cours de route, elles rencontrent une antiparticule, ou républicon. Ses projets ambitieux d'appliquer sa découverte à la transmission des messages, qui impliquaient la torture consciencieuse d'un roitelet à seule fin de moduler le signal, ne furent jamais entièrement exposés parce qu'à ce moment le bistro décida de fermer.

Mais l'embrasement qui montait vers les étoiles depuis le Bord proprement dit éclipsait tout le reste. D'immenses serpentins de lumière miroitaient et scintillaient dans la nuit. De grands murs dorés entouraient le monde.

« C'est beau, dit doucement Morty. C'est quoi ?

– LE SOLEIL SOUS LE DISQUE, répondit la Mort.

– C'est comme ça toutes les nuits ?

– TOUTES LES NUITS. LA NATURE EST AINSI.

– Personne est au courant ?

– TOI. MOI. LES DIEUX. CHOUETTE, HEIN ?

– Ça alors ! »

La Mort se pencha par-dessus sa selle et laissa tomber son regard sur les royaumes du monde.

« JE NE SAIS PAS CE QUE TU EN DIS, fit-il, MAIS MOI, JE FERAIS BIEN UN SORT À UN CURRY. »

Il était bien après minuit, mais la cité d'Ankh-Morpork débordait de vie. Montmouton avait paru active à Morty, mais comparée à l'agitation de la rue, c'était... quoi, une morgue.

Des poètes ont tenté de décrire Ankh-Morpork. En vain. Peut-être à cause de la vitalité franchement débridée de la ville, à moins qu'une agglomération d'un million d'habitants sans égouts ne les rebute, eux qui préfèrent les jonquilles, ce qui se comprend. Contentons-nous donc de dire qu'Ankh-Morpork est aussi animée qu'un vieux fromage par une journée de grosse chaleur, aussi bruyante qu'un juron dans une cathédrale, aussi brillante qu'une marée noire, aussi colorée qu'une ecchymose et aussi agitée, industrieuse, grouillante, exubérante qu'un chien crevé sur une termitière.

Il y avait des temples aux portes grandes ouvertes qui alimentaient la rue en bruits de gongs et de cymbales, voire, dans le cas des religions les plus intégristes, en cris brefs des victimes. Il y avait des boutiques dont les articles étranges s'étalaient jusque sur le trottoir. Il y avait des tas de jeunes dames sympathiques qui apparemment n'avaient pas de quoi s'offrir beaucoup de vêtements. Il y avait des flambeaux, des jongleurs et divers vendeurs de transcendance instantanée.

Et la Mort évoluait de son pas raide au milieu de tout ça. L'apprenti s'était presque attendu à le voir passer à travers la foule comme à travers de la fumée, mais pas du tout. La simple vérité, c'est que là où marchait la Mort, on s'écartait de son chemin.

Rien de tel pour Morty. La foule qui s'ouvrait tranquillement devant son nouveau maître se refermait juste sous son nez. On lui écrasait les orteils, on lui enfonçait les côtes, on n'arrêtait pas de lui proposer des épices désagréables et des légumes aux formes suggestives ; il se trouva même une dame plus toute jeune pour lui dire, malgré les apparences, qu'il avait l'air d'un jeune homme bien pourvu qui aimerait passer un bon moment.

Il la remercia et répondit qu'il en passait déjà un bon, du moins l'espérait-il.

La Mort parvint au coin de la rue et huma l'air, la lumière des torches créant des rehauts brillants sur le dôme poli de son crâne. Un ivrogne s'amena en titubant et, sans bien comprendre pourquoi, fit un léger détour dans son parcours erratique sans raison apparente.

« ÇA, C'EST LA VILLE, PETIT, dit la Mort. QU'EST-CE QUE TU EN PENSES ?

– C'est drôlement grand, hésita Morty. J'veux dire, quelle idée ils ont, de vivre tous les uns sur les autres comme ça ? »

La Mort haussa les épaules.

« MOI, J'AIME BIEN, dit-il. C'EST PLEIN DE VIE.

– M'sieur ?

– OUI ?

– C'est quoi, un curry ? »

Les flammes bleues s'embrasèrent au fond des orbites de la Mort. « EST-CE QUE TU AS DÉJÀ MORDU DANS UN GLAÇON PORTÉ AU ROUGE ?

– Non, m'sieur, répondit l'apprenti.

– LE CURRY, C'EST COMME ÇA.

– M'sieur ?

– Oui ? »

Morty déglutit avec peine. « Excusez-moi, m'sieur, mais mon papa, il a dit que si je comprenais pas, fallait que je demande.

– TRÈS LOUABLE », fit la Mort. Il s'engagea dans une rue latérale, et les passants s'égaillèrent à son approche comme des molécules livrées à elles-mêmes.

« Eh ben, m'sieur, j'peux pas m'empêcher de remarquer... enfin, le fait est que... ben, à vrai dire, m'sieur, c'est...

– VAS-Y, PARLE, PETIT.
– Comment vous arrivez à manger, m'sieur ? »

La Mort s'arrêta net, si bien que son apprenti lui rentra dedans. Lorsque le jeune homme ouvrit la bouche pour parler, l'autre le réduisit au silence d'un geste. Il avait l'air d'écouter quelque chose.

« IL Y A DES FOIS, TU SAIS, dit-il à moitié pour lui-même, OÙ ÇA ME REND VRAIMENT MALADE. »

Il pivota sur un talon et enfila une ruelle à toute allure, sa cape lui volant dans le dos. La ruelle serpentait entre des murs sombres et des bâtisses endormies, moins voie publique que trouée sinueuse.

La Mort fit halte près d'un tonneau d'eau de pluie, y plongea le bras jusqu'à l'épaule et ramena un petit sac auquel était attachée une brique. Il tira son épée, comme un trait de feu bleu tremblotant dans l'obscurité, et trancha la ficelle.

« IL Y A DE QUOI SE METTRE EN ROGNE », dit-il. Il renversa le sac par terre et Morty vit des petites boules pathétiques de fourrure détrempée en glisser pour s'étaler sur les pavés, dans une flaque d'eau grandissante. La Mort avança ses doigts blancs et les caressa délicatement.

Au bout d'un moment une espèce de fumée grise monta en tournoyant des cadavres et dessina en l'air trois petits nuages en forme de chatons. De temps en temps ils se modifiaient, peu sûrs de leur apparence, et clignaient de leurs yeux étonnés en direction de Morty. Quand il voulut en toucher un, sa main passa carrément au travers et le picota.

« ON NE VOIT PAS LES GENS SOUS LEUR MEILLEUR JOUR, DANS CE MÉTIER », dit la Mort. Il souffla sur un chaton qui roula doucement sur lui-même. Le « miaou » de protestation de l'animal eut l'air de venir de très loin à travers un tube de fer-blanc.

« C'est des âmes, hein ? demanda l'apprenti. Et les gens, à quoi ils ressemblent ?

– À DES GENS, dit la Mort. TOUT ÇA, C'EST DU DOMAINE DES CARACTÉRISTIQUES ET DE LA MORPHOGÉNÉTIQUE. »

Il poussa un soupir comme un froufrou de linceul, attrapa les chatons en l'air et les rangea soigneusement quelque part dans les replis sombres de sa robe. Il se releva.

« C'EST L'HEURE DU CURRY », dit-il.

Il y avait foule aux *Jardins du Curry*, à l'angle de la rue de Dieu et de la ruelle du Sang, mais une foule composée de la crème de la société – du moins, de ces gens qui flottent en surface et qu'il est donc bien venu d'assimiler à la crème. Des buissons odorants plantés parmi les tables éclipsaient presque l'odeur de fond de la cité, qu'on avait qualifiée d'équivalent olfactif de la corne de brume.

Morty mangeait gloutonnement, mais il refrénait sa curiosité et ne cherchait pas à voir comment son maître arrivait à ingurgiter quoi que ce soit. En tout cas, la nourriture posée devant lui ne s'y trouvait plus au bout d'un moment, il avait donc dû se passer quelque chose dans l'intervalle. Il avait le sentiment que ce n'était pas dans les habitudes de la Mort d'agir ainsi, mais qu'il le faisait pour mettre son apprenti à l'aise, comme un vieil oncle célibataire auquel on a collé son neveu pour les vacances et qui est terrifié à l'idée de commettre une bévue.

Les autres dîneurs ne leur prêtaient guère attention, même lorsque la Mort se renversa sur son siège et alluma une pipe délicate. Difficile d'ignorer un quidam dont la fumée de la pipe s'échappe par les orbites des yeux, pourtant tout le monde y parvint.

« C'est de la magie ? demanda Morty.

– D'APRÈS TOI ? fit la Mort. EST-CE QUE JE SUIS RÉELLEMENT ICI ?

– Oui, répondit lentement l'apprenti. Je... j'ai observé les gens. Ils vous regardent mais ils vous voient pas, j'crois bien. Vous faites quelque chose à leur esprit ? »

La Mort secoua la tête.

« ILS FONT ÇA TOUT SEULS, dit-il. PAS DE MAGIE LÀ-DEDANS. LES GENS NE PEUVENT PAS ME VOIR, ILS SE L'INTERDISENT, TOUT BONNEMENT. JUSQU'À LEUR DERNIÈRE HEURE, BIEN ENTENDU. LES MAGES, EUX, ME VOIENT, ET LES CHATS. MAIS L'HUMAIN MOYEN... NON, JAMAIS. » Il souffla un rond de fumée vers le ciel et ajouta : « ÉTRANGE MAIS VRAI. »

Morty suivit des yeux le rond de fumée qui s'éleva en tremblotant et dériva en direction du fleuve.

« Moi, je vous vois, dit-il.

– CE N'EST PAS PAREIL. »

Le serveur klatchien apporta l'addition et la déposa devant la Mort. L'homme, courtaud et hâlé, avait une coiffure façon noix de coco transformée en nova, et sa figure ronde se plissa d'étonnement lorsque la Mort lui adressa un hochement de crâne poli. Il secoua la tête comme lorsqu'on veut s'enlever le savon des oreilles et s'éloigna.

La Mort fouilla dans les profondeurs de sa robe et ramena un gros sac de cuir rempli de diverses monnaies de cuivre, la plupart bleuies et verdies par l'âge. Il détailla soigneusement la note. Puis il compta une dizaine de pièces.

« VIENS, dit-il en se levant. FAUT Y ALLER. »

Morty trottina derrière son maître qui sortit d'un pas raide du jardin pour s'engager dans la rue encore assez animée malgré les premières lueurs de l'aube qu'on devinait à l'horizon.

« On fait quoi, maintenant ?

– ON VA T'ACHETER DE NOUVEAUX VÊTEMENTS.

– Ceux-là sont neufs d'aujourd'hui... D'hier, j'veux dire.

– VRAIMENT ?

– Père a dit que c'était un magasin connu pour habiller à pas cher, dit Morty, obligé de courir pour ne pas se laisser distancer.

– UNE HORREUR DE PLUS À METTRE SUR LE COMPTE DE LA PAUVRETÉ. »

Ils bifurquèrent dans une rue plus large qui menait à un quartier plus cossu de la ville (les torches étaient plus rapprochées et les tas de fumier plus espacés). Il n'y avait pas d'éventaires ni de marchands aux coins des rues, mais de vrais bâtiments dont les enseignes se balançaient à l'extérieur. Il ne s'agissait pas de vulgaires boutiques, c'étaient des grands magasins ; ils avaient des chefs de rayon, et aussi des chaises et des crachoirs. La plupart étaient ouverts même à cette heure de la nuit, car le commerçant ankhien moyen ne peut dormir quand il pense à l'argent qui lui passe sous le nez.

« On se couche donc jamais, par ici ? fit l'apprenti.

– C'EST LA VILLE », dit la Mort qui ouvrit d'une poussée la porte d'un magasin d'habillement. Lorsqu'ils en ressortirent vingt minutes plus tard, le jeune homme portait une robe noire sur mesure discrètement brodée d'argent ; le boutiquier, lui, contemplait une poignée d'antiques pièces de cuivre et se demandait bien d'où elles lui venaient.

« Comment vous trouvez toutes ces pièces ? voulut savoir Morty.

– DEUX PAR DEUX. »

Un barbier ouvert la nuit coupa les cheveux de Morty à la dernière mode en vogue chez les jeunes dandys, tandis que son maître se détendait dans le fauteuil voisin et fredonnait tout seul. A sa grande surprise, il se sentait de bonne humeur.

En fait, au bout d'un moment, il repoussa son capuchon et leva les yeux sur l'apprenti du barbier qui lui noua une serviette autour du cou avec cet air aveugle, hypnotisé, que Morty commençait à reconnaître, et demanda : « UNE ASPERSION D'EAU DE TOILETTE ET UN LUSTRAGE, MON BRAVE. »

Un mage d'un certain âge qui se faisait rafraîchir la barbe de l'autre côté se raidit en entendant cette voix sombre, aux accents de plomb, et pivota brusquement. Il blêmit et marmonna des incantations de protection après que la Mort se fut tourné vers lui, très lentement pour obtenir un effet maximum, et lui eut adressé un large sourire.

Quelques minutes plus tard, se sentant plutôt gauche et gelé autour des oreilles, Morty reprenait la direction des écuries où la Mort avait logé son cheval. Il tenta de se donner un air important, pour voir ; il avait l'impression que son nouveau costume et sa nouvelle coupe de cheveux l'exigeaient. Le résultat ne fut guère probant.

Morty se réveilla.

Allongé, il regardait le plafond, tandis que sa mémoire opérait un rembobinage rapide et que les événements de la veille se cristallisaient dans son cerveau comme des petits cubes de glace.

Il n'avait pas pu rencontrer la Mort. Il n'avait pas pu manger en compagnie d'un squelette aux yeux bleus flamboyants. C'était forcément un rêve bizarre. Il n'avait pas pu monter en croupe sur un grand cheval blanc qui s'était élevé au petit trot dans les airs pour aller...

... où ?

La réponse lui vint à l'esprit avec l'inéluctabilité d'une feuille d'impôts.

*Ici.*

Ses mains exploratrices se levèrent jusqu'à ses cheveux taillés et s'abaissèrent sur des draps d'une matière lisse et glissante. Une matière bien plus fine que la laine grossière aux sempiternels relents de brebis dont il avait l'habitude chez lui ; on aurait dit de la glace ni froide ni humide.

Il se balança prestement hors du lit et inspecta sa chambre d'un regard panoramique, les yeux écarquillés.

D'abord, elle était grande, plus grande que toute la maison chez lui, et sèche, aussi sèche que des vieilles tombes sous d'antiques déserts. Au goût, l'air donnait l'impression qu'on l'avait cuit des heures durant avant de le laisser refroidir. Le tapis sous ses pieds était assez épais pour dissimuler une tribu de pygmées et il se mit à crépiter lorsqu'il s'y déplaça à pas feutrés. Et on avait tout décoré dans des tons noir et violet.

Il baissa les yeux sur son propre corps revêtu d'une longue chemise de nuit blanche. On avait soigneusement plié ses habits sur un fauteuil près du lit ; le fauteuil, il ne put s'empêcher de le remarquer, était délicatement sculpté de motifs de crânes et de tibias.

Morty s'assit sur le bord de sa couche et entreprit de s'habiller, l'esprit en ébullition.

Il ouvrit tout doucement la lourde porte de chêne et fut curieusement déçu de ne pas l'entendre grincer sinistrement.

De l'autre côté s'étendait un couloir vide, lambrissé de bois ; de grosses bougies jaunes dans des supports éclairaient le mur du bout. Morty se glissa dehors et se déplaça en crabe le long des lambris jusqu'à ce qu'il parvienne à un escalier. Il le négocia avec succès sans rien rencontrer d'horrible et déboucha dans ce qui ressemblait à un hall d'entrée criblé de portes. Il y avait des tentures funèbres partout et une horloge de parquet au tic-tac comme le battement de cœur d'une montagne. Auprès d'elle, un porte-parapluies.

Avec une faux dedans.

Morty fit du regard le tour des portes. Elles en imposaient. Leurs encadrements étaient sculptés des mêmes motifs d'os désormais familiers. Il voulut essayer la plus proche et une voix dans son dos lança :

« Tu ne dois pas entrer là, p'tit gars. »

Il mit un moment à comprendre qu'il ne s'agissait pas d'une voix dans sa tête, mais de mots bien humains prononcés par une bouche et transmis à ses oreilles grâce à un système commode de compression de l'air, ainsi que l'avait voulu dame Nature. Dame Nature qui s'était donné bien du mal pour sept malheureux mots à l'intonation légèrement agacée.

Il se retourna. Une fille se tenait devant lui, à peu près de sa taille et peut-être plus âgée de quelques années. Elle avait les cheveux argentés, des yeux aux reflets nacrés, et le genre de longue robe intéressante mais guère pratique dont s'affublent généralement les héroïnes tragiques qui se serrent une rose sur la poitrine en contemplant la lune avec une expression romantique. Morty n'avait jamais entendu le qualificatif de « préraphaélite », ce qui était bien dommage parce qu'il aurait pu convenir. Sauf que les demoiselles romantiques sont plutôt du genre translucide et phtisique, alors qu'on devinait chez celle-ci un penchant pour les chocolats.

Elle le fixa, la tête de côté, tout en tapotant le sol d'un pied irrité. Puis elle avança vite la main et lui pinça méchamment le bras.

« Aïe !

– Hmm. Alors t'es vraiment vrai, dit-elle. Comment tu t'appelles, p'tit gars ?

– Mortimer. On m'appelle Morty, répondit-il en se frottant le coude. Pourquoi vous avez fait ça ?

– Moi, je t'appellerai p'tit gars, dit-elle. Et je ne suis pas vraiment obligée de m'expliquer, tu comprends, mais si tu veux savoir, j'ai cru que t'étais mort. T'as l'air mort. »

Le jeune homme ne répondit rien.

« Perdu ta langue ? »

A vrai dire, l'apprenti comptait jusqu'à dix.

« J'suis pas mort, finit-il par répondre. Du moins, j'crois pas. C'est un peu difficile à dire. Vous êtes qui, vous ?

– Tu peux m'appeler mademoiselle Ysabell, fit-elle avec hauteur. Père m'a dit qu'il fallait que tu manges. Suis-moi. »

Elle s'en fut majestueusement vers l'une des autres Portes.

Morty lui emboîta le pas juste à bonne distance pour que le battant lui revienne en plein dans l'autre coude.

Il y avait une cuisine derrière la porte : étirée, basse, chaude, des casseroles de cuivre pendues au plafond et un immense fourneau noir qui occupait toute une longueur de mur. Un vieux se tenait debout devant le fourneau, il faisait frire des œufs au bacon et sifflotait entre ses dents.

L'odeur séduisit les papilles gustatives de Morty depuis l'autre bout de la pièce, elle laissa entendre que leur rapprochement serait source de plaisir. Il se surprit à avancer sans même avoir consulté ses jambes.

« Albert, jeta Ysabell, encore un petit déjeuner. »

L'homme tourna lentement la tête et la hocha dans sa direction sans un mot. Elle refit face à Morty.

« Je dois dire, remarqua-t-elle, qu'avec tout le Disque à sa disposition, Père aurait pu trouver quelqu'un de mieux. J'imagine qu'il faudra bien qu'il fasse l'affaire. »

Elle sortit dignement de la cuisine et claqua la porte derrière elle.

« Quelle affaire ? » demanda Morty à personne de précis.

La pièce était silencieuse en dehors du grésillement dans la poêle et du charbon qui se tassait dans le foyer incandescent du fourneau. Morty lut les mots *Le petit Moloch (bvté)* estampés sur la porte du four.

Le cuisinier n'avait pas l'air de lui prêter attention, aussi Morty tira-t-il une chaise et s'installa-t-il à la table blanche nettoyée à la brosse.

« Champignons ? lança le vieux sans détourner la tête.

– Hmm ? Quoi ?

– J'ai dit : tu veux des champignons ?

– Oh. Pardon. Non, merci, répondit Morty.

– T'as bien raison, jeune homme. »

Il fit demi-tour et vint vers la table.

Même une fois qu'il s'y serait habitué, Morty retiendrait toujours son souffle en regardant Albert marcher. Le valet de chambre de la Mort appartenait à cette espèce de vieillards secs comme un coup de trique, au nez en lame de couteau, qui ont toujours l'air de porter des mitaines – même quand ce sont des gants – et sa démarche mettait en œuvre une succession compliquée de mouvements. Il se penchait en avant, imprimait à son bras gauche un balancement, d'abord lent, qui se transformait bientôt en gesticulations désordonnées dont les convulsions, au moment où l'observateur s'attendait à voir le membre se séparer du coude et s'envoler, finissaient par se propager brusquement sur toute la longueur du corps jusqu'aux jambes et propulsaient l'homme comme un coureur sur échasses. La poêle à frire décrivit une série d'arabesques en l'air avant de s'arrêter juste à la verticale de l'assiette de Morty.

Albert avait exactement le bon type de lunettes demi-lune pour regarder par-dessus ses verres.

« J'peux faire suivre par du porridge, dit-il, et il cligna de l'œil, apparemment pour inclure l'apprenti dans la conspiration mondiale porridgière.

– Excusez-moi, fit Morty, mais je suis où, exactement ?

– Tu sais donc pas ? Ici, c'est la maison d'la Mort, mon gars. Il t'a ramené hier soir.

– Je... m'souviens plus ou moins. Seulement...

– Hmm ?

– Ben... Les œufs au bacon... fit vaguement Morty. Ça m'paraît pas... disons, approprié.

– J'ai du boudin noir quelque part, proposa Albert.

– Non, j'veux dire... – Morty hésita – C'est juste que lui, je le vois mal s'attabler devant deux tranches de bacon et un bout de pain frit. »

Albert sourit. « Oh, pas lui, mon gars. Pas de façon régulière, non. Facile à nourrir, le maître Je cuisine rien que pour moi et... – il marqua une pause – la jeune dame, évidemment. »

Morty hocha la tête. « Votre fille, dit-il.

– Ma fille ? fit Albert. Là, tu te goures. C'est la sienne. »

Morty laissa tomber un regard sur ses œufs frits. Ils le lui renvoyèrent depuis leur océan de graisse. Albert avait entendu parler de diététique et désapprouvait.

« On parle bien de la même personne ? demanda-t-il enfin. Grand, tout en noir, le genre... décharné...

– Adoptée, le renseigna aimablement Albert. C'est plutôt une longue histoire... »

Une cloche sonna près de sa tête.

« ... qui attendra. Il veut te voir dans son cabinet. Je m'dépêcherais d'y aller, si j'étais toi. Il a horreur qu'on le fasse attendre. Ça se comprend, remarque. En haut des marches et première porte à droite. Tu peux pas la manquer...

– Avec des crânes et des tibias tout autour ? fit Morty en repoussant sa chaise.

– Elles en ont toutes ou à peu près, soupira Albert. C'est sa manie. Ça veut rien dire. »

Abandonnant son petit déjeuner à une coagulation prochaine, Morty gravit les marches quatre à quatre, enfila le couloir et s'arrêta devant la première porte. Il leva la main pour frapper.

« ENTRE. »

La poignée tourna d'elle-même. La porte pivota vers l'intérieur.

La Mort était assis derrière un bureau et consultait de près un livre de cuir monumental, presque plus grand que le meuble. Il leva la tête à l'entrée de l'apprenti, gardant un doigt calcaire sur la page pour marquer où il s'était arrêté, et sourit. Il n'avait guère d'autre choix.

« AH », fit-il avant de marquer une pause. Puis il se gratta le menton, ce qui rendit un bruit d'ongle qu'on passe sur un peigne. « QUI ES-TU, PETIT ?

– Morty, monsieur. Votre apprenti. Vous vous rappelez ? »

La Mort le considéra un moment. Puis les yeux bleus en tête d'épingle revinrent au livre.

« OH, OUI, fit-il. MORTY. EH BIEN, PETIT, AS-TU SINCÈREMENT ENVIE D'APPRENDRE LES PLUS GRANDS SECRETS DU TEMPS ET DE L'ESPACE ?

– Oui, m'sieur. J'crois, m'sieur.

– BIEN. L'ÉCURIE EST DE L'AUTRE CÔTÉ. LA PELLE EST ACCROCHÉE DERRIÈRE LA PORTE. »

Il baissa la tête. La releva. Morty n'avait pas bougé.

« SERAIT-IL PAR HASARD POSSIBLE QUE TU N'ARRIVES PAS À ME COMPRENDRE ?

– Pas complètement, monsieur.

– LE CROTTIN, MON GARÇON. LE CROTTIN. ALBERT A UN TAS DE COMPOST DANS LE JARDIN. JE PENSE QU'IL DOIT Y AVOIR UNE BROUETTE QUELQUE PART SUR PLACE. ALLEZ, AU TRAVAIL ! »

Morty hocha mélancoliquement la tête. « Oui, m'sieur. Je vois, m'sieur. M'sieur ?

– OUI ?

– M'sieur, j'vois pas le rapport avec les secrets du temps et de l'espace. »

La Mort ne releva pas le nez de son livre.

« ÇA, dit-il, C'EST PARCE QUE TU ES ICI POUR APPRENDRE. »

La Mort a beau être, selon ses propres termes, une PERSONNIFICATION ANTHROPOMORPHIQUE, il demeure qu'il a depuis longtemps renoncé à utiliser des chevaux squelettiques, à cause de l'inconvénient de s'arrêter à tout bout de champ pour rafistoler des morceaux avec du fil de fer. Désormais il ne monte plus que des bêtes de chair et de sang issues des meilleurs haras.

Et, s'aperçut Morty, très bien nourries.

Certains boulots offrent des incréments. Celui-ci offrait... disons, plutôt le contraire, mais au moins ça se passait au chaud et le coup de main venait relativement vite. Bientôt il prit le rythme et se mit à jouer au petit jeu mental des quantités auquel tout le monde se livre dans de telles circonstances. Voyons voir, songea-t-il, j'en ai enlevé presque un quart, disons même un tiers, donc une fois passé ce coin-là, près du râtelier à foin, j'en aurai fait plus de la moitié, disons les cinq huitièmes, ce qui veut dire trois autres brouettées... Tout ça ne prouve pas grand-chose, sauf qu'on aborde plus facilement la splendeur impressionnante de l'univers quand on la débite en morceaux.

Le cheval l'observait de son box et de temps en temps cherchait à lui brouter affectueusement les cheveux.

Au bout d'un moment il eut conscience que quelqu'un d'autre l'observait. La fille, Ysabell, s'appuyait sur la demi-porte, le menton dans les mains.

« Tu es un valet ? » demanda-t-elle.

Morty se redressa. « Non, répondit-il, j'suis un apprenti.

– C'est idiot. Albert dit que tu ne peux pas être apprenti. »

Morty se concentra sur la pelletée qu'il soulevait avant de la verser dans la brouette. Deux autres pelletées, disons trois si c'est bien tassé, et ça fera encore quatre brouettées, d'accord, disons cinq, avant d'arriver à la moitié de...

« Il dit, poursuivit Ysabell d'une voix plus forte, que les apprentis deviennent maîtres, et on ne peut pas avoir plus d'une Mort. Donc, tu n'es qu'un valet et tu dois faire ce que je te demande. »

Puis huit autres brouettées et j'arriverai à la porte, ce qui correspond presque aux deux tiers de l'ensemble, et du coup...

« T'as entendu ce que j'ai dit, p'tit gars ? »

Morty fit oui de la tête. Après il restera encore quatorze brouettées, mais disons quinze parce que je n'ai pas bien nettoyé le coin, et...

« T'as perdu ta langue ?

– Morty », fit le jeune homme avec douceur.

Elle le considéra d'un œil furieux. « Quoi ?

– Mon nom, c'est Morty. Ça vient de Mortimer. La plupart du temps on m'appelle Morty. Vous voulez me parler de quelque chose ? »

Elle resta un moment sans voix ; son regard passait de la figure de l'apprenti à la pelle et retour.

« Seulement on m'a dit de faire ça », reprit Morty.

Elle explosa.

« Pourquoi tu es ici ? Pourquoi Père t'a ramené ?

– Il m'a embauché à la foire à l'embauche. Tous les gars se sont fait embaucher. Moi aussi.

– Et c'est ça que tu voulais ? lança-t-elle. Il est la Mort, tu sais. La Faucheuse. Quelqu'un de très important. Il n'est pas ce qu'on devient mais ce qu'on est. »

Morty fit un geste vague en direction de la brouette. « J'espère que tout ira pour le mieux. Mon père dit toujours que les choses finissent en général par s'arranger. »

Il ramassa la pelle, tourna le dos et sourit au derrière du cheval en entendant Ysabell grogner et s'en aller.

Morty travailla sans relâche à coup de seizièmes, de huitièmes, de quarts et de tiers, roula la brouette dans le jardin jusqu'au tas près du pommier.

Le jardin de la Mort était grand, propre et bien entretenu. Et aussi très, très noir. L'herbe était noire. Les fleurs étaient noires. Des pommes noires luisaient entre les feuilles noires d'un pommier noir. Même l'air avait couleur d'encre.

Au bout de quelque temps, Morty crut distinguer – mais non, il n'allait pas imaginer ça –, crut distinguer différentes teintes de noir.

C'est-à-dire, non pas simplement des nuances très sombres de vert, de rouge ou de n'importe quoi, mais de vrais dégradés de noir. Un spectre entier de coloris, tous différents et tous... ma foi, noirs. Il déversa le dernier chargement, remisa la brouette et regagna la maison.

« ENTRE. »

La Mort, debout derrière un pupitre, était plongé dans l'étude d'une carte. Il regarda l'apprenti comme s'il n'était pas complètement là. « TU N'AURAIS PAS ENTENDU PARLER DE LA BAIE DE MANTE, DES FOIS ? demanda-t-il.

– Non, m'sieur.

– Un fameux naufrage.
– C'est arrivé quand ?
– Bientôt, fit la Mort, si j'arrive à trouver où c'est. »
Le jeune homme passa derrière le pupitre et jeta un coup d'œil à la carte.
« Vous allez couler le bateau ? » demanda-t-il.
La Mort parut horrifié.
« Sûrement pas. Plusieurs facteurs vont entrer en jeu : mauvaises manœuvres, hauts fonds et vents contraires.
– C'est horrible, dit l'apprenti. Il va y avoir beaucoup de noyés ?
– Ça, c'est au sort d'en décider, dit la Mort qui se tourna vers la bibliothèque derrière lui pour en extraire un lourd dictionnaire géographique. Moi, je ne peux rien y faire. C'est quoi, cette odeur ?
– Moi, répondit simplement l'apprenti.
– Ah. L'écurie. »
La Mort marqua une pause, la main sur le dos du livre.
« Et pourquoi, d'après toi, je t'ai envoyé à l'écurie ? Réfléchis bien, maintenant. »
Le jeune homme hésita. Il y avait déjà beaucoup réfléchi, entre deux comptages de brouettées. Il s'était demandé si son travail n'avait pas pour but de lui coordonner la main et l'œil, ou de lui donner l'habitude d'obéir, ou de lui démontrer l'importance, à l'échelle humaine, des petites tâches, ou de lui faire comprendre que même les grands hommes doivent commencer au bas de l'échelle. Aucune de ces explications ne paraissait convenir.
« J'pense... commença-t-il.
– Oui ?
– Ben, j'pense que c'était parce que vous étiez dans la merde jusqu'au cou, à vrai dire. »
La Mort le considéra un bon moment. Le jeune homme se dandina, mal à l'aise, d'un pied sur l'autre.
« Absolument correct, lâcha la Mort. Clarté d'esprit. Vision réaliste du problème. Très important dans un métier comme le nôtre.
– Oui, m'sieur. M'sieur ?
– Hmm ? » La Mort se battait avec l'index du dictionnaire.
« Les gens meurent tout le temps, m' sieur, non ? Par millions. Vous devez avoir beaucoup de travail. Mais... »

La Mort eut un regard dont l'apprenti commençait à prendre l'habitude : d'abord de surprise muette, il faillit se laisser tenter par la contrariété, s'arrêta prendre un verre chez la compréhension et finit par se fixer chez l'indulgence.

« MAIS... ?

– J'vous aurais cru... ben, plus souvent parti. Vous voyez. Pour arpenter les rues. Dans l'almanach de ma mémé, y a une image de vous avec une faux et tout.

– JE VOIS. JE CRAINS QUE CE NE SOIT DIFFICILE À EXPLIQUER SI TU NE CONNAIS PAS L'INCARNATION PONCTUELLE ET LA CONCENTRATION NODALE. ÇA NE TE DIT RIEN, J'IMAGINE ?

– J'crois pas.

– EN GÉNÉRAL, ON S'ATTEND À NE ME VOIR APPARAÎTRE QUE DANS DES OCCASIONS SPÉCIALES.

– Comme un roi, j'pense, fit l'apprenti. J'veux dire, un roi, il règne même quand il fait autre chose, ou même quand il dort. C'est ça, m'sieur ?

– ON FERA AVEC, dit la Mort qui roula ses cartes. ET MAINTENANT, PETIT, SI TU EN AS TERMINÉ AVEC L'ÉCURIE, VA VOIR ALBERT, AU CAS OÙ IL AURAIT DU TRAVAIL POUR TOI. SI TU VEUX, TU POURRAS M'ACCOMPAGNER DANS MA TOURNÉE, CE SOIR. »

Le jeune homme opina du chef. La Mort retourna à son grand livre de cuir, prit une plume, la contempla un instant, puis releva les yeux sur son apprenti, le crâne penché.

« TU AS VU MA FILLE ? demanda-t-il.

– Euh... oui, m'sieur, répondit Morty, la main sur le bouton de la porte.

– UNE FILLE TOUT À FAIT CHARMANTE, ET JE PENSE QUE ÇA LUI PLAÎT D'AVOIR QUELQU'UN DE SON ÂGE À QUI PARLER.

– M'sieur ?

– ET, BIEN ENTENDU, UN JOUR TOUT ÇA LUI REVIENDRA. »

Quelque chose comme une petite supernova bleue étincela un instant dans les profondeurs de ses orbites. Il vint à l'esprit de l'apprenti que, non sans un certain embarras et un manque total de pratique, la Mort essayait de cligner de l'œil.

Dans un paysage qui ne devait rien au temps ni à l'espace, qui n'apparaissait sur aucune carte, qui n'existait que dans ces confins du cosmos multiplex connus des seuls astrophysiciens sous très mauvais acide, Morty passa l'après-midi à aider Albert à repiquer des brocolis. Des brocolis noirs teintés de violet.

« Il fait des efforts, tu vois, dit Albert en brandissant le plantoir. L'ennui, c'est que question couleurs, il manque d'imagination.

– J'suis pas sûr de comprendre, répliqua Morty. Vous dites qu'il a *fait* tout ça ? »

Au-delà du mur du jardin, le terrain descendait dans une vallée profonde avant de remonter vers une lande sombre qui s'étendait jusqu'à des montagnes au loin, déchiquetées comme des dents de chat.

« Ouais, lâcha Albert. Pense à ce que tu fais avec cet arrosoir.

– Y avait quoi ici, avant ?

– J'sais pas, dit Albert qui entamait un nouveau rang. Le firmament, je pense. C'est le nom chic pour le néant à l'état brut. C'est pas du très bon boulot, à vrai dire. J'veux dire, le jardin, ça va encore, mais les montagnes sont carrément salopées. De près, elles sont toutes floues. Je suis allé voir, un coup. »

Morty lorgna intensément les arbres les plus proches. Ils avaient l'air parfaitement réels.

« Pourquoi il a fait tout ça ? » demanda-t-il.

Albert grogna. « Tu sais ce qui arrive aux gamins qui posent trop de questions ? »

Morty réfléchit un instant.

« Non, dit-il enfin. Quoi donc ? »

Il y eut un silence.

Puis Albert se redressa. « Du diable si je l'sais. Sans doute qu'ils obtiennent des réponses, et c'est bien fait pour eux.

– Il a dit que je pouvais l'accompagner ce soir, fit Morty.

– Alors, c'est que t'es un petit veinard, lâcha distraitement Albert qui repartit vers le cottage.

– Il a vraiment fait tout ça ? redemanda Morty, à la traîne derrière lui.

– Oui.

– Pourquoi ?

– J'pense qu'il voulait un coin où se sentir chez lui.

– Vous êtes mort, Albert ?

– Moi ? Est-ce j'ai l'air d'être mort ? » Le vieux renifla lorsque l'apprenti posa sur lui un regard lent et inquisiteur. « Et arrête-moi ça. Je suis aussi vivant que toi. Sinon plus.

– Pardon.

– Bon. » Albert poussa la porte de derrière le cottage et se retourna pour regarder Morty aussi aimablement qu'il le put.

« Vaudrait mieux éviter de poser toutes ces questions, fit-il, ça dérange les gens. Et maintenant, qu'est-ce que tu dirais d'une bonne fricassée d'œufs, de saucisses et de bacon ? »

La cloche sonna alors qu'ils jouaient aux dominos. Morty s'assit au garde-à-vous.

« Il veut qu'on lui prépare son cheval, dit Albert. Viens. »

Ils se rendirent à l'écurie dans le crépuscule qui tombait, et le jeune homme regarda le vieux seller le cheval de la Mort.

« Son nom, c'est Bigadin, fit Albert en sanglant la sous-ventrière. Comme quoi, faut s'étonner de rien. »

Bigadin essaya de lui manger affectueusement son écharpe.

Morty se souvint de la gravure dans l'almanach de sa grand-mère, entre la page sur les époques des semis et la section des phases de la lune, qui disait : *La Mhort Fraspe Aygalement Tous les Hosmes*. Il l'avait contemplée des centaines de fois quand il apprenait ses lettres. Elle aurait beaucoup moins impressionné son monde si on avait su que le destrier aux naseaux de feu monté par le spectre s'appelait Bigadin.

« J'aurais plutôt vu un nom comme Flamme, Sabre ou Ebène, poursuivit Albert, mais le maître a ses petites lubies, tu sais. T'es impatient, hein ?

– J'crois bien, hésita l'apprenti. J'ai jamais vu la Mort au travail.

– Ils ne sont pas beaucoup à l'avoir vu. Pas deux fois, en tout cas. »

Morty prit une profonde inspiration

« Pour ce qui est de sa fille... commença-t-il.

– AH. BONSOIR, ALBERT, PETIT.

– Morty », fit automatiquement l'apprenti.

La Mort pénétra d'un pas décidé dans l'écurie, en se courbant un peu pour ne pas se cogner au plafond.

Albert lui adressa un signe de tête, sans la moindre obséquiosité, nota le jeune homme, mais aussi sans souci de l'étiquette. Morty avait rencontré un ou deux serviteurs, les rares fois où on l'avait emmené à la ville, et Albert ne leur ressemblait pas. Il avait l'air de se conduire comme si la maison lui appartenait vraiment et que le propriétaire n'était qu'un invité de passage, un désagrément qu'on endurait au même titre que des peintures qui s'écaillent ou des araignées dans les toilettes. La Mort s'en accommodait aussi, comme si Albert et lui s'étaient déjà tout dit depuis longtemps et se bornaient désormais à faire leur boulot avec le minimum de dérangement pour l'entourage. Aux yeux de Morty, c'était un peu comme se promener après un orage particulièrement violent : tout respirait la fraîcheur, rien n'était franchement désagréable, mais on sentait que de grosses énergies venaient de se décharger.

Se renseigner sur Albert : une ligne de plus qui vint s'ajouter d'elle-même à sa liste des choses à faire.

« TIENS-MOI ÇA », dit la Mort qui lui fourra une faux dans la main au moment de sauter sur Bigadin. La faux paraissait bien ordinaire, sauf la lame : elle était si fine que Morty voyait au travers, comme un chatoiement bleu pâle capable de trancher les flammes et de découper le son en rondelles. Il la tint avec grande précaution.

« BIEN, PETIT, fit la Mort. ALLEZ, MONTE. ALBERT. NE M'ATTENDS PAS POUR TE COUCHER. »

Le cheval sortit de la cour au trot et s'éleva dans le ciel.

Les étoiles auraient dû défiler en trombe, dans un éclair. L'air aurait dû tournoyer et se charger d'étincelles fulgurantes, comme ça se passe normalement dans les hyper-sauts transdimensionnels classiques. Mais il s'agissait de la Mort, qui avait maîtrisé l'art de se rendre en tous lieux sans chichis et passait entre les dimensions aussi facilement qu'il traversait une porte fermée, et ils franchirent au petit galop des canyons de nuages, croisèrent de grandes montagnes boursouflées de cumulus, jusqu'à ce que les traînées de brume se dissipent devant eux et que le Disque s'étende en dessous, se dorant au soleil.

« C'EST PARCE QUE LE TEMPS EST FLEXIBLE, dit la Mort lorsque l'apprenti en fit la remarque. LE TEMPS N'EST PAS TRÈS IMPORTANT.

– J'ai toujours cru que si, moi.

– LES GENS LE CROIENT IMPORTANT UNIQUEMENT PARCE QU'ILS L'ONT INVENTÉ », répliqua sombrement la Mort. Le jeune homme trouva la réponse plutôt banale mais ne voulut pas discuter.

« On va faire quoi, maintenant ?

– IL Y A UNE GUERRE QUI S'ANNONCE BIEN AU KLATCHISTAN, DIT LA MORT. PLUSIEURS ÉPIDÉMIES DE PESTE QUI SE DÉCLARENT. À MOINS QUE TU NE PRÉFÈRES L'ASSASSINAT D'UNE PERSONNALITÉ.

– Quoi, un meurtre ?

– SI FAIT, UN ROI.

– Oh, les rois », fit l'apprenti sans aller plus loin. Les rois, il connaissait. Une fois l'an, une troupe ambulante, en tout cas courante, passait à Montmouton, et les pièces que jouaient les comédiens parlaient invariablement de rois. Les rois s'entretuaient toujours, ou se faisaient tuer. Les intrigues étaient drôlement compliquées, à base d'erreurs d'identités, de poisons, de batailles, d'enfants mâles perdus depuis longtemps, de fantômes, de sorcières et généralement d'un arsenal de dagues. A l'évidence, occuper le trône n'avait rien d'une partie de plaisir, mais le plus étonnant, c'est que la moitié de la distribution cherchait visiblement à s'y asseoir. L'idée de la vie de palais que se faisait Morty était un peu nébuleuse, mais il se disait qu'on ne devait pas dormir beaucoup.

« J'aimerais bien voir un vrai roi, fit-il. Ils portent tout le temps des couronnes, m'a dit ma mémé. Même quand ils vont aux cabinets. »

La Mort étudia cette question avec soin.

« TECHNIQUEMENT, RIEN NE S'Y OPPOSE, admit-il. MAIS D'APRÈS MON EXPÉRIENCE PERSONNELLE, ÇA N'EST SOUVENT PAS LE CAS. »

Le cheval volta, et le vaste damier plat de la plaine de Sto passa sous eux à la vitesse de l'éclair. Il s'agissait d'un pays riche, limoneux, où se mêlaient des champs onduleux de choux et des petits royaumes propres dont les frontières se tortillaient comme des serpents à mesure que des petites guerres protocolaires, des pactes de mariage, des alliances complexes, et à l'occasion un peu de cartographie bâclée modifiaient la physionomie politique de la région.

« Ce roi, fit Morty alors qu'une forêt défilait en trombe sous leur monture, il est bon ou il est mauvais ?

– JE NE M'INTÉRESSE JAMAIS À CE GENRE DE DÉTAILS, répondit son maître. IL N'EST PAS PIRE QU'UN AUTRE, J'IMAGINE.

– Est-ce qu'il envoie des gens à la mort ? » demanda l'apprenti. Il se rappela soudain à qui il s'adressait et ajouta : « Sauf vot' respect, évidemment, Votre Honneur.

– QUELQUEFOIS. ON A DES OBLIGATIONS, QUAND ON EST ROI. »

Une ville glissa en dessous, agglutinée autour d'un château sur un affleurement rocheux qui saillait de la plaine comme un bouton géologique. Il s'agissait d'un gigantesque rocher des lointaines montagnes du Bélier, expliqua la Mort, abandonné sur place par les Géants des Glaces durant leur retraite, aux temps légendaires où ils menaient la guerre aux dieux et chevauchaient leurs glaciers par tout le pays dans leur volonté de geler le monde. Ils avaient cependant fini par renoncer et ramené leurs grands troupeaux scintillants dans leurs repaires au milieu des montagnes en dos d'âne près du Moyeu. Personne dans les plaines ne savait ce qui leur avait pris ; la nouvelle génération de Sto Lat, la ville autour du rocher, estimait dans son ensemble qu'ils devaient s'ennuyer à mourir.

Trottant sur rien, Bigadin perdit de l'altitude et atterrit sur les dalles de la plus haute tour du château. La Mort mit pied à terre et demanda à son apprenti de s'occuper de la mangeoire.

« Personne va remarquer qu'y a un cheval en haut de la tour ? » demanda-t-il alors qu'ils se dirigeaient nonchalamment vers une cage d'escalier.

La Mort secoua la tête.

« TU CROIRAIS ÇA POSSIBLE, TOI, UN CHEVAL EN HAUT DE CETTE TOUR ? fit-il.

– Non. On pourrait pas lui faire monter les marches.

– BON, ET ALORS ?

– Oh. J'y suis. Les gens veulent pas voir ce qui peut pas exister.

– BRAVO. »

Ils suivaient maintenant un long couloir tendu de tapisseries. La Mort plongea la main dans sa robe et sortit un sablier qu'il examina attentivement dans la faible lumière.

Un sablier particulièrement joli : son verre était taillé

en facettes intriquées, emprisonné dans un châssis ouvragé de bois et cuivre. Les mots *Roi Olerve le Bâtard* y étaient profondément gravés.

Le sable à l'intérieur étincelait bizarrement. Il n'en restait pas beaucoup.

La Mort fredonna tout seul et remisa le sablier dans le repli mystérieux d'où il l'avait tiré.

Ils passèrent un angle et se heurtèrent à un mur sonore. Il y avait là une salle pleine de monde, sous un nuage de fumée et de bavardages qui montait jusqu'au toit, parmi les ombres que hantaient les bannières. Dans une tribune à mi-hauteur, un trio de musiciens s'échinait pour dominer le bruit, sans succès.

L'arrivée de la Mort ne fit guère sensation. Un valet de pied à la porte se tourna vers lui, ouvrit la bouche, puis fronça des sourcils affolés et se mit à penser à autre chose. Quelques courtisans jetèrent un regard dans leur direction, mais leurs yeux s'égarèrent instantanément lorsque le bon sens étouffa les cinq autres.

« ON A QUELQUES MINUTES, dit la Mort en saisissant un verre sur un plateau de passage, ON VA SE MÊLER À LA FOULE.

– Ils me voient pas non plus ! fit l'apprenti. Pourtant, j'suis réel, moi !

– LA RÉALITÉ N'EST PAS TOUJOURS CE QU'ELLE PARAÎT, dit la Mort. N'IMPORTE COMMENT, S'ILS NE VEULENT PAS ME VOIR, ILS NE TIENNENT SÛREMENT PAS DAVANTAGE À TE VOIR, TOI. CE SONT DES ARISTOCRATES, PETIT. ILS SONT TRÈS FORTS POUR NE PAS VOIR CE QUI LES DÉRANGE. POURQUOI EST-CE QU'IL Y A UNE CERISE SUR UN BÂTONNET DANS MA BOISSON ?

– Morty, fit machinalement l'apprenti.

– SI AU MOINS ÇA AJOUTAIT QUELQUE CHOSE AU GOÛT ! QUELLE IDÉE DE METTRE UNE CERISE SUR UN BOUT DE BOIS DANS UNE BONNE BOISSON COMME ÇA ?

– Qu'est-ce qui va se passer après ? » voulut savoir Morty. Un comte d'un certain âge lui rentra dans le coude, tourna les yeux de tous côtés sauf du sien, haussa les épaules et s'éloigna.

« TIENS, REGARDE-MOI CES TRUCS-LÀ, dit la Mort en tripotant un canapé. LES CHAMPIGNONS, D'ACCORD, LE POULET, D'ACCORD, LA CRÈME, D'ACCORD, JE N'AI RIEN CONTRE, MAIS POURQUOI EN FAIRE DU HACHIS POUR GARNIR DE LA PÂTE À CHOUX ? ÇA N'A PAS DE SENS.

– Pardon ? fit l'apprenti.

– C'EST BIEN DE LEURS COUPS, AUX MORTELS, poursuivit son maître. ILS N'ONT QUE QUELQUES ANNÉES DEVANT EUX, ET ILS LES PASSENT À SE COMPLIQUER LA VIE. FASCINANT. PRENDS UN CORNICHON.

– C'est qui, le roi ? demanda le jeune homme qui tendait le cou pour voir par-dessus les têtes de la cour.

– LE TYPE À LA BARBE BLOND DORÉ », répondit la Mort. Il tapota l'épaule d'un laquais et profita de ce que l'homme faisait volte-face et jetait un regard circulaire étonné pour lui détourner prestement un autre verre du plateau.

Morty chercha des yeux et aperçut au sein d'un petit groupe au milieu de la foule une silhouette qui se penchait légèrement pour mieux entendre ce qu'un courtisan plutôt petit lui racontait. C'était un homme grand, solidement bâti, au visage impassible et patient, à qui on aurait acheté une vieille carne en toute confiance.

« Il a pas l'air d'un *mauvais* roi. Pourquoi on veut le tuer ?

– TU VOIS SON VOISIN ? AVEC LA PETITE MOUSTACHE ET QUI SOURIT COMME UN LÉZARD ? » La Mort le désignait de sa faux.

« OUI ?

– SON COUSIN, LE DUC DE STO HÉLIT. PAS TRÈS SYMPATHIQUE. SAIT SE SERVIR D'UNE BOUTEILLE DE POISON. CINQUIÈME DANS L'ORDRE DES PRÉTENDANTS AU TRÔNE L'ANNÉE DERNIÈRE, DEUXIÈME AUJOURD'HUI. PLUTÔT ARRIVISTE, QUOI. » La Mort farfouilla dans sa robe et ramena un sablier où des grains noirs s'écoulaient à travers un treillage de fer garni de pointes. Il lui donna une secousse, pour voir. « ET QUI VIVRA ENCORE TRENTE, TRENTE-CINQ ANS, soupira-t-il.

– Et il s'amuse à tuer les gens ? » s'étonna l'apprenti. Il secoua la tête. « Y a pas de justice. »

La Mort soupira à nouveau. « NON, dit-il en tendant son verre à un page qui fut surpris de se découvrir soudain un verre vide dans la main, IL N'Y A QUE MOI. »

Il dégaina son épée, qui avait la même lame bleue glacée, mince comme une ombre, que la faux de sa charge, et s'avança.

« J'croyais qu'il fallait la faux, chuchota Morty.

– LES ROIS ONT DROIT À L'ÉPÉE. C'EST UN... MACHIN ROYAL. AH, OUI : UNE PRÉROGATIVE. »

Sa main libre plongea une fois de plus des doigts

osseux sous sa robe et extirpa le sablier du roi Olerve. Dans la moitié supérieure, les derniers grains de sable se blottissaient les uns contre les autres.

« FAIS BIEN ATTENTION, dit la Mort, ON TE POSERA PEUT-ÊTRE DES QUESTIONS APRÈS COUP.

– Attendez, fit l'apprenti, pitoyable. C'est pas juste. Vous pouvez pas l'empêcher ? ?

– JUSTE ? QU'EST-CE QUE LA JUSTICE VENT FAIRE LÀ-DEDANS ?

– Ben, si l'autre est tellement...

– ÉCOUTE, le coupa la Mort, ÇA N'A RIEN À VOIR. ON NE PEUT PAS PRENDRE PARTI. BON SANG ! L'HEURE, C'EST L'HEURE. IL N'Y A PAS À SORTIR DE LÀ, PETIT.

– Morty », gémit l'apprenti, les yeux rivés sur la foule.

Et alors il la vit. Un mouvement fortuit dans la masse des courtisans ouvrit une échappée entre Morty et une fille menue, rousse, assise parmi des vieilles femmes derrière le roi. Elle n'était pas exactement jolie, trop gâtée question taches de rousseur et, franchement, plutôt maigrelette. Mais sa vue causa un choc qui mit en contact les fils du démarreur du cerveau postérieur de Morty pour le piloter jusqu'au creux de son estomac en riant méchamment.

« C'EST L'HEURE, dit la Mort qui donna un coup d'olécrane pointu à son apprenti. SUIS-MOI. »

La Mort s'avança vers le roi, soupesant l'épée dans sa main. L'apprenti cligna des paupières et entreprit de le suivre. Les yeux de la fille croisèrent les siens l'espace d'une seconde et se détournèrent aussitôt... avant de revenir en arrière, entraînant la tête avec eux ; sa bouche commença à s'arrondir autour d'un « o » d'horreur.

Morty sentit fondre la moelle de ses os. Il voulut courir vers le roi.

« Attention ! hurla-t-il. Vous êtes en grand danger ! »

Et le monde vira en mélasse. Il se peupla d'ombres bleues et violettes, comme un rêve suite à un coup de chaleur, le son baissa et le brouhaha de la cour s'estompa dans l'aigre, comme la musique dans les écouteurs d'un voisin. L'apprenti vit la Mort s'arrêter, sociable, auprès du roi, les yeux levés vers...

... la tribune des musiciens.

Morty vit l'arbalétrier, vit l'arbalète, vit le carreau qui fendait déjà l'air à la vitesse d'un escargot malade. Tout lent que fût le trait, l'apprenti ne pouvait le battre à la course. Il mit ce qui lui parut des heures pour se faire obéir de ses jambes de plomb, mais elles finirent par prendre appui sur le sol toutes deux en même temps et le propulsèrent avec l'apparente accélération d'une dérive de continents.

Alors qu'il se contorsionnait au ralenti, il entendit la Mort lui dire, sans rancœur : « ÇA NE MARCHERA PAS, TU SAIS. QUE TU ESSAYES, C'EST NORMAL, MAIS ÇA NE MARCHERA PAS. »

Comme dans un rêve, l'apprenti franchissait un monde de silence...

Le carreau frappa sa cible. La Mort fit tournoyer à deux mains son épée qui passa délicatement à travers le cou du roi sans laisser la moindre marque. L'apprenti qui virevoltait en douceur dans un univers nébuleux eut l'impression de voir tomber une forme fantomatique.

Il ne pouvait s'agir du roi parce qu'il se tenait manifestement toujours debout et qu'il regardait directement la Mort avec une expression d'extrême surprise. Il y avait quelque chose comme une ombre à ses pieds et, de très loin, parvenaient des cris et des hurlements.

« DU BEAU TRAVAIL SANS BAVURES, fit la Mort. LES MEMBRES DES FAMILLES ROYALES POSENT TOUJOURS DES PROBLÈMES. ILS ONT TENDANCE À VOULOIR FAIRE TRAÎNER. LES PAYSANS, EUX, ILS NE DEMANDENT QU'À PARTIR TOUT DE SUITE.

– Qui diantre êtes-vous ? demanda le roi. Que faites-vous ici ? Hein ? A la garde ! J'ord... »

Le message insistant que ses yeux envoyaient à son cerveau forcèrent enfin le passage. Morty était impressionné. Le roi Olerve s'était accroché à son trône des années durant et, même mort, il savait se tenir.

« Oh, dit-il. Je comprends. Je ne m'attendais pas à vous voir si tôt.

– VOTRE MAJESTÉ, fit la Mort qui s'inclina, VOUS N'ÊTES PAS LE SEUL. »

Le roi regarda autour de lui. Tout était calme et tamisé dans ce monde des ombres, mais à l'extérieur semblait régner une grande agitation.

« C'est moi, là, par terre, n'est-ce pas ?

– JE LE CRAINS, SIRE.

– Beau travail. Une arbalète, non ?

– OUI. ET MAINTENANT, SIRE, SI VOUS VOULEZ BIEN...

– Qui a fait cela ? » demanda le roi.

La Mort hésita.

« UN SICAIRE D'ANKH-MORPORK, dit-il.

– Hmm. Habile. Je félicite Sto Hélit. Et moi qui me gavais d'antidotes. Il n'existe pas d'antidote au froid de l'acier, hein ? Hein ?

– MA FOI, NON, SIRE.

– Le truc de l'échelle de corde et du cheval rapide près du pont-levis, hein ?

– ON LE DIRAIT BIEN, SIRE, fit la Mort qui prit l'ombre du roi gentiment par le bras. MAIS SI ÇA PEUT VOUS CONSOLER, LE CHEVAL A VRAIMENT INTÉRÊT D'ÊTRE RAPIDE.

– Hein ? »

La Mort se permit d'élargir un peu son sourire figé.

« J'AI RENDEZ-VOUS AVEC SON CAVALIER DEMAIN À ANKH. IL A LAISSÉ LE DUC LUI PRÉPARER UN PANIER-REPAS, VOYEZ-VOUS. »

Le roi, dont la grande aptitude à occuper le trône n'impliquait pas forcément un esprit vif, retourna un instant la phrase dans sa tête avant de lâcher un rire bref. Il s'aperçut de la présence de Morty pour la première fois.

« Qui c'est, celui-là ? demanda-t-il. Il est mort, lui aussi ?

– MON APPRENTI, répondit la Mort. QUI VA SE FAIRE SOUFFLER DANS LES BRONCHES AVANT LONGTEMPS, LE GARNEMENT.

– Morty », rectifia automatiquement l'apprenti. Il baignait dans le ronron de leur conversation mais ne pouvait détacher ses yeux de la scène qui se jouait tout autour. Il se sentait réel. La Mort avait l'air solide. Le roi paraissait étonnamment en forme pour un défunt. Mais le reste du monde formait une masse d'ombres mouvantes. Des silhouettes se penchaient au-dessus du corps affaissé, passaient à travers le jeune homme, comme aussi impalpables que de la brume.

La fille s'agenouillait, en pleurs.

« C'est ma fille, dit le roi. Je devrais être triste. Pourquoi ne le suis-je pas ?

– LES ÉMOTIONS, ON LES LAISSE DERRIÈRE SOI. C'EST UNE HISTOIRE DE GLANDES.

– Ah. Sans doute. Elle ne nous voit pas, si ?

– NON.

– J'imagine qu'il n'y a pas moyen de...

– AUCUN MOYEN, le coupa la Mort.

– Seulement, elle va être reine, et si je pouvais au moins...

– JE REGRETTE. »

La fille leva la tête et regarda à travers l'apprenti. Morty vit le duc s'approcher derrière elle et lui poser une main consolatrice sur l'épaule. L'ombre d'un sourire plana sur les lèvres de l'homme. Le genre de sourire à se tapir sur des bancs de sable pour attendre les nageurs imprudents.

« J'peux pas me faire entendre, dit Morty. Méfie-toi de lui ! »

Elle fixa l'apprenti d'un air interrogateur, les yeux plissés. Il avança la main, qui traversait carrément la princesse.

« ALLEZ VIENS, PETIT. ON NE TRAÎNE PAS. »

Le jeune homme sentit les doigts de la Mort lui presser l'épaule, sans animosité.

Il se détourna à contrecœur pour suivre son maître et le roi.

Ils sortirent en passant à travers le mur. Il était à demi engagé derrière eux lorsqu'il se rendit compte que passer à travers les murs était impossible.

Logique suicidaire qui faillit le tuer. Il sentit le froid de la pierre autour de ses membres avant qu'une voix ne lui souffle à l'oreille :

« LE TRUC, C'EST DE TE DIRE QUE LE MUR NE PEUT PAS ÊTRE LÀ. AUTREMENT, TU NE PASSERAIS PAS À TRAVERS. PAS VRAI, PETIT ?

– Morty.

– QUOI ?

– Mon nom, c'est Morty. Ou Mortimer », fit avec colère l'apprenti qui avança. Le froid de la pierre resta derrière lui.

« LÀ. ÇA N'ÉTAIT PAS SI DIFFICILE, HEIN ? »

Morty inspecta le couloir à gauche et à droite et donna une claque au mur à titre d'essai. Il venait de le traverser, mais il avait l'air bien solide à présent. Des petits éclats de mica scintillèrent dans sa direction.

« Comment vous faites ça ? demanda-t-il. Comment je l'ai fait, moi ? C'est de la magie ?

– C'EST TOUT SAUF DE LA MAGIE, PETIT. QUAND TU Y ARRIVERAS TOUT SEUL, JE N'AURAI PLUS RIEN À T'APPRENDRE. »

Le roi, beaucoup plus diffus désormais, remarqua : « Très impressionnant, je vous l'accorde. A propos, on dirait que je disparais.

– C'EST LE CHAMP MORPHOGÉNÉTIQUE QUI S'AFFAIBLIT », le renseigna la Mort.

La voix du roi ne dépassait pas le niveau du murmure. « Vraiment ?

– ÇA ARRIVE À TOUT LE MONDE. ESSAYEZ D'EN PROFITER.

– Comment ? » La voix n'était plus qu'une ombre dans l'air.

« SOYEZ VOUS-MÊME. »

A cet instant le roi se ratatina, rapetissa de plus en plus à mesure que le champ se réduisait à une minuscule tête d'épingle brillante. Le phénomène se produisit si vite que Morty faillit le manquer. De fantôme à grain de poussière en une demi-seconde, dans un soupir.

La Mort saisit délicatement la chose et la rangea quelque part sous sa robe.

« Qu'est-ce qui lui est arrivé ? demanda l'apprenti.

– LUI SEUL LE SAIT, répondit la Mort. VIENS.

– Ma mémé dit que mourir, c'est comme s'endormir, ajouta le jeune homme, un soupçon d'espoir dans la voix.

– COMMENT VEUX-TU QUE JE SACHE ? JE NE CONNAIS NI L'UN NI L'AUTRE. »

Morty jeta un dernier coup d'œil dans le couloir. On avait d'un coup ouvert les grandes portes et les courtisans sortaient en masse. Deux vieilles femmes tentaient de consoler la princesse, mais celle-ci marchait à si grands pas qu'elles bondissaient à sa suite comme des ballons garnis de fanfreluches. Elles disparurent dans un autre corridor.

« DÉJÀ REINE », approuva la Mort. La Mort aimait le grand style.

Il ne reprit la parole que sur le tort.

« TU AS ESSAYÉ DE LE PRÉVENIR, dit-il en retirant la mangeoire de Bigadin.

– Oui, m'sieur. Pardon.

– TU NE PEUX PAS TE METTRE EN TRAVERS DU DESTIN. QUI ES-TU POUR JUGER QUI DOIT VIVRE ET QUI DOIT MOURIR ? »

La Mort observait attentivement l'expression de son apprenti. « SEULS LES DIEUX SONT HABILITÉS À LE FAIRE, ajouta-t-il. TRIPATOUILLER LE DESTIN NE SERAIT-CE QUE D'UN INDIVIDU, ÇA POURRAIT DÉTRUIRE LE MONDE. TU COMPRENDS ? »

Le jeune homme hocha une tête piteuse.

« Vous allez me renvoyer chez moi ? » fit-il.

La Mort baissa le bras et hissa son apprenti en croupe.

« PARCE QUE TU AS FAIT PREUVE DE COMPASSION ? NON. JE T'AURAIS PEUT-ÊTRE RENVOYÉ SI TU Y AVAIS PRIS DU PLAISIR. MAIS IL FAUT QUE TU APPRENNES LA COMPASSION PROPRE À TON MÉTIER.

– C'est quoi ?

– UNE LAME BIEN AFFÛTÉE. »

Les jours s'écoulèrent, sans que Morty sache vraiment combien. Le soleil morne du monde de la Mort roulait régulièrement dans le ciel, mais les visites dans l'espace normal n'obéissaient à aucun système apparent. La Mort ne se déplaçait pas non plus uniquement pour des rois et des grandes batailles ; le plus souvent, il se rendait auprès de gens parfaitement ordinaires.

Albert servait les repas ; pas très causant, il souriait beaucoup tout seul. Ysabell passait la majeure partie de son temps dans sa chambre, ou chevauchait son poney personnel dans la lande noire au-dessus du cottage. Le spectacle de la jeune fille, crinière au vent, aurait fait bien plus grande impression si elle avait été meilleure cavalière, si sa monture avait été plus imposante, ou si elle avait eu les cheveux du genre à flotter naturellement. Certains cheveux sont de ce genre-là et d'autres non. Les siens appartenaient à la seconde catégorie.

Quand « le service », ainsi que le dénommait la Mort, ne l'appelait pas à l'extérieur, l'apprenti aidait Albert, trouvait à s'occuper dans le jardin ou l'écurie, ou parcourait l'immense bibliothèque de son patron, lisant avec la rapidité et l'insatiabilité communes à ceux qui découvrent pour la première fois la magie du mot écrit.

La plupart des livres de la bibliothèque étaient des biographies, bien entendu.

Des ouvrages inhabituels sur un point : ils s'écrivaient tout seuls. Les gens déjà morts, comme de juste, remplissaient leurs livres du début à la fin, et ceux encore à naître devaient se contenter de pages blanches. Les autres, entre les deux... Morty prit des notes, marqua des repères, compta les lignes supplémentaires et estima que certains livres s'augmentaient de paragraphes au rythme de quatre ou cinq par jour. Il ne reconnaissait pas l'écriture.

Finalement, il s'arma de courage.

« UN QUOI ? s'étonna la Mort, assis derrière son bureau ouvragé ; ses mains tournaient et retournaient son coupe-papier en forme de faux.

– Un après-midi de congé », répéta l'apprenti. La pièce parut soudain vaste à en étouffer, et lui complètement à découvert au milieu d'un tapis d'à peu près les dimensions d'un champ.

« MAIS POURQUOI ? demanda la Mort. ÇA N'EST PAS POUR ALLER À L'ENTERREMENT DE TA GRAND-MÈRE, ajouta-t-il. JE LE SAURAIS.

– J'veux seulement, vous comprenez, sortir et voir des gens, dit le jeune homme qui essayait de faire céder ce regard bleu impassible.

– MAIS TU EN VOIS TOUS LES JOURS, DES GENS, objecta la Mort.

– Oui, je sais, seulement... ben, jamais pour très longtemps. J'veux dire, j'aimerais bien en rencontrer avec une espérance de vie qui dépasse les quelques minutes, monsieur », ajouta-il.

La Mort tambourina des doigts sur le bureau (on aurait cru entendre une souris danseuse de claquettes) et considéra son apprenti encore quelques secondes. Il nota que le jeune homme avait l'air moins anguleux que dans son souvenir, qu'il se tenait plus droit et qu'il était capable, de but en blanc, d'employer des expressions comme « espérance de vie ». C'était toute cette bibliothèque.

« D'ACCORD, dit-il de mauvaise grâce. MAIS IL ME SEMBLE QUE TU AS ICI TOUT CE QU'IL TE FAUT. LE SERVICE N'ENTRAÎNE PAS BEAUCOUP DE FRAIS, QUAND MÊME ?

– Non, monsieur.

– TU MANGES BIEN, TU DORS AU CHAUD, TU AS DES LOISIRS ET TU VOIS DES GENS DE TON ÂGE.

– Pardon, monsieur ?

– MA FILLE, dit la Mort. TU L'AS VUE, JE CROIS.

– Oh. Oui, monsieur.

– ELLE A UN TRÈS BON FOND, QUAND ON LA CONNAÎT.

– J'en suis sûr, monsieur.

– ET TU VEUX QUAND MÊME – la Mort cracha les mots avec un accent de dégoût – UN APRÈS-MIDI DE CONGÉ ?

– Oui, m'sieur. S'il vous plaît, m'sieur.

– TRÈS BIEN. SOIT. TU AS JUSQU'AU COUCHER DU SOLEIL. »

La Mort ouvrit son grand registre, saisit une plume et

se mit à écrire. De temps à autre il tendait la main et déplaçait d'une chiquenaude les perles d'un boulier.

Au bout d'une minute, il releva la tête. « ENCORE LÀ, dit-il. ET SUR TON TEMPS DE CONGÉ, EN PLUS, ajouta-t-il aigrement.

– Hum, fit l'apprenti, est-ce que les gens me verront, m'sieur ?

– À MON AVIS, OUI, répondit la Mort. Y A-T-IL AUTRE CHOSE QUE JE PUISSE FAIRE POUR TOI AVANT QUE TU AILLES TE DÉBAUCHER ?

– Ben, m'sieur, y a une chose, m'sieur : j'sais pas comment rejoindre le monde mortel, m'sieur », dit le jeune homme au désespoir.

La Mort soupira bruyamment et ouvrit un tiroir du bureau.

« VA LÀ-BAS. »

L'apprenti hocha misérablement la tête et se dirigea longuement vers la porte du cabinet. Au moment où il tournait le bouton, la Mort toussa.

« PETIT ! » l'appela-t-il et il lui lança quelque chose à travers la pièce.

Morty s'en saisit par réflexe et la porte pivota en grinçant.

Avant de disparaître, l'épais tapis sous ses pieds se transforma en pavés boueux. Les flots de lumière du grand jour s'abattirent sur lui comme du vif-argent.

« Morty, rectifia le jeune homme à l'ensemble de l'univers.

– Quoi ? » fit un marchand de plein vent à côté de lui. Morty jeta un regard à la ronde. Il se trouvait sur une place de marché animée, noire de gens et d'animaux. On y vendait toutes sortes d'articles, allant des aiguilles aux visions du Salut (par le biais de quelques prophètes itinérants). Il était impossible d'y tenir conversation autrement qu'en braillant.

L'apprenti tapota le marchand dans le creux des reins. « Vous me voyez ? » demanda-t-il.

Le marchand lui loucha dessus d'un œil critique.

« M'est avis qu'oui, répondit-il, ou alors c'est quelqu'un qui te ressemble beaucoup.

– Merci, fit Morty, grandement soulagé.

– Pas de quoi. Je vois des tas de gens tous les jours, c'est gratuit. Tu veux acheter des lacets ?

– J'crois pas. On est où, ici ?

– Tu l'sais pas ? »

Deux autres personnes, à l'étal voisin, considéraient Morty d'un œil songeur. Son cerveau passa la surmultipliée. « Mon maître voyage beaucoup, dit-il sans mentir. On est arrivés hier soir, et moi, je dormais dans le chariot. Maintenant, j'ai mon après-midi de libre.

– Ah », fit le marchand. Il se pencha en avant avec une mine de conspirateur. « On est venu s'faire plaisir, hein ? J'peux t'arranger ça.

– Ça me ferait plaisir de savoir où je suis », concéda Morty.

L'homme fut décontenancé.

« On est à Ankh-Morpork, dit-il. Ça se voit, non ? Ça se sent, même. »

L'apprenti renifla. Il flottait un quelque chose de particulier dans l'air de la ville. Comme s'il avait pas mal vécu. Impossible d'ignorer à chaque inspiration qu'on côtoyait des milliers d'autres gens et qu'ils avaient presque tous des dessous de bras.

Le marchand posa sur Morty un regard inquisiteur, nota la pâleur du visage, la bonne coupe des habits et l'étrange présence qui lui faisait l'effet d'un ressort à boudin.

« Ecoute, j'vais pas y aller par quatre chemins, dit-il. Je peux t'indiquer une bonne adresse où tremper ton biscuit.

– J'ai déjà déjeuné, fit distraitement Morty. Mais est-ce que vous pouvez me dire si on est loin d'une ville qui s'appelle Sto Lat, je crois ?

– A une trentaine de kilomètres vers le Moyeu, mais y a rien là-bas pour un jeune homme de ton acabit, s'empressa de dire le commerçant. Je connais ça, t'es de sortie tout seul, t'as envie de sensations nouvelles, tu veux des émotions, de la romance... »

L'apprenti, pendant ce temps-là, ouvrait la bourse que lui avait remise la Mort. Elle était remplie de petites pièces d'or à peu près grosses comme des paillettes.

Une image se forma une fois de plus dans sa tête : celle d'un visage jeune et pâle sous des cheveux roux qui avait, il ignorait comment, eu conscience de sa présence. Les sentiments diffus qui lui hantaient l'esprit depuis ces derniers jours se précisèrent d'un coup.

« Je veux, dit-il d'une voix ferme, un cheval très rapide. »

Cinq minutes plus tard, Morty était perdu.

On connaissait ce secteur d'Ankh-Morpork sous le nom des Ombres, un quartier intra-muros qui avait grand besoin d'une aide gouvernementale ou, mieux encore, d'un lance-flammes. On ne pouvait le qualifier de sordide, on aurait forcé sur le mot jusqu'au point de rupture. Il dépassait le sordide de très loin et, par une sorte de renversement einsteinien, touchait à une grandeur dans l'horrible dont il se parait comme d'une récompense architecturale. Bruyant, étouffant, il empestait autant qu'une litière d'étable.

Les rapports de voisinage relevaient plutôt de l'écologie, comme s'il s'agissait d'un grand récif de corail, mais terrestre. Un récif peuplé d'humains, bien sûr, équivalents des homards, calmars, crevettes, etc. Et des requins.

Morty erra désespérément dans les rues tortueuses. Quiconque aurait survolé le quartier à hauteur de toit aurait remarqué des mouvements de foule dans son sillage, laissant supposer qu'un certain nombre d'individus convergeaient nonchalamment vers une cible, et aurait aussitôt conclu que l'apprenti et son or jouissaient en gros de la même espérance de vie qu'un hérisson à trois pattes sur une autoroute à six voies.

Il apparaît sans doute déjà clairement que le quartier des Ombres n'était pas du genre à avoir des habitants. Il avait des résidents. Régulièrement, Morty essayait d'engager la conversation avec l'un d'eux, afin de se faire indiquer le chemin d'un bon marchand de chevaux. Le résident marmonnait généralement quelques mots et filait en vitesse, vu que quiconque souhaitait vivre aux Ombres plus de trois heures acquérait de nouveaux sens très spécialisés et ne tenait pas plus à traîner dans les parages de l'apprenti qu'un paysan sous un gros arbre par temps d'orage.

Ainsi Morty finit-il par déboucher sur l'Ankh, le plus grand de tous les fleuves. Avant d'entrer dans la cité, ledit fleuve s'écoulait déjà lentement, lourd du limon des plaines, et aux Ombres, même un agnostique aurait pu le traverser à pied. C'était difficile de se noyer dans l'Ankh, mais facile d'y mourir étouffé.

Morty considéra la surface d'un air songeur. Elle avait

l'air de se déplacer. On y voyait des bulles. Ça devait être de l'eau.

Il soupira et s'en alla.

Trois hommes avaient surgi derrière lui, comme crachés de la maçonnerie. Ils affichaient la mine fermée, impassible des malandrins dont l'apparition dans n'importe quelle histoire annonce qu'il est temps pour le héros d'affronter un danger, mais pas très grand, parce qu'il est également évident que les pauvres diables vont avoir une horrible surprise.

Ils lançaient des regards mauvais. Ils étaient très forts pour ça.

L'un d'eux avait tiré son couteau avec lequel il décrivait de petits moulinets. Il avança lentement vers Morty, tandis que les deux autres restaient en arrière pour lui apporter un soutien immoral.

« File-nous ta bourse », grinça-t-il.

La main de l'apprenti se posa sur la bourse à sa ceinture.

« Une minute, fit-il. Qu'est-ce qu'il se passera, après ?

– Quoi ?

– J'veux dire, c'est ma bourse ou ma vie ? fit Morty. C'est le genre de question que les voleurs sont censés poser. La bourse ou la vie. J'ai lu ça une fois dans un livre, ajouta-t-il.

– P't-être bien, p't-être bien », admit le coupe-jarret. Il sentit qu'il perdait l'initiative mais se reprit magnifiquement. « D'un autre côté, ça pourrait être ta bourse et ta vie. D'une pierre, deux coups, comme qui dirait. »

L'homme jeta un regard en coin à ses collègues qui ricanèrent en réplique.

« Dans ce cas... commença Morty, et il leva la bourse d'une main dans l'intention de l'envoyer le plus loin possible dans l'Ankh, quand bien même elle risquait fort de rebondir.

– Hé, qu'esse tu fais ? » s'inquiéta le voleur. Il voulut se précipiter en avant mais s'arrêta aussitôt lorsque Morty donna une secousse menaçante à la bourse.

« Bon, fit Morty, voilà comment je vois les choses. Si, dans tous les cas, vous me tuez, autant que je me débarrasse de l'argent. Ça dépend entièrement de vous. » Pour illustrer ses dires, il sortit une pièce et l'envoya d'une pichenette dans l'eau qui l'accepta avec un funeste bruit de succion. Les malandrins frissonnèrent.

Le voleur en chef regarda la bourse. Il regarda son couteau. Il regarda la figure de Morty. Il regarda ses comparses.

« Excuse-moi », dit-il, et le trio de coupe-jarrets se réunit pour un conciliabule.

Morty mesura la distance qui le séparait du bout de la ruelle. Il n'y arriverait pas. De toute façon, ces trois-là avaient aussi l'air très entraînés en course-poursuite. Seuls les efforts de réflexion arrivaient à les fatiguer un peu.

Le chef se retourna vers Morty. Il lança un dernier regard aux deux autres. Ils approuvèrent d'un hochement de tête décidé.

« J'crois qu'on va te tuer et courir le risque de perdre l'argent, dit-il. On tient pas à voir se répéter ce genre de cas. »

Les deux autres tirèrent leurs couteaux.

Morty déglutit. « Ce serait une mauvaise idée dit-il.

– Pourquoi donc ?

– Eh ben, pour commencer, moi je l'aime pas beaucoup.

– T'es pas censé l'aimer, t'es censé... mourir, dit le voleur qui avança.

– Je ne crois pas que je vais mourir, rétorqua Morty qui recula. Je suis sûr qu'on me l'aurait dit.

– Ouais, fit le voleur qui commençait à en avoir marre. Ouais, ben, on te l'a dit, non ? Grosses merdes d'éléphants fumantes ! »

Morty venait encore de reculer. A travers un mur.

Le voleur en chef lança un regard venimeux à la pierre solide qui avait avalé l'apprenti et jeta son couteau par terre.

« Ben ça, l'en----, dit-il. Un en---- d'mage. J'les déteste, ces en----- d'mages !

– T'as qu'à pas les ------, alors », marmonna l'un de ses acolytes qui prononça sans effort toute une série de tirets.

Le dernier membre du trio, qui avait l'esprit un peu lent, s'exclama :

« Dites, les gars, l'est passé à travers le mur !

– Et en plus, on a perdu un temps fou à l'filer, remarmonna le second. T'en as de bonnes, toi, Coquedeuf. Je m'doutais que c'était un mage, je l'ai dit, y a que des mages pour se balader tout seuls dans le coin. Je l'ai pas dit qu'il avait l'air d'un mage ? J'ai dit...

– Tu dis bien trop de choses, grogna le chef.
– *Je l'ai vu, l'est carrément passé à travers le mur, là...*
– Oh ? Ouais ?
– Ouais.
– *Carrément à travers, z'avez pas vu ?*
– Ah, c'est fin, hein ?
– Assez fin, puisque tu l'dis ! »

Le chef rafla son couteau par terre d'un mouvement vipérin.

« Aussi fin que ça ? »

Le troisième coupe-jarret s'approcha en titubant du mur auquel il flanqua plusieurs bons coups de pied, tandis que dans son dos s'élevaient des bruits de bagarre et quelques glougloutements étouffés.

« Ouaip, c'est bien un mur, dit-il. C'est un mur, ou je m'y connais pas. Comment il a fait ça, d'après vous, les gars ?... »

« Les gars ? »

Il trébucha contre les corps étendus face contre terre.

« Oh », fit-il. Tout lent d'esprit qu'il fût, il restait encore assez vif pour prendre conscience d'un détail très important. Il se trouvait dans une ruelle écartée des Ombres, et seul. Il prit ses jambes à son cou et les y laissa un bon moment.

La Mort parcourait à pas lents les dalles de la salle des compte-vies dont il inspectait les rangs serrés. Albert le suivait respectueusement, le grand registre ouvert dans les bras.

Autour d'eux ce n'était que rugissement, une formidable cataracte sonore et grise.

Un rugissement qui provenait des étagères où les alignements de sabliers à perte de vue épanchaient le sable du temps mortel. Un bruit lourd, un bruit sourd, un bruit qui se déversait comme une crème maussade sur le joyeux roulé à la confiture de l'âme.

« PARFAIT, dit la Mort. J'EN COMPTE TROIS. UNE NUIT TRANQUILLE.

– Bobonne Piédeporc, encore l'abbé Lobsang, et la princesse Kéli », énuméra Albert.

La Mort regarda les trois sabliers qu'il tenait à la main.

« JE SONGEAIS À ENVOYER LE GAMIN », dit-il.

Albert consulta son registre.

« Ma foi, pour Bobonne, Ça ne poserait pas de problème, et on peut dire que l'abbé est un habitué, fit-il. Dommage, pour la princesse. Quinze ans seulement. Ça risque d'être délicat.

– OUI. C'EST MALHEUREUX.

– Maître ? »

La Mort, le troisième sablier à la main, contemplait d'un air songeur les jeux de la lumière à sa surface. Il soupira.

« SI JEUNE...

– Vous vous sentez bien, maître ? s'inquiéta Albert.

– LE TEMPS, DE SON COURS ÉTERNEL, EMPORTE TOUT...

– Maître !

– QUOI ? fit la Mort qui se reprit.

– Vous vous surmenez, maître, c'est ça...

– QU'EST-CE QUE TU ME CHANTES, L'AMI ?

– Vous aviez l'air bizarre, maître.

– FOUTAISES. JE NE ME SUIS JAMAIS SENTI AUSSI BIEN. BON, DE QUOI ON PARLAIT ? »

Albert haussa les épaules et se replongea dans les écritures de son livre. « Bobonne est une sorcière, dit-il. Si vous envoyez Morty, ça va peut-être la contrarier. »

Tous les praticiens de la magie gagnaient le droit, une fois leur dernier grain de sable personnel écoulé, de voir la Mort lui-même venir les chercher plutôt que ses employés.

La Mort n'avait pas l'air d'entendre Albert. Il fixait à nouveau le sablier de la princesse Kéli.

« QUELLE EST CETTE INTIME SENSATION DE REGRET MÉLANCOLIQUE QUE LES CHOSES SONT CE QU'ELLES PARAISSENT ?

– La tristesse, maître. Je crois. Maintenant...

– C'EST MOI, LA TRISTESSE. »

Albert en resta bouche bée. Il finit par se ressaisir suffisamment pour lâcher : « Maître, on parlait de Morty !

– MORTY QUI ?

– Votre apprenti, maître, fit le serviteur avec patience. Un jeune gars, grand.

– BIEN SÛR. BON, ON VA L'ENVOYER.

– Est-il prêt à travailler en solo, maître ? » fit Albert, dubitatif.

La Mort réfléchit. « IL PEUT LE FAIRE, dit-il enfin. IL EST PLEIN DE ZÈLE, IL APPREND VITE ET PUIS, ajouta-t-il, LES GENS NE S'ATTENDENT TOUT DE MÊME PAS QUE ÇA SOIT MOI QUI LEUR COURE TOUJOURS APRÈS. »

Morty fixa d'un œil vide les tentures murales en velours à quelques centimètres de son nez.

Je suis passé à travers un mur, songeait-il. Et c'est impossible.

Il écarta avec précaution les tentures pour voir si une porte ne se cachait pas quelque part, mais il n'y avait rien d'autre que du plâtre effrité dont des plaques s'étaient détachées ici et là pour révéler de la brique un peu humide mais positivement solide.

Il lui donna des petits coups de doigt, à tout hasard. Il était clair qu'il n'allait pas repartir par là.

« Bon, dit-il au mur. Et maintenant ? »

Une voix s'éleva dans son dos : « Hum. Excusez, je vous prie ? »

Il se retourna lentement.

Une famille klatchienne était attablée au milieu de la pièce : le père, la mère et une demi-douzaine d'enfants de taille décroissante. Huit paires d'yeux ronds fixaient Morty. Une neuvième paire, celle d'un grand-parent âgé de sexe indéterminé, ne le fixait pas pour la bonne raison que son propriétaire avait profité de l'interruption pour se gagner un peu de place auprès de la jatte de riz communautaire, estimant que mettre le grappin sur un poisson bouilli valait toutes les manifestations inexpliquées du Disque, et seule une mastication résolue ponctuait le silence.

Dans un angle de la pièce bondée trônait un petit autel dédié à Offler, le dieu crocodile à six bras de Klatch. Il souriait du même sourire que la Mort, sauf que la Mort, bien sûr, ne bénéficiait pas de toute une volée d'oiseaux sacrés pour lui apporter des nouvelles de ses adorateurs et lui tenir les dents propres.

Les Klatchiens placent l'hospitalité au-dessus de toutes les vertus. Morty, figé, vit la mère prendre une autre assiette sur l'étagère derrière elle, commencer silencieusement à la remplir à la grande jatte et arracher un bon morceau de poisson-chat des mains de l'ancêtre au terme d'une brève lutte. Mais pas un instant elle ne détacha ses yeux bordés de khôl du jeune homme.

C'était le père qui avait parlé. Morty s'inclina nerveusement.

« Pardon, fit-il. Heu... On dirait que je suis passé à travers le mur. » Plutôt maladroit comme entrée en matière, il devait l'admettre.

« Je vous prie ? » répéta l'homme. La femme, dans un cliquetis de bracelets, déposa quelques rondelles de poivron sur l'assiette qu'elle aspergea d'une sauce vert foncé que Morty eut peur de reconnaître. Il s'y était risqué quelques semaines plus tôt et, malgré une recette très élaborée, une seule bouchée lui avait suffi pour savoir qu'il s'agissait d'entrailles de poisson laissées à mariner plusieurs années dans une cuve de bile de requin. D'après la Mort, on finissait par y prendre goût. Morty avait refusé de faire l'effort.

Il essaya de se glisser en crabe tout autour de la pièce vers la porte tendue de perles. Toutes les têtes se tournèrent à mesure pour le suivre des yeux. Il tenta un sourire.

La femme de s'étonner : « Pourquoi le démon découvre-t-il ses dents, époux de mes jours ? »

L'homme de répondre : « C'est peut-être la faim, lune de mon désir. Sers-lui davantage de poisson ! »

Et l'ancêtre de rouspéter : « C'est moi qui le mangeais, enfant de ma poisse. Malheur au monde qui n'a pas de respect pour le grand âge ! »

Il est à signaler que les phrases entraient dans l'oreille de Morty en klatchien, avec toutes les fioritures et diphtongues subtiles d'une langue si ancienne et sophistiquée qu'elle possédait déjà quinze mots pour dire « assassinat » avant que le reste du monde n'ait compris qu'on pouvait s'assommer les uns les autres à coups de cailloux, mais que les phrases en question lui arrivaient dans le cerveau aussi claires et compréhensibles qu'en sa langue maternelle.

« J'suis pas un démon ! J'suis un humain ! lança-t-il avant de s'arrêter, ahuri, car les mots lui sortaient de la bouche en pur klatchien.

– Etes-vous un voleur ? demanda le père. Un tueur ? Pour vous faufiler ainsi chez les gens, êtes-vous un *percepteur* ? » Sa main glissa sous la table et resurgit armée d'un couperet effilé comme une feuille de papier. Sa femme poussa un cri, lâcha l'assiette et serra les plus jeunes enfants contre elle.

Morty regarda la lame tracer des arabesques dans le vide et renonça.

« Je vous apporte le bonjour des derniers cercles de l'enfer », hasarda-t-il.

Le changement fut radical. Le couperet s'abaissa et la famille se fendit de larges sourires.

« C'est une grande chance qui nous échoit si un démon nous rend visite, dit le père, aux anges. Quel est ton souhait, ô fruit immonde des reins d'Offler ?

– Pardon ? fit Morty.

– Un démon apporte bénédiction et bonne fortune à qui lui vient en aide, répondit l'homme. En quoi pouvons-nous t'être utile, ô haleine de chien fétide des profondeurs infernales ?

– Ben, j'ai pas très faim, dit Morty, mais si vous savez où je peux trouver un cheval rapide pour me rendre à Sto Lat avant le coucher du soleil... »

L'homme rayonna et s'inclina.

« Je sais où, extrusion méphitique des viscères, si tu veux bien me suivre. »

Morty se hâta de lui emboîter le pas. L'ancêtre décrépit les regarda partir d'un œil critique, en travaillant rythmiquement des mâchoires.

« C'est ça, ce qu'ils appellent un démon par ici ? dit-il. Qu'Offler livre ce pays humide à la pourriture, même leurs démons sont de troisième ordre, ils n'arrivent pas à la cheville de ceux qu'on avait chez nous. »

La femme posa un petit bol de riz dans les mains jointes (les médianes) de la statue d'Offler (le bol aurait disparu au matin) et recula.

« L'époux a dit que le mois dernier, aux *Jardins du Curry*, il a servi une créature qui n'était pas là, fit-elle. Il a été très impressionné. »

Dix minutes plus tard, l'homme revint et, dans un silence solennel déposa un petit tas de pièces d'or sur la table. Elles représentaient assez de richesse pour acheter une bonne partie de la ville.

« Il en avait toute une bourse », dit-il.

La famille fixa un moment l'argent. La femme soupira.

« La richesse est source d'ennuis, dit-elle. Qu'allons-nous faire ?

– Nous retournons en Klatch, répondit d'un ton ferme le mari. Nos enfants grandiront selon les traditions glorieuses de notre antique race, dans un pays digne d'eux où les hommes n'ont pas à travailler comme serveurs pour de mauvais maîtres mais gardent leur fierté sans courber l'échine. Et il nous faut partir sur-le-champ, fleur odorante du palmier dattier.

– Pourquoi si tôt, ô fils du désert dur à la tâche ?
– Parce que, fit l'homme, je viens de vendre le meilleur cheval de course du Patricien. »

Le cheval n'était pas aussi beau ni aussi rapide que Bigadin, mais ses sabots dévoraient les kilomètres, et il distança facilement quelques gardes montés qui, pour une raison inconnue, paraissaient désireux de parler à Morty. Il laissa bientôt derrière lui les faubourgs miteux de Morpork, et la route s'enfonça dans la riche plaine de Sto, à la terre noire, née des inondations millénaires et régulières de l'Ankh, le grand fleuve paresseux qui apportait à la région prospérité, sécurité et arthrite chronique.

La plaine était aussi extrêmement ennuyeuse. La lumière passa lentement de l'argent à l'or, et Morty galopait toujours dans un paysage plat et froid, un damier de champs de choux à perte de vue. Il y a beaucoup à dire sur les choux. On peut s'étendre sur leur haute teneur en vitamines, leur apport vital en fer, leurs précieuses fibres et leur valeur nutritive digne d'éloges. Dans l'ensemble, pourtant, il leur manque quelque chose ; ils ont beau arguer de leur supériorité sur, disons, les jonquilles, leur vue n'a jamais inspiré la muse du poète. A moins qu'il n'ait faim, bien entendu. Il n'y avait que trente kilomètres jusqu'à Sto Lat, mais question expérience humaine dénuée d'intérêt, ils en valaient trois mille.

Des gardes étaient de faction aux portes de Sto Lat ; comparés à ceux qui patrouillaient dans Ankh, ils faisaient plutôt empruntés, amateurs. Morty allait les dépasser au trot quand l'un d'eux, se sentant un peu idiot, lui demanda qui allait là.

« J'ai peur de pas pouvoir m'arrêter », dit Morty.

Le garde était nouveau dans le métier, et zélé. Il ne s'était pas attendu à jouer les sentinelles. Rester debout toute la journée en cotte de mailles, encombré d'une hache au bout d'une longue perche... il ne s'était pas engagé pour ça ; il avait espéré une vie mouvementée, des défis à relever, une arbalète et un uniforme qui ne rouillait pas sous la pluie.

Il fit un pas en avant, prêt à défendre la cité contre ceux qui transgressaient les ordres émanant d'employés municipaux dûment habilités. Morty considéra la lame de la pique qui se balançait à quelques centimètres de sa figure. Ça commençait à bien faire.

« D'un autre côté, ajouta-t-il calmement, que diriez-vous si je vous faisais cadeau de cet excellent cheval ? »

Il ne lui fut pas difficile de trouver l'entrée du château. Là aussi, des gardes étaient de faction ; ceux-là avaient des arbalètes et une conception autrement plus antipathique de l'existence ; de toute façon, Morty était à court de chevaux. Il traîna dans les parages jusqu'à ce que les hommes d'armes commencent à s'intéresser de près à son cas, puis il s'éloigna d'un pas nonchalant et triste dans les rues de la petite ville, se sentant ridicule.

Après tout ça, après des kilomètres de cruciféracées et un postérieur comme un bloc de bois, il ne savait même pas ce qu'il faisait là. Bon, elle l'avait distingué alors qu'il était invisible ? Qu'est-ce que ça prouvait ? Rien, bien sûr. Seulement, il revoyait sans cesse son visage, et la lueur d'espoir dans ses yeux. Il voulait lui dire que tout allait bien se passer. Il voulait lui parler de lui-même et de tout ce qu'il voulait devenir. Il voulait découvrir laquelle était sa chambre dans le château et la surveiller jusqu'à ce que la lumière s'éteigne. Et ainsi de suite.

Un peu plus tard, un forgeron qui tenait commerce dans l'une des rues étroites donnant sur l'enceinte du château leva les yeux de son ouvrage et vit un un grand échalas de jeune homme, la figure plutôt rouge, qui s'évertuait à vouloir passer à travers les murs.

Encore plus tard, le même jeune homme, la tête couverte d'ecchymoses superficielles, s'arrêtait dans une des tavernes de la ville pour demander l'adresse du mage le plus proche.

Et toujours plus tard, Morty se retrouva devant une maison au plâtre écaillé qu'une plaque de cuivre noircie désignait comme la demeure d'*Igné Coupefin, DM (Invisible), Maistre de l'Infyni, Illuminartus, Mage des Prynces, Gardyen des Portes Sacrées, En cas d'absence dayposer le courrier chez la voisyne, madame Nogent.*

Favorablement impressionné malgré un cœur battant, Morty souleva le heurtoir massif en forme de gargouille repoussante qui serrait un lourd anneau de fer dans sa bouche et frappa deux fois.

Il y eut un bref remue-ménage à l'intérieur, une succession de bruits domestiques précipités qu'aurait pu causer, disons, dans une maison plus commune, un locataire enfournant les assiettes du déjeuner dans l'évier et cachant le linge sale hors de vue.

La porte finit par pivoter lentement et mystérieusement.

« Vaudrait mieux faire femblant d'être épaté, dit le heurtoir sur le ton de la conversation mais quelque peu gêné par l'anneau. Il fait fa avec des poulies et de la fifelle. Il n'est pas fort pour les fortilèves d'ouverture, tu faivis ? »

Morty regarda la gueule de métal qui souriait. Je travaille pour un squelette qui passe à travers les murs, se dit-il. Pourquoi je m'étonne de tout comme ça ?

« Merci, fit-il.

– Pas de quoi. Effuie-toi les pieds fur le paillaffon, f'est le vour de convé du décrottoir. »

La grande pièce basse à l'intérieur était obscure, remplie d'ombres ; elle sentait surtout l'encens mais aussi, plus légèrement, le chou bouilli, le vieux linge sale et le genre d'occupant à lancer toutes ses chaussettes contre le mur pour enfiler celles qui ne restent pas collées. Il y avait une grosse boule de cristal fêlée, un astrolabe auquel manquaient des morceaux, un octogramme éraflé par terre, et un alligator empaillé accroché au plafond. L'alligator empaillé, c'est l'accessoire de base de tout établissement magique digne de ce nom. Celui-là n'avait pas l'air d'apprécier.

On écarta d'un bras dramatique le rideau de perles du mur opposé, et une silhouette encapuchonnée apparut.

« Que des constellations bénéfiques éclairent l'heure de notre rencontre ! tonna-t-elle.

– Lesquelles ? » voulut savoir Morty.

Il y eut un silence soudain et inquiet. « Pardon ?

– Il s'agit de quelles constellations ? redemanda Morty.

– Les bénéfiques », fit la silhouette, peu sûre d'elle. Elle se ressaisit. « Pourquoi viens-tu déranger Igné Coupefin, Gardien des Huit Clés, Explorateur des Dimensions de la Basse-Fosse, Mage Suprême de...

– Excusez-moi, fit Morty, c'est vrai, tout ça ?

– C'est vrai, quoi ?

– Maître du machin-chose, Grand Seigneur Trucchouette des Basses-Fosses Sacrées ? »

Coupefin repoussa son capuchon d'un grand geste contrarié. Au lieu du magicien à la barbe grise qu'il escomptait, Morty découvrit une bouille ronde, plutôt rebondie, rose et blanc comme un pâté en croûte auquel elle ressemblait par d'autres détails. Par exemple, comme la plupart des pâtés en croûte, elle n'avait pas de barbe et affichait un air bonhomme.

« Au figuré, oui, fit-il.

– Ça veut dire quoi ?

– Eh bien, ça veut dire non.

– Mais vous avez pourtant...

– C'était de la publicité, l'interrompit Coupefin. Une sorte de magie sur laquelle je travaille. Qu'est-ce que tu me voulais, au fait ? » Il eut un regard égrillard. « Un philtre d'amour, c'est ça ? Quelque chose pour encourager les jeunes dames ?

– Est-ce que c'est possible de passer à travers les murs ? » demanda Morty d'un ton désespéré. Coupefin marqua un temps, les mains déjà à mi-chemin d'une grande bouteille pleine d'un liquide visqueux.

« En se servant de la magie ?

– Hum, fit Morty. J'crois pas.

– Alors, choisis des murs très peu épais, dit Coupefin. Encore mieux, passe par la porte. Celle-là, là-bas, fera parfaitement l'affaire, si tu n'es venu que pour me faire perdre mon temps. »

Morty hésita, puis posa la bourse de pièces d'or sur la table. Le mage lui lança un regard, émit un petit gémissement depuis le fond de sa gorge, et avança la main. Celle de Morty jaillit pour lui saisir le poignet.

« Je suis passé à travers des murs, dit-il lentement, posément.

– Mais bien sûr, voyons, bien sûr », marmonna Coupefin sans détacher les yeux de la bourse. Il fit sauter d'une pichenette le bouchon de la bouteille de liquide bleu et s'en octroya distraitement une lampée.

« Seulement, avant de le faire, j'savais pas que je pouvais le faire, puis pendant que je le faisais, je savais pas que je le faisais, et maintenant que je l'ai fait, je sais plus comment j'ai fait.

– Pourquoi ?

– Parce que, dit Morty, si je passais à travers les murs, je pourrais tout faire.

– Très profond, reconnut Coupefin. Philosophique. Et le nom de la jeune dame de l'autre côté de ce mur ?

– C'est... » Morty déglutit. « Je sais pas son nom. Ni

même s'il y a une jeune dame, ajouta-t-il avec hauteur, et j'ai pas dit qu'il y en avait une.

– Juste », fit Coupefin. Il s'envoya une autre lampée et frissonna. « Bien. Comment passer à travers les murs. Je vais chercher. Mais ça risque de coûter bonbon. »

Morty prit délicatement la bourse et sortit une piécette d'or.

« Un acompte », dit-il en la posant sur la table.

Coupefin se saisit de la pièce comme s'il s'attendait qu'elle éclate ou s'évapore et l'examina soigneusement.

« Je n'ai encore jamais vu ce genre de monnaie, dit-il d'un ton accusateur. C'est quoi, cette écriture tarabiscotée ?

– Mais c'est de l'or, non ? fit Morty. J'veux dire : vous êtes pas obligé de la prendre...

– Bien sûr, bien sûr, c'est de l'or, s'empressa de convenir Coupefin. C'est bien de l'or. Je me demandais seulement d'où elle venait, voilà tout.

– Vous me croiriez pas, fit Morty. A quelle heure vous avez votre coucher de soleil par ici ?

– En général, on arrive à le caser entre le jour et la nuit, répondit Coupefin qui continuait de fixer la pièce d'or et de boire des petites gorgées à la bouteille bleue. A peu près maintenant. »

Morty jeta un coup d'œil par la fenêtre. La rue dehors prenait déjà des allures crépusculaires.

« Je vais revenir », murmura-t-il, et il se dirigea vers la porte. Il entendit le mage lui crier quelque chose, mais il dévalait la rue à toutes jambes.

Il commençait à paniquer. La Mort allait l'attendre à soixante kilomètres de là. Il aurait droit à un savon. Il était bon pour se faire salement eng...

« AH, PETIT. »

Une silhouette familière sortit de la zone de lumière autour d'un éventaire d'anguilles en gelée ; elle tenait une assiettée de bigorneaux. « LA SAUCE VINAIGRETTE EST PARTICULIÈREMENT PIQUANTE. SERS-TOI, J'AI UNE AUTRE ÉPINGLE. »

Mais, évidemment, qu'il fût à soixante kilomètres ne l'empêchait pas d'être également ici...

Dans sa chambre en désordre, Coupefin tournait et retournait la pièce d'or entre ses doigts, marmonnait tout seul le mot « murs » et séchait sa bouteille.

Il ne s'aperçut de ce qu'il faisait qu'une fois la dernière

goutte bue ; ses yeux s'arrêtèrent sur le flacon et, à travers la brume rose qui se levait, il lut l'étiquette qui disait :

*Fortyfian Baume du Bélier et Filtre de Passyon de Mémé Ciredutemps. Une cuyérée selemant au couché et ces toux.*

« Tout seul ? fit Morty.

– CERTAINEMENT. J'AI ENTIÈRE CONFIANCE EN TOI.

– Ben mince ! »

La proposition chassa toute autre préoccupation de l'esprit de l'apprenti, et il s'étonna même de ne pas éprouver franchement de dégoût. Il avait assisté à pas mal de décès au cours de la dernière semaine, et l'acte perdait toute son horreur quand on savait qu'on allait parler à la victime après coup. La plupart avaient été soulagées, une ou deux en colère, mais toutes bien contentes d'entendre quelques mots obligeants.

« TU CROIS QUE TU Y ARRIVERAS ?

– Ben, m'sieur... Oui. Je crois.

– VOILÀ LA BONNE ATTITUDE. J'AI LAISSÉ BIGADIN PRÈS DE L'ABREUVOIR AU COIN DE LA RUE. RAMÈNE-LE DIRECTEMENT À LA MAISON QUAND TU AURAS FINI.

– Vous restez ici, m'sieur ? »

La Mort regarda la rue dans les deux sens. Ses orbites brillèrent.

« J'AVAIS IDÉE DE ME PROMENER UN PEU, dit-il mystérieusement. JE NE ME SENS PAS TRÈS BIEN. J'AI ENVIE D'AIR FRAIS. » Il parut se rappeler quelque chose, plongea la main dans les ombres secrètes de sa cape et en ressortit trois sabliers.

« RIEN DE COMPLIQUÉ, dit-il. AMUSE-TOI BIEN. »

Il se retourna et partit dans la rue à grands pas, en fredonnant.

« Hum. Merci », fit l'apprenti.

Il leva les sabliers à la lumière, nota celui qui en était à ses ultimes grains de sable. « Ça veut dire que c'est moi qui m'occupe de tout ? » lança-t-il, mais la Mort avait disparu au coin.

Bigadin le reconnut et l'accueillit d'un léger hennissement. Morty l'enfourcha ; l'appréhension et la responsabilité lui faisaient battre le cœur plus vite. Ses doigts s'activèrent automatiquement, retirèrent la faux de son étui, puis adaptèrent et fixèrent la lame (qui jeta un éclair bleu acier dans la nuit et découpa la lumière stellaire comme du salami). Il se mit en selle avec prudence, tressaillit aux élancements de son arrière-train endolori ; mais monter Bigadin, c'était comme monter un oreiller. Après coup, ivre de l'autorité qu'on venait de lui déléguer, il prit dans la sacoche de selle la cape de cheval de la Mort et se l'attacha aux épaules par sa broche d'argent.

Il regarda une fois encore le premier sablier et pressa légèrement des genoux les flancs de Bigadin. Le cheval flaira l'air frisquet et se mit au trot.

Derrière eux, Coupefin fusa de sa porte et fonça de plus en plus vite dans la rue gelée, robes au vent.

Le cheval était maintenant au petit galop, et l'écart entre ses sabots et les pavés grandissait. Dans un bruissement de queue il passa par-dessus les toits des maisons et s'éleva dans le froid du ciel.

Coupefin l'ignora. Il avait plus urgent en tête. Il s'envola d'un bond pour atterrir de tout son long dans l'eau gelée de l'abreuvoir et s'étendre sur le dos avec soulagement parmi les éclats de glace qui flottaient à la surface. Au bout d'un moment, de la vapeur s'échappa.

Morty resta à basse altitude pour s'enivrer de la vitesse. Le paysage endormi défilait dans un rugissement muet sous lui. Bigadin avait adopté un galop modéré, ses grands muscles jouaient sous sa peau aussi facilement que des alligators sur un banc de sable, sa crinière fouettait la figure de l'apprenti. La nuit rebondissait en volutes vives sur le fil de la faux, coupée en deux moitiés tourbillonnantes.

Ils filaient au clair de lune, aussi silencieux que des ombres, visibles uniquement des chats et de qui mettait son nez dans des affaires que les hommes n'étaient pas censés connaître.

Morty ne s'en souvint pas après coup, mais il est fort probable qu'il riait.

Bientôt les plaines glacées firent place aux terrains accidentés qui entouraient les montagnes, puis les rangs serrés des montagnes du Bélier elles-mêmes coururent à leur rencontre à la surface du monde. Bigadin baissa la tête, allongea sa foulée et mit le cap sur un défilé entre deux pics aussi pointus que des dents de gobelins dans la lumière argentée. Quelque part, un loup hurla.

Morty jeta un autre coup d'œil au sablier. Son châssis était sculpté de feuilles de chêne et de racines de mandragore, et le sable à l'intérieur, même au clair de lune, était d'or pâle. Il tourna l'objet dans un sens, puis dans l'autre, et réussit à lire le nom *Ammeline Piédeporc* gravé en lignes à peine visibles.

Bigadin ralentit son galop. Morty regarda en contrebas le toit d'une forêt, saupoudré d'une neige précoce ou très, très tardive ; les deux étaient possibles car les montagnes du Bélier gardaient leur climat en réserve et le distribuaient sans vraiment tenir compte de la période de l'année.

Une brèche s'ouvrit en dessous. Bigadin ralentit encore, vira et descendit vers une clairière toute blanche de neige amoncelée. Elle était ronde et une maisonnette en occupait le centre exact. Si la neige n'avait pas recouvert le terrain alentour, Morty aurait noté l'absence de la moindre souche ; on n'avait pas coupé les arbres à l'intérieur du cercle, on les avait tout bonnement découragés d'y pousser. Ou ils avaient déménagé.

La lumière d'une bougie se répandait par une fenêtre du rez-de-chaussée pour former une tache orange pâle sur la neige.

Bigadin atterrit en douceur et trotta sur la croûte de gel sans s'enfoncer. Ses sabots ne laissaient pas de traces, bien entendu.

Morty descendit de selle et marcha vers la porte ; il marmonnait tout seul et s'essayait à des mouvements circulaires avec la faux.

La maisonnette avait de grands avant-toits, pour évacuer la neige et protéger le tas de bois. Aucun habitant des montagnes du Bélier n'aurait songé aborder l'hiver sans des réserves de bûches sur trois côtés de la maison. Mais ici, pas de tas de bois, pourtant le printemps était encore loin.

Il y avait quand même une botte de foin dans un filet près de la porte. Un mot était accroché, écrit en grandes capitales légèrement tremblées : POUR LE CHEVALE.

Ça aurait inquiété Morty s'il s'était laissé aller. On l'attendait. Mais il avait appris, ces derniers temps, qu'il valait mieux surfer sur la crête de l'incertitude plutôt que se noyer dans le creux de sa vague. N'importe comment, les scrupules moraux ne gênaient pas Bigadin qui mordit dans la botte sans plus attendre.

Autre problème : fallait-il frapper avant d'entrer ? D'une certaine façon, ça ne semblait pas opportun. Admettons que personne ne réponde, ou qu'on lui dise de s'en aller ?

Aussi souleva-t-il le loquet et poussa-t-il la porte. Elle s'ouvrit aisément, sans grincer.

Elle donnait sur une cuisine basse de plafond, aux poutres à hauteur de trépanation pour Morty. La lumière d'une bougie solitaire se réfléchissait sur la vaisselle d'un long buffet et sur du carrelage frotté à la brosse de chiendent puis astiqué jusqu'à ce que ça brille. Le feu dans la cheminée grande comme une caverne n'ajoutait pas beaucoup de lumière, vu qu'il se réduisait à un tas de cendres blanches sous les restes d'une bûche. Morty sut, sans qu'on le lui dise, que cette bûche-là, c'était la dernière.

Assise à la table de la cuisine, une dame d'un âge respectable écrivait furieusement, son nez crochu à quelques centimètres seulement du papier. Un chat gris, couché en rond près d'elle sur la même table, cligna des yeux à l'adresse de Morty.

La faux cogna dans une poutre. La femme releva la tête.

« J'suis à vous dans une minute », dit-elle. Elle fronça les sourcils en direction du papier. « J'ai pas encore parlé de la santé de corps et d'esprit ; de la bêtise, n'importe comment, quand on est sain de corps et d'esprit, on n'est pas mort. Vous voulez quelque chose à boire ?

– Pardon ? » fit Morty. Il se ressaisit et répéta : « PARDON ?

– Si vous buvez, j'entends. C'est du porto à la framboise. Sur le buffet. Vous pouvez tout aussi bien finir la bouteille. »

Morty reluqua le buffet d'un œil soupçonneux Il avait l'impression d'avoir perdu l'initiative. Il sortit le sablier et lui jeta un regard noir. Il restait un petit tas de sable.

« J'ai encore quelques minutes, dit la sorcière sans lever la tête.

– Comment... J'veux dire : COMMENT VOUS LE SAVEZ ? »

Elle l'ignora, sécha l'encre devant la bougie, cacheta la lettre avec une goutte de cire et la coinça sous le bougeoir. Puis elle prit le chat.

« Mémé Carabée va venir demain pour ranger et tu t'en iras avec elle, t'as compris ? Et veille bien à ce qu'elle laisse la mère Noisille emporter le lavabo rose, ça fait des années qu'elle le guigne. »

Le chat poussa un cri rauque, d'un air entendu.

« J'ai pas... enfin... J'AI PAS TOUTE LA NUIT, VOUS SAVEZ, fit Morty d'un ton de reproche.

– Si, vous l'avez, moi pas, et ça sert à rien de brailler », répliqua la sorcière. Elle glissa de son siège et Morty vit alors combien elle était voûtée, comme un arc. Avec peine, elle décrocha un grand chapeau pointu de son clou dans le mur, le fixa sur ses cheveux blancs par une batterie d'épingles et empoigna deux cannes.

Elle s'avança jusqu'à Morty d'un pas chancelant et leva vers lui des yeux aussi petits et brillants que des cassis.

« J'ai besoin de mon châle ? Est-ce que j'ai besoin de mon châle, d'après vous ? Non, je suppose que non. J'imagine qu'il fait bon, là où je vais. » Elle examina Morty de plus près et fronça les sourcils.

« Vous êtes *plus jeune* que j'croyais », dit-elle. Morty ne répondit pas. Puis Bobonne Piédeporc annonça calmement : « Vous savez, à mon avis, vous n'êtes pas du tout celui que j'attendais. »

Morty s'éclaircit la gorge.

« Vous attendiez qui, au juste ? demanda-t-il.

– La Mort, répondit simplement la sorcière. Ça fait partie de l'arrangement, vous voyez. On connaît à l'avance l'heure de sa mort et on a la garantie de... d'une attention personnelle.

– Eh ben, c'est moi, fit l'apprenti.

– C'est vous, quoi ?

– L'attention personnelle. Il m'a envoyé. Je travaille pour lui. Personne d'autre voulait de moi. » Morty marqua un temps. Tout allait de travers. Il serait renvoyé chez lui, déshonoré. La première responsabilité qu'on lui confiait, et il la gâchait. Il entendait déjà les gens se moquer de lui.

Du fond de sa confusion monta une plainte qui retentit comme une corne de brume : « C'est mon premier vrai boulot et j'ai tout raté ! »

La faux tomba par terre dans un cliquetis, découpant au passage un bout de pied de table et fendant un carreau en deux.

Bobonne le regarda un moment, la tête penchée. « Je vois, fit-elle alors. C'est quoi, ton nom, jeune homme ?

– Morty, renifla l'apprenti. Le diminutif de Mortimer.

– Eh ben, Morty, j'espère que t'as un sablier sur toi. »

Morty opina vaguement du chef. Il mit la main à sa ceinture et sortit le sablier. La sorcière l'examina d'un œil critique. « Reste une minute à peu près, dit-elle. Pas beaucoup de temps à perdre. Attends encore un peu, que je ferme ma porte à clé.

– Mais vous comprenez pas ! gémit Morty. J'vais tout rater ! J'ai encore jamais fait ça ! »

Elle lui tapota la main. « Moi non plus, dit-elle. On peut apprendre ensemble. Maintenant, ramasse ta faux et tâche d'être raisonnable, hein ? t'es un gentil garçon. »

Il eut beau protester, elle le chassa dehors dans la neige et le suivit, puis tira la porte et la ferma avec une lourde clé de fer qu'elle accrocha à un clou près de l'entrée.

Le gel avait resserré son étreinte sur la forêt, l'avait empoignée à en faire crier les racines. La lune se couchait, mais le ciel était constellé d'étoiles blanches et dures qui faisaient paraître l'hiver plus froid encore. Bobonne Piédeporc frissonna.

« Y a une vieille souche là-bas, dit-elle sur le ton de la conversation. La vue est belle sur la vallée. En été, évidemment. J'aimerais bien m'asseoir. »

Morty l'aida à se déplacer dans la couche blanche épaisse et débarrassa au mieux la souche de la neige qui la recouvrait. Ils s'assirent, le sablier entre eux. La vue était peut-être belle en été, mais elle se résumait aujourd'hui à des rochers noirs sur un fond de ciel d'où dégringolaient maintenant des petits flocons.

« J'y crois pas, à tout ça, fit Morty. Vous comprenez, à vous entendre, on dirait que vous voulez mourir.

– Je vais regretter quelques bricoles, fit-elle. Mais c'est plus ce que c'était. La vie, j'veux dire. Quand on n'peut plus faire confiance à son corps, il est temps de partir. M'est avis que le moment est venu d'essayer autre chose. Est-ce qu'il t'a dit que les adeptes de la magie arrivent toujours à le voir ?

– Non, se trompa Morty.

– Eh ben, si.

– Il aime pas beaucoup les mages et les sorcières, dit-il spontanément.

– Personne n'aime ça, les petits malins, fit-elle avec une certaine satisfaction. On lui donne du fil à retordre, tu vois. Les prêtres, non, alors il les aime bien, les prêtres.

– Il m'a jamais parlé de ça, fit Morty.

– Ah. Les gens entendent toujours raconter que ça ira beaucoup mieux pour eux une fois morts. Nous, on leur dit que ça pourrait être drôlement bien en ce monde s'ils voulaient s'en donner la peine. »

Morty hésitait. Il voulait dire : vous vous trompez, il n'est pas comme ça, il se fiche que les gens soient bons ou mauvais tant qu'ils sont ponctuels. Et gentils avec les chats, ajouta-t-il.

Mais il se ravisa. Il lui vint à l'esprit que les gens avaient besoin de croire à quelque chose.

Le loup hurla encore, si près que Morty regarda autour de lui avec inquiétude. Un congénère lui répondit, de l'autre côté de la vallée. Le chœur fut repris par deux autres au tréfonds de la forêt. Morty n'avait jamais rien entendu d'aussi lugubre.

Il jeta un coup d'œil en coin à la silhouette immobile de Bobonne Piédeporc, puis, en proie à une panique grandissante, au sablier. Il bondit sur ses pieds, attrapa la faux et la ramena en un grand mouvement circulaire à deux mains.

La sorcière se mit debout, abandonnant son corps derrière elle.

« Bravo, dit-elle. Un moment, là, j'ai cru que tu m'avais loupée. »

Morty s'appuya contre un arbre, le souffle court, et suivit des yeux Bobonne qui faisait le tour de la souche pour se regarder.

« Hmm, fit-elle sévèrement. Le temps n'arrange rien à l'affaire. » Elle leva une main, éclata de rire en apercevant les étoiles au travers.

Puis elle se transforma. Morty avait déjà assisté au phénomène – lorsque l'âme comprenait que plus rien ne la liait au champ morphique corporel –, mais jamais il ne l'avait vu maîtrisé à ce point. Les cheveux de la vieille femme se défirent tout seuls du chignon serré, changèrent de couleur et s'allongèrent. Son corps se redressa. Les rides s'estompèrent et disparurent. Sa robe de laine grise s'agita comme la surface de la mer pour finalement dessiner des formes tout à fait différentes et troublantes.

Elle baissa la tête, gloussa et changea la robe en une tenue vert pré moulante.

« Qu'est-ce que t'en penses, Morty ? » fit-elle. Jusque-là, l'apprenti avait entendu une voix cassée, chevrotante. Maintenant elle évoquait le musc, le sirop d'érable et d'autres choses qui lui firent monter et descendre la pomme d'Adam comme une balle de caoutchouc au bout d'un élastique.

« ... » parvint-il à ne pas dire, et il s'accrocha si fort à la faux que ses jointures blanchirent.

Elle s'avança vers lui comme un serpent dans un autogivre en rase-neige.

« Je ne t'ai pas entendu, ronronna-t-elle.

– T-t-très joli, fit-il. C'est... ce que vous étiez ?

– Ce que j'ai toujours été.

– Oh. » Morty se contempla les pieds. « J'suis censé vous emmener, dit-il.

– Je sais, mais je vais rester.

– Vous pouvez pas faire ça... » Il chercha ses mots. « Vous voyez, si vous restez, vous allez comme qui dirait vous disperser et vous délayer de plus en plus, jusqu'à...

– Ça sera agréable », fit-elle avec fermeté.

Elle se pencha en avant et lui donna un baiser aussi immatériel qu'un soupir d'éphémère ; en même temps elle s'effaçait, jusqu'à ce qu'il ne reste plus que le baiser, comme un chat du Cheshire au pays des merveilles mais en bien plus érotique.

« Prends garde, Morty, dit la voix de la sorcière dans sa tête. Tu veux peut-être t'accrocher à ton emploi, mais est-ce que tu pourras un jour le lâcher ? »

Morty, l'air idiot, se tenait la joue. Les arbres autour de la clairière frémirent un instant, un éclat de rire fusa dans la brise, et le silence glacé retomba.

Le devoir le rappela à l'ordre, le tira des nuages roses où flottait sa tête. Il saisit le second sablier et l'examina. Presque tout le sable s'était écoulé.

Le verre proprement dit s'ornait de motifs à pétales de lotus. Lorsque Morty lui donna une chiquenaude, il se mit à bourdonner : « Ommm. »

Il courut sur la neige craquante jusqu'à Bigadin et bondit en selle. Le cheval rejeta la tête en arrière, se cabra et s'élança vers les étoiles.

De grands serpentins de flammes bleues et vertes pendaient du toit du monde. Des rideaux de lueur octarine dansaient lentement et majestueusement dans le ciel, tandis que le feu de l'Aurora Coriolis, la décharge colossale de magie libérée par le champ permanent du Disque, se mettait à la masse dans les montagnes de glace émeraude du Moyeu.

L'aiguille centrale de Cori Celesti, séjour des dieux, haute de quinze kilomètres, était une colonne de feu glacé scintillant.

Une vue dont peu de gens jouissaient, pas même Morty : il s'agrippait de toutes ses forces, allongé sur l'encolure de Bigadin qui martelait la nuit de ses sabots, suivi d'une queue cométaire de vapeur.

D'autres montagnes se pressaient autour de Cori. En comparaison, elles avaient l'air de termitières, bien qu'en réalité chacune proposât tout un assortiment grandiose de cols, crêtes, parois, falaises, éboulis et glaciers auxquels n'importe quelle chaîne montagneuse normalement constituée aurait aimé qu'on l'associe.

Au milieu des plus hautes, au bout d'une vallée en forme d'entonnoir, vivaient les Ecouteurs.

Ils appartenaient à l'une des plus anciennes sectes religieuses du Disque, quoique les dieux fussent pour leur part divisés sur la question de l'Ecoute en tant que véritable religion, et tout ce qui retenait une bonne avalanche adroitement ajustée de balayer leur temple, c'était la curiosité de ces mêmes dieux qui se demandaient ce que les Ecouteurs pouvaient bien entendre. S'il y a une chose qui énerve vraiment une divinité, c'est de ne pas tout savoir.

Morty va mettre plusieurs minutes pour arriver à destination. Une série de points de suspension pourrait les meubler aisément, mais déjà le lecteur avise l'étrange configuration du temple – enroulé comme une grande ammonite blanche au fond de la vallée – et va sûrement vouloir une explication.

En vérité, les Ecouteurs essaient de découvrir ce que le Créateur a exactement dit lorsqu'Il a imaginé l'univers.

La théorie est toute bête.

En clair, rien de ce que fait le Créateur ne peut jamais être détruit, ce qui signifie que les échos de ses premières syllabes doivent encore résonner quelque part, bondir et rebondir sur toute la matière du cosmos, mais toujours audibles à une oreille vraiment attentive.

Il y a de cela des éons, les Ecouteurs se sont aperçus que la glace et le hasard avaient creusé ici le contraire acoustique parfait d'une vallée à écho, aussi ont-ils bâti leur temple multichambré à l'emplacement exact qu'occuperait un fauteuil confortable chez un enragé de la hi-fi. Des baffles complexes captent et amplifient le son canalisé dans la vallée glaciale, le dirigent toujours plus loin jusqu'à la chambre centrale où, à toute heure du jour et de la nuit, veillent trois moines.

Qui écoutent.

Ce n'est pas sans poser quelques problèmes : non seulement ils entendent les échos subtils des premières paroles du Créateur, mais aussi tous les autres sons produits sur le Disque. Afin d'identifier les Paroles, ils doivent apprendre à reconnaître tous les autres bruits. La chose exige un certain talent, et un novice n'est admis en formation que s'il arrive à distinguer, uniquement par le son et à une distance de mille mètres, de quel côté tombe une pièce de monnaie. Il n'est même admis dans l'ordre qu'une fois capable d'en déterminer la couleur.

Et bien que les saints Ecouteurs vivent à l'écart, nombre de voyageurs s'engagent sur le chemin long et périlleux qui conduit à leur temple, traversent des pays gelés infestés de trolls, passent à gué des rivières vives et glacées, gravissent des montagnes dangereuses, se traînent dans une toundra inhospitalière, tout ça pour grimper l'étroit passage en escalier qui donne sur la vallée cachée et chercher, le cœur battant, les secrets de l'Etre.

Et les moines de leur crier : « Moins fort, le bruit, bordel ! »

Bigadin surgit d'entre les cimes montagneuses comme une traînée blanche, se posa dans l'espace libre d'une cour enneigée, spectrale sous l'éclairage disco du ciel. Morty bondit à terre et courut par les cloîtres silencieux jusqu'à la cellule où gisait le quatre-vingt-huitième abbé, au seuil de la mort, entouré de ses disciples dévots.

Les pas précipités de l'apprenti résonnèrent sur le carrelage de mosaïque intriquée. Les moines, eux, portaient des couvre-chaussures de laine.

Il atteignit le lit et attendit un moment, appuyé sur sa faux, afin de retrouver son souffle.

L'abbé, chétif, totalement chauve et aussi ridé qu'un sac de prunes, ouvrit les yeux.

« Vous êtes en retard », murmura-t-il, puis il mourut.

Morty déglutit, prit une inspiration difficile et ramena la faux dans un lent mouvement circulaire. Le coup fut cependant précis ; l'abbé se dressa sur son séant, au-dessus de son corps.

« Pas trop tôt, dit-il d'une voix que Morty était seul à entendre. Je commençais à m'inquiéter, moi.

– Ça va ? fit Morty. Faut que je m'dépêche... »

L'abbé se balança hors du lit et s'avança vers l'apprenti à travers les rangs de ses disciples endeuillés.

« Me bousculez pas, dit-il. J'suis toujours impatient de pouvoir discuter un peu. Il lui est arrivé quoi, au gars habituel ?

– Au gars habituel ? répéta Morty, ahuri.

– Un grand type. Une cape noire. L'air de pas manger à sa faim.

– Au gars *habituel* ? Vous voulez dire *la Mort* ?

– C'est ça », fit joyeusement l'abbé. L'apprenti avait la bouche grande ouverte.

« Vous mourez beaucoup, hein ? parvint-il à articuler.

– Pas mal. Pas mal. Evidemment, une fois qu'on a le coup, ça devient de la routine.

– Ah oui ?

– Faut qu'on y aille », dit l'abbé.

La bouche de Morty se referma en claquant. « C'est ce que j'essaie de vous dire.

– Alors si vous pouviez me déposer dans la vallée », poursuivit placidement le petit moine. Il glissa devant Morty et se dirigea vers la cour. L'apprenti contempla un instant le carrelage, puis lui courut après d'une façon qu'il savait contraire au code professionnel et à la dignité.

« Ecoutez... commença-t-il.

– L'autre avait un cheval qui s'appelait Bigadin, je me souviens, plaisanta l'abbé. Vous lui avez racheté la tournée ?

– La tournée ? fit Morty, à présent complètement perdu.

– Ç'a peut-être un autre nom. Excusez-moi, je n'sais pas vraiment comment ça marche, ces choses-là, mon gars.

– Morty, rectifia distraitement l'apprenti. Et je crois que vous êtes censé revenir avec moi, monsieur. Si vous voulez bien », ajouta-t-il d'un ton qu'il espéra ferme et autoritaire. Le moine se retourna et lui sourit aimablement.

« J'aimerais bien, dit-il. Un jour, peut-être. Maintenant, si vous pouvez me conduire jusqu'au prochain village, j'ai l'impression qu'on est en train de me concevoir en ce moment même.

– Vous concevoir ? Mais vous venez de mourir ! fit Morty.

– Oui, mais, vous voyez, j'ai comme qui dirait un abonnement », précisa l'abbé.

La lumière se fit jour dans l'esprit de Morty, mais très lentement.

« Oh, j'ai lu quelque chose là-dessus. La réincarnation, hein ?

– C'est le mot. Cinquante-trois fois, jusqu'à présent. Ou cinquante-quatre. »

Bigadin leva la tête à leur approche et poussa un petit hennissement lorsque l'abbé lui flatta les naseaux, comme s'il le reconnaissait. Morty se mit en selle et aida l'abbé à monter en croupe.

« Ça doit être très intéressant », dit-il tandis que Bigadin décollait du temple. Sur le plan strict de la conversation, un tel commentaire ne valait pas un clou, ni même une broquette, mais Morty n'avait rien trouvé de mieux.

« Non, pas intéressant du tout, fit l'abbé. Vous vous dites ça parce que vous croyez que je me souviens de toutes mes vies, mais non, je ne m'en souviens pas, évidemment. Pas de mon vivant, en tout cas.

– J'avais pas réfléchi à ça, reconnut Morty.

– Imaginez un peu : apprendre cinquante fois à être propre.

– Pas de quoi remettre ça sur le tapis, je pense.

– Vous avez raison. Si j'avais le choix, je refuserais d'être réincarné. J'ai à peine le temps de me mettre au courant que les gars descendent du temple pour chercher un bébé conçu à l'heure où est mort le vieil abbé. Parlez d'un manque d'imagination. Arrêtez-vous là un moment, s'il vous plaît. »

Morty regarda en dessous.

« On est en l'air, objecta-t-il, indécis.

– Ça ne prendra qu'une minute. » L'abbé glissa du dos de Bigadin, fit quelques pas dans le vide et cria.

Le cri parut se prolonger indéfiniment. Ensuite l'abbé remonta en croupe.

« Vous n'pouvez pas savoir depuis combien de temps j'attendais ça », dit-il.

Il y avait un village dans une vallée inférieure à quelques kilomètres du temple qui faisait office de prestataire de services. Du ciel, il apparaissait composé de petites huttes, mais extrêmement bien insonorisées, dispersées au hasard.

« Déposez-moi n'importe où », dit l'abbé. Morty le laissa à moins d'un mètre au-dessus de la neige, là où les huttes avaient l'air plus denses.

« J'espère que votre prochaine vie sera meilleure », dit-il. L'abbé haussa les épaules.

« On peut toujours espérer. J'ai neuf mois d'arrêt, de toute façon. Le paysage laisse à désirer, mais au moins je suis au chaud.

– Alors, adieu, fit Morty. Faut que je m'dépêche.

– Au revoir », fit tristement l'abbé qui se détourna.

Les feux des Lumières du Moyeu jetaient toujours leurs lueurs dansantes sur la contrée. Morty soupira et sortit le troisième sablier.

Le cadre était d'argent, décoré de petites couronnes. Il ne restait presque plus de sable.

Certain qu'il avait déjà tout enduré de la nuit et que ça ne pouvait pas être pire, il le tourna délicatement pour entrevoir le nom..

La princesse Kéli s'éveilla.

Elle avait entendu un bruit, le bruit que fait un intrus parfaitement silencieux. C'était plus fortiche que de sentir un petit pois à travers des matelas – la sélection naturelle avait tout bonnement démontré au fil des ans que les familles royales qui survivaient le plus longtemps étaient celles dont les membres arrivaient à distinguer un assassin dans le noir au bruit qu'il avait l'adresse de ne pas produire, car, dans les cercles de courtisans, il s'en trouvait toujours un prêt à couper le sifflet au dauphin.

Allongée dans son lit, elle se demandait que faire. Elle gardait une dague sous son oreiller. Elle entreprit de remonter doucement une main sous les draps, tout en fouillant la chambre de ses yeux mi-clos, en quête d'ombres inhabituelles. Une chose était sûre : si jamais elle révélait qu'elle ne dormait pas, plus jamais elle n'aurait l'occasion de se réveiller.

Un peu de lumière filtrait dans la pièce par la grande fenêtre à l'autre bout, mais les armures, tapisseries et autres attirails qui encombraient la chambre auraient fourni des cachettes à toute une armée.

Le couteau était tombé derrière la tête de lit. Elle n'aurait sans doute pas su s'en servir convenablement, de toute façon.

Hurler à la garde, se dit-elle, n'était pas une bonne idée. Si un assassin était entré, c'est qu'on avait éliminé les sentinelles, ou pour le moins qu'une grosse somme d'argent les avait étourdies.

Il y avait une bassinoire sur les dalles près de la cheminée. Pourrait-elle l'utiliser comme arme ?

Elle entendit un petit bruit métallique.

Hurler ne serait peut-être pas une si mauvaise idée. après tout...

La fenêtre implosa. L'espace d'une seconde, Kéli vit, découpée sur un fond de flammes infernales bleues et violettes, une silhouette encapuchonnée montée sur le plus gros cheval qu'elle avait jamais vu.

Quelqu'un se tenait bel et bien près du lit, le couteau à demi levé.

Au ralenti, elle regarda, fascinée, le bras monter et le cheval galoper à la vitesse d'un glacier sur le plancher de sa chambre. Le couteau était maintenant au-dessus d'elle, entamait sa descente, et le cheval se cabrait pendant que le cavalier, debout dans les étriers, balançait une espèce d'arme dont la lame déchira l'air alangui avec un bruit de doigt qu'on frotte sur le bord d'un verre humide...

La lumière disparut. Il y eut un choc mou par terre, suivi d'un cliquetis métallique.

Kéli prit une profonde inspiration.

Une main se plaqua brièvement sur sa bouche et une voix anxieuse souffla : « Si vous criez, je vais le regretter. S'il vous plaît. J'ai bien assez d'ennuis comme ça. »

Pour prendre un ton aussi implorant et ahuri, l'homme était soit sincère soit si bon acteur qu'il ne se serait pas embêté à assassiner les gens pour gagner sa vie. Elle demanda : « Qui êtes-vous ?

– J'sais pas si j'ai le droit de vous le dire, fit la voix. Vous êtes toujours vivante, n'est-ce pas ? »

Elle ravala le sarcasme juste à temps. Quelque chose dans le ton de la question la tracassait.

« Ça ne se voit pas ? fit-elle.

– C'est pas facile... » Une pause. Elle s'efforça de distinguer dans le noir, de mettre un visage autour de cette voix. « J'vous ai peut-être fait un mal terrible, ajouta la voix.

– Ne venez-vous pas de me sauver la vie ?

– J'sais pas ce que j'ai sauvé, à vrai dire. Y a rien pour éclairer par ici ?

– La servante laisse parfois des allumettes sur la cheminée », répondit Kéli. Elle sentit la présence s'éloigner d'elle. Il y eut quelques pas hésitants, deux chocs sourds et enfin un fracas métallique, quoique le terme de fracas n'exprime qu'imparfaitement l'incroyable cacophonie de ferraille en dégringolade qui emplit la chambre. Et que suivit même le petit tintement classique qui survient avec deux ou trois secondes de retard, quand on pense le silence revenu.

La voix dit, pas très distinctement : « J'suis sous une armure. Qu'est-ce que je fiche là ? »

Kéli se glissa silencieusement hors du lit, s'approcha à tâtons de la cheminée, repéra les allumettes à la faible lueur du feu mourant, en craqua une dans un jaillissement de fumée sulfureuse, alluma une bougie, trouva le tas d'armure disloquée, tira l'épée du fourreau et faillit s'avaler la langue.

On venait de lui souffler une haleine chaude et humide dans l'oreille.

« C'est Bigadin, fit le tas. Il fait des mamours. M'est avis qu'il aimerait du foin, si vous avez ça. »

Avec un sang-froid tout royal, Kéli répliqua : « Nous sommes au quatrième étage. Dans une chambre de dame. Quitte à vous étonner, nous ne faisons pas monter de chevaux ici.

– Oh. Vous pouvez m'aider, s'il vous plaît ? »

Elle posa l'épée par terre puis écarta un plastron. Une mince figure pâle lui renvoya son regard ébahi.

« Pour commencer, vous feriez bien de me dire pourquoi je ne devrais pas appeler la garde quand même, dit-elle. Votre simple présence dans ma chambre pourrait vous valoir la mort sous la torture. »

Elle le foudroya des yeux.

Il finit par lui répondre : « Ben... Vous pourriez me dégager la main, s'il vous plaît ? Merci... Premièrement, les gardes me verraient sans doute pas, deuxièmement, vous sauriez jamais ce que je suis venu faire ici, et à voir votre air, ça vous ferait rager de pas savoir, et troisièmement...

– Troisièmement quoi ? » demanda-t-elle.

La bouche de Morty s'ouvrit et se referma. Il aurait voulu dire : troisièmement, vous êtes si belle, ou du moins si attirante, en tout cas beaucoup plus que toutes les autres filles que j'ai connues, mais je dois admettre que je n'en ai pas connu tant que ça. On constate là que l'honnêteté innée de Morty ne fera jamais de lui un poète ; s'il avait comparé une fille à un jour d'été, il aurait ensuite très sérieusement expliqué à quel jour il songeait et précisé s'il pleuvait. En l'occurrence, c'était aussi bien que la voix lui manque.

Kéli leva la bougie et regarda la fenêtre.

Elle était comme neuve. L'encadrement de pierre était intact. Chaque carreau aux reproductions en vitrail des armes de Sto Lat était complet. Elle ramena les yeux sur Morty.

« Tant pis pour le troisièmement, dit-elle, revenons au deuxièmement. »

Une heure plus tard l'aube atteignait les portes de la cité. Sur le Disque, la lumière du jour s'écoule plutôt qu'elle ne jaillit, le champ magique permanent du monde la freine, et elle inondait les plaines comme une mer dorée. Sur son mont, la ville se dressa un moment comme un château de sable surpris par la marée, jusqu'à ce que les remous du jour la cernent et la submergent.

Morty et Kéli se tenaient assis côte à côte sur le lit. Le sablier reposait entre eux. Il ne restait plus de sable dans l'ampoule supérieure.

Du dehors montaient les bruits du château qui se réveillait.

« Je ne comprends toujours pas, fit-elle. Ça veut dire que je suis morte, oui ou non ?

– Ça veut dire que vous devriez être morte, d'après le destin, ou je n'sais quoi. J'ai pas vraiment étudié la théorie.

– Et vous auriez dû me tuer ?

– Non ! J'veux dire, non, c'est l'assassin qu'aurait dû vous tuer. J'ai déjà essayé de vous expliquer tout ça, dit Morty.

– Pourquoi vous ne l'avez pas laissé faire ? »

Morty la considéra avec horreur.

« Vous vouliez donc mourir ?
– Bien sûr que non. Mais on dirait que ce qu'on veut ne compte pas pour vous, si ? J'essaie de me faire une idée. »
Morty se contempla les genoux. Puis il se leva.
« J'crois que je ferais mieux d'y aller », dit-il avec froideur.
Il replia la faux et la fourra dans son étui derrière la selle. Puis il regarda la fenêtre.
« Vous êtes passé à travers, dit obligeamment Kéli. Ecoutez, quand j'ai dit...
– Elle s'ouvre ?
– Non. Il y a un balcon qui longe le couloir. Mais on va vous voir ! »
Morty l'ignora, ouvrit la porte et emmena Bigadin dans le corridor. Kéli leur courut après. Une servante s'arrêta, fit la révérence et fronça légèrement les sourcils tandis que son cerveau gommait sagement la vision d'un très gros cheval foulant le tapis.
Le balcon surplombait une des cours intérieures. Morty jeta un coup d'œil par-dessus le parapet, puis se mit en selle.
« Faites attention au duc, dit-il. Il est derrière tout ça.
– Mon père m'a toujours mise en garde contre lui, répondit la princesse. J'ai un goûteur.
– Vous devriez aussi avoir un garde du corps. Faut que j'y aille. J'ai des choses importantes à faire. Adieu, ajouta-t-il d'un ton qu'il espérait de fierté blessée.
– Vous reverrai-je ? demanda Kéli. Il y a tant que je voudrais...
– Ça serait peut-être pas une bonne idée, à la réflexion », répondit Morty avec hauteur. Il claqua de la langue ; Bigadin bondit en l'air, franchit le parapet et s'éleva au petit galop dans le ciel bleu matutinal.
« Je voulais vous dire merci ! » hurla Kéli dans son dos.
La servante, qui l'avait suivie et qui ne pouvait s'ôter de l'idée que quelque chose clochait, s'enquit : « Vous allez bien, m'dame ? »
Kéli la regarda distraitement.
« Quoi ? lança-t-elle.
– Je me demandais si... si tout allait bien ? »
Les épaules de Kéli s'affaissèrent.
« Non, dit-elle. Tout va mal. Il y a un assassin mort dans ma chambre. Pourrais-tu, s'il te plaît, y mettre bon ordre ?

» Et... – elle leva la main – ... je ne veux pas t'entendre dire : “ Mort, m'dame ? ” ni : “ Un assassin, m'dame ? ” ni t'entendre crier, ni rien, je veux seulement que tu y mettes bon ordre. Calmement. Je crois que j'ai la migraine. Alors, contente-toi de hocher la tête. »

La servante hocha la tête, esquissa une révérence hésitante et se retira à reculons.

Morty ne sut pas très bien comment il rentra. Le ciel passa simplement du bleu glacial au gris maussade lorsque Bigadin se coula dans le trou entre les dimensions. Il n'eut pas à se poser sur la terre sombre du domaine de la Mort car elle se trouva tout bonnement *là*, sous ses sabots, comme un porte-avions qui aurait délicatement manœuvré sous un appareil à décollage vertical pour éviter au pilote les tracas de l'appontage.

Le grand cheval pénétra au trot dans la cour de l'écurie et s'arrêta devant la double porte, battant l'air de sa queue. Morty se laissa glisser à bas de sa selle et se précipita vers la maison.

Puis s'arrêta, revint en courant, remplit la mangeoire et se précipita vers la maison. Puis s'arrêta, marmonna tout seul, revint en courant, bouchonna le cheval, vérifia l'eau dans l'auge et se précipita vers la maison. Puis revint en courant, décrocha la couverture de son crochet dans le mur et en recouvrit l'animal. Bigadin le frotta dignement de ses naseaux.

La maison avait l'air déserte lorsque Morty se faufila par la porte de derrière et se dirigea vers la bibliothèque où, même si tard dans la nuit, on croyait respirer de la poussière chaude et sèche. Il eut l'impression de passer des heures à localiser la biographie de la princesse Kéli, mais il finit par mettre la main dessus. C'était un volume d'une minceur déprimante sur une étagère uniquement accessible avec l'escabeau, une structure branlante à roulettes qui ressemblait fortement à un antique engin de siège.

Les doigts tremblants, il l'ouvrit à la dernière page et gémit.

« *L'assassinat de la princesse à l'âge de quinze ans*, lut-il, *amena l'union de Sto Lat et de Sto Hélit et, indirectement, la chute des états citadins de la plaine centrale ainsi que la montée de...* »

Il poursuivit sa lecture, incapable de s'arrêter. De temps en temps il laissait échapper un nouveau gémissement.

Il reposa enfin l'ouvrage, hésita, puis le cacha derrière d'autres volumes. Il sentait toujours sa présence tandis qu'il redescendait l'escabeau, comme si le livre hurlait au monde son existence compromettante.

Il y avait peu de navires de haute mer sur le Disque. Aucun capitaine n'aimait s'aventurer hors de vue d'une côte. C'est triste à dire, mais les bâtiments qui de loin avaient l'air de passer par-dessus le bord du monde ne disparaissaient pas en fait au-delà de l'horizon, ils chutaient bel et bien par-dessus le bord du monde.

En gros à chaque génération, quelques explorateurs exaltés mettaient la chose en doute et s'embarquaient pour prouver le contraire. Bizarrement, aucun d'eux n'était jamais revenu communiquer le résultat de ses recherches.

L'analogie suivante n'aurait donc rien signifié pour Morty :

Il se sentait comme un naufragé du *Titanic* sauvé in extremis. Par le *Lusitania.*

Il se sentait comme l'inconscient qui a jeté une boule de neige sur un coup de tête et regarde l'avalanche qui s'ensuit engloutir trois stations de ski.

Il sentait l'Histoire se défaire autour de lui.

Il se sentait le besoin de parler à quelqu'un, et vite.

Ce qui voulait dire Albert ou Ysabell, car après une si longue nuit il n'osait même pas songer à tout expliquer aux têtes d'épingles bleues. Les rares fois où elle avait daigné regarder dans sa direction, Ysabell avait clairement fait comprendre que la seule différence entre Morty et un crapaud mort, c'était la couleur. Quant à Albert...

D'accord, pas le confident idéal, mais assurément le meilleur dans un lot de un.

Morty glissa en bas de l'escabeau et enfila les rayonnages pour gagner la sortie. Quelques heures de sommeil seraient aussi les bienvenues.

Il entendit alors un hoquet, le piétinement bref de pieds qui courent et le claquement d'une porte. Lorsqu'il passa la tête à l'angle du rayonnage le plus proche, il ne vit rien d'autre qu'un tabouret et deux livres posés dessus. Il en prit un, jeta un coup d'œil au nom, puis lut quelques pages. Un mouchoir de dentelle humide gisait auprès.

Morty se leva tard et se hâta vers la cuisine, s'attendant à chaque instant à des grondements de réprobation. Rien ne se produisit.

Albert, devant l'évier de pierre, contemplait d'un air songeur la friteuse ; il se demandait sans doute s'il était temps de changer la graisse ou s'il allait la laisser une année de plus. Il se retourna lorsque Morty se laissa tomber sur un siège.

« Alors comme ça, t'as pas chômé, fit-il. A courailler dans tous les sens jusqu'à des heures impossibles, d'après ce que j'ai entendu. Je peux te faire un œuf. Sinon, y a du porridge.

– Un œuf, s'il te plaît. »

Morty n'avait jamais eu le courage d'essayer le porridge d'Albert, un porridge qui menait sa propre vie tout au fond de sa casserole et mangeait les cuillers.

« Après, le maître veut te voir, ajouta Albert, mais il a dit de prendre ton temps.

– Oh. » Morty fixa la table. « Il a dit autre chose ?

– Il a dit qu'il avait pas eu de soirée de libre depuis mille ans. Il chantonnait. J'aime pas ça. Je l'ai jamais vu dans cet état-là.

– Oh. » Morty se jeta à l'eau. « Albert, t'es ici depuis longtemps ? »

Albert le regarda par-dessus le bord de ses lunettes.

« Peut-être, répondit-il. C'est dur de garder le fil du temps extérieur, mon gars. J'suis arrivé ici juste après la mort du vieux roi.

– Quel roi, Albert ?

– Artorollo, je crois qu'il s'appelait. Un petit gros. Une voix criarde. Mais je l'ai vu qu'une fois.

– C'était où ?

– A Ankh, tiens.

– Quoi ? fit Morty. Ils ont pas de rois à Ankh-Morpork, tout le monde sait ça !

– C'était y a belle lurette, je t'ai dit. » Albert se remplit une tasse à la théière personnelle de la Mort et s'assit, une expression rêveuse dans ses yeux chassieux. Morty attendit la suite.

« Et y avait des rois en ce temps-là, des vrais, pas

comme ceux qu'on a maintenant. Eux, c'étaient des *monarques*, continua Albert qui versa prudemment du thé dans sa soucoupe et l'éventa d'un air guindé avec le bout de son cache-nez. J'veux dire, ils étaient sages et corrects, enfin... correctement sages. Et ils y regardaient pas à deux fois pour te couper une tête dès qu'ils la voyaient, ajouta-t-il, approbateur. Et toutes les reines étaient grandes, pâles et portaient ces machins comme des passe-montagnes...

– Des guimpes ?

– Ouais, c'est ça, et les princesses étaient belles comme un jour sans fin et si nobles qu'elles puaient le fayot à travers une douzaine de matelas...

– Quoi ? »

Albert hésita.

« Quelque chose dans ce goût-là, en tout cas, concéda-t-il. Et y avait des bals, des tournois, des exécutions. Grande époque. » A ces souvenirs, il sourit d'un air songeur.

« Pas comme celle d'aujourd'hui, dit-il, émergeant de sa rêverie avec mauvaise grâce.

– T'as d'autres noms, Albert ? » demanda Morty. Mais le charme passager était rompu et le vieil homme n'allait pas se faire tirer les vers du nez.

« Oh, j'te vois venir, dit-il sèchement, et avec le nom d'Albert tu files à la bibliothèque et t'apprends tout sur lui, hein ? Faut que tu fouilles, que tu fouines. J'te connais, va, tu te faufiles là-bas en douce à la moindre occasion pour lire les vies des petites femmes... »

Les hérauts de la culpabilité devaient avoir embouché leurs trompettes ternies au fond des yeux de Morty parce que Albert gloussa et le poussa d'un doigt osseux.

« Tu pourrais au moins les remettre où tu les as trouvés, dit-il, et pas les laisser traîner en tas pour que le vieil Albert les range. N'importe comment, c'est pas bien de reluquer ces pauvres mortes. Tu vas sûrement devenir aveugle.

– Mais j'ai fait que... » commença Morty qui se rappela le mouchoir de dentelle humide dans sa poche et se tut.

Il laissa Albert grommeler tout seul devant sa vaisselle et se rendit discrètement à la bibliothèque. Un soleil pâle dardait ses traits depuis les hautes fenêtres, décolorait doucement les couvertures des anciens et patients volumes. De temps à autre un grain de poussière captait la lumière en passant dans les rayons dorés et s'embrasait comme une supernova miniature.

Morty savait que s'il tendait suffisamment l'oreille, il entendrait les grattements d'insecte des livres qui s'écrivaient d'eux-mêmes.

Autrefois, Morty en aurait eu la chair de poule. Maintenant, il trouvait ça... rassurant. La preuve que l'univers tournait rond. Sa conscience, qui n'attendait que ça, lui rappela avec jubilation que, d'accord, il tournait peut-être rond, mais sûrement pas dans le bon sens.

Il se dirigea dans le labyrinthe de rayonnages jusqu'au mystérieux tas de livres et découvrit qu'il avait disparu. Albert n'avait pas bougé de la cuisine et la Mort n'entrait jamais dans la bibliothèque.

Alors, qu'est-ce qu'elle cherchait, Ysabell ?

Il leva les yeux sur la falaise d'étagères au-dessus de lui, et une boule de glace se forma dans son estomac à la pensée de ce qui se préparait...

Rien à faire. Il fallait qu'il le dise à quelqu'un.

Kéli, pendant ce temps, trouvait elle aussi la vie difficile.

Ceci parce que la causalité souffrait d'une incroyable inertie. Le coup de pouce inopportun de Morty, inspiré par la colère, le désespoir et l'amour naissant, l'avait dirigée sur une nouvelle voie, mais elle ne s'en était pas encore rendu compte. Il avait flanqué un coup de pied dans la queue du dinosaure, mais il fallait attendre un moment avant que l'autre bout comprenne qu'il était temps de dire « ouille ».

Pour parler net, l'univers qui savait Kéli morte fut forcément étonné de constater qu'elle n'avait toujours pas cessé de marcher ni de respirer.

Il le manifesta par de menus détails. Les courtisans qui lancèrent furtivement de drôles de regards à la jeune femme dans la matinée auraient été incapables de dire pourquoi sa vue les mettait curieusement mal à l'aise. A leur plus grande honte, et au déplaisir de la princesse, ils se surprirent à l'ignorer, ou à parler à voix basse.

Le chambellan découvrit qu'il avait donné des consignes pour mettre l'étendard royal en berne et fut absolument incapable de s'expliquer pareille décision.

On le reconduisit avec ménagement dans son lit, en proie à une crise de nerfs bénigne après avoir commandé mille mètres de draperie noire sans raison apparente.

Cette impression d'irréalité, de mystère, se répandit bientôt par tout le château. Le maître cocher ordonna de ressortir le corbillard national pour qu'on l'astique, puis se mit à pleurer dans sa peau de chamois, debout au beau milieu de la cour des écuries, parce qu'il ne se souvenait d'aucun enterrement prévu. Les serviteurs se déplacèrent à pas feutrés dans les couloirs. Le cuisinier dut combattre une envie irrésistible de préparer de simples repas de viande froide. Les chiens hurlèrent puis se turent, l'air bêtes. Les deux étalons noirs qui menaient traditionnellement le cortège funéraire de Sto Lat s'agitèrent dans leurs stalles et faillirent tuer un palefrenier à coups de sabots.

Dans son château de Sto Hélit, le duc attendit vainement un messager qui s'était effectivement mis en route, avant de s'arrêter un peu plus bas dans la rue, incapable de se rappeler ce qu'il était censé faire.

Au milieu de tout ça, Kéli évoluait comme un fantôme tangible et de plus en plus agacé.

On atteignit le point critique au déjeuner. Elle entra majestueusement dans la grande salle et s'aperçut qu'on n'avait pas mis de couvert devant le fauteuil royal. En parlant fort au maître d'hôtel et en articulant bien, elle obtint que l'erreur soit réparée, mais elle vit ensuite les plats lui passer sous le nez sans avoir le loisir d'y planter sa fourchette. Elle suivit d'un œil incrédule et courroucé le vin qu'on apportait et qu'on servit d'abord au garde des Seaux d'Aisance.

Sa réaction fut peu royale, mais elle tendit un pied et fit un croche-patte au sommelier. Il trébucha, marmonna tout bas et regarda les dalles.

La princesse se pencha de l'autre côté et brailla dans l'oreille du commis au Garde-manger : « Est-ce que vous me voyez, mon vieux ? Pourquoi sommes-nous réduits à manger du rôti de porc et du jambon froids ? »

Il s'arracha à sa conversation en sourdine avec la dame de la Petite Chambre Hexagonale de la Tourelle Nord, posa sur la princesse un long regard dans lequel l'émotion cédait la place à une sorte de perplexité mal focalisée, et fit : « Ben, oui... je vous... euh...

– Votre Altesse Royale, lui souffl Kéli.

– Mais... oui... Altesse », marmonna-t-il. Il y eut un gros silence.

Puis, comme remis en marche, il tourna le dos à la jeune fille et reprit sa conversation.

Kéli resta un moment immobile, blanche d'émotion et de colère, après quoi elle repoussa son siège et sortit en ouragan pour regagner ses appartements. Deux serviteurs qui se partageaient vite fait une roulée dans le couloir furent bousculés par quelque chose qu'ils eurent du mal à distinguer.

Kéli se précipita dans sa chambre et tira sur le cordon qui aurait dû faire jaillir au pas de course la camériste de permanence dans le petit salon au fond du couloir. Rien ne se produisit pendant un certain temps, puis la porte s'ouvrit lentement et un visage passa par l'entrebâillement pour poser sur elle un regard de myope.

La princesse reconnut ce regard, cette fois, et elle s'y était préparée. Elle attrapa la camériste par les épaules et la tira à bras-le-corps dans la pièce avant de lui claquer la porte dans le dos. Alors que la femme effrayée regardait partout sauf de son côté, Kéli lui balança une gifle cinglante sur la joue. « Et celle-là, tu l'as sentie, hein ? Tu l'as sentie ? s'égosilla-t-elle.

– Mais... Vous... Je... » geignit la bonniche qui tituba en arrière jusqu'à buter contre le lit et s'asseoir lourdement dessus.

« Regarde-moi ! Regarde-moi quand je te parle ! glapit Kéli en avançant sur elle. Tu me vois, hein ? Dis que tu me vois ou je te fais exécuter ! »

La camériste plongea les yeux dans ceux terrorisés de la princesse.

« Je vous vois, dit-elle, mais...

– Mais quoi ? Mais quoi ?

– Vous êtes sûrement... On m'a dit... J'croyais...

– Qu'est-ce que tu croyais ? » cracha Kéli. Elle ne criait plus. Les mots lui sortaient de la bouche comme des mèches de fouet chauffées à blanc.

La servante s'affaissa en un tas secoué de sanglots. Kéli attendit un moment en battant du pied, puis secoua doucement la femme.

« Est-ce qu'il y a un mage en ville ? demanda-t-elle. Regarde vers moi, *vers moi*. Il y a un mage, non ? Vous, les filles, vous n'arrêtez pas de sortir en douce pour aller parler à des mages ! Où habite-t-il ? »

La femme tourna vers elle une figure barbouillée de larmes ; elle luttait contre son instinct qui lui disait que la princesse était morte.

« Euh... mage, oui... Coupefin, dans la rue du Mur... »

Les lèvres de Kéli se pincèrent sur un mince sourire. Elle se demanda où l'on rangeait ses manteaux, mais la raison froide lui dit qu'il serait fichtrement plus facile de les trouver toute seule que de prouver sa présence à la cameriste. Elle attendit et observa la femme qui s'arrêta de pleurnicher, fit des yeux le tour de la pièce, vaguement ahurie, et s'empressa de déguerpir.

Elle m'a déjà oubliée, songea la princesse. Elle se regarda les mains. Elle avait l'impression d'être bien réelle.

C'était forcément de la magie.

Elle erra dans son vestiaire, ouvrit au hasard quelques placards et finit par dénicher une cape noire et une capuche. Elle se les passa, fila dans le couloir et dévala l'escalier de service.

Elle n'avait pas pris ce chemin depuis toute petite. C'était le monde des placards à linge, des planchers nus et des dessertes. Il y flottait une légère odeur de rassis.

Kéli le traversa comme un spectre tombé sur terre. Elle connaissait l'existence des logements du personnel, bien entendu, tout comme on connaît plus ou moins consciemment l'existence des gouttières et des égouts, et elle était prête à concéder que même s'ils se ressemblaient tous beaucoup, les domestiques devaient avoir des traits distinctifs permettant probablement à leurs proches de les identifier. Mais elle n'était pas prête à des spectacles comme celui de Moghedron, le sommelier, qui n'avait jusqu'ici été pour elle qu'une présence imposante aux évolutions de galion toutes voiles dehors : assis dans son office, la veste déboutonnée, la pipe au bec.

Deux servantes la dépassèrent en courant et en gloussant, sans un regard. Elle se dépêcha ; elle se sentait confusément, bizarrement, une intruse dans son propre château.

Pour la bonne raison, comprit-elle, que ce n'était plus du tout son château. Le monde bruyant qui l'entourait, avec ses buanderies fumantes et ses garde-manger frais, n'appartenait qu'à lui-même. Elle ne le possédait pas. C'était peut-être lui qui la possédait, elle.

Elle prit une cuisse de poulet sur la table de la plus

grande cuisine, caverne tapissée de tant de casseroles qu'à la lumière des feux on avait l'impression d'un arsenal de tortues, et elle éprouva le frisson nouveau pour elle du vol. Elle avait commis un vol ! Dans son propre royaume ! Et les yeux du cuisinier lui passaient au travers, aussi vitreux que du civet de jambon.

A toutes jambes, Kéli franchit les cours des écuries, sortit par la porte de derrière et dépassa deux sentinelles dont les regards fixes et durs ne la remarquèrent pas.

Dehors, dans les rues, ce n'était pas si terrible, mais elle se sentit tout de même curieusement nue. Elle trouvait démoralisant de côtoyer des gens qui vaquaient à leurs affaires sans se soucier de la regarder, quand tout ce qu'elle savait jusqu'ici du monde, c'était qu'il tournait autour d'elle. Les piétons lui rentraient dedans et rebondissaient plus loin, en se demandant fugitivement dans quoi ils venaient de se cogner, et il lui fallait régulièrement s'écarter en vitesse du chemin des chariots.

La cuisse de poulet n'avait guère contribué à combler le creux laissé par son déjeuner sauté ; elle faucha deux pommes d'un éventaire et prit mentalement note de demander au chambellan de s'enquérir du prix des fruits et de faire parvenir de l'argent au marchand.

Les cheveux en bataille, plutôt sale et fleurant légèrement le crottin de cheval, elle parvint enfin devant la porte de Coupefin. Le heurtoir lui causa quelques soucis. Pour ce qu'elle en savait, les portes s'ouvraient devant les arrivants ; il y avait des gens spécialement prévus à cet effet.

Dans son affolement, elle ne remarqua même pas que le heurtoir lui clignait de l'œil.

Elle essaya encore et crut entendre un fracas au loin. Au bout d'un moment, la porte s'ouvrit de quelques centimètres, et elle entr'aperçut une figure ronde agitée surmontée de cheveux bouclés. Son propre pied droit la surprit en s'insérant intelligemment de lui-même dans l'entrebâillement.

« Je veux voir le mage, annonça-t-elle. Je vous prie de me recevoir séance tenante.

– Il est plutôt occupé pour l'instant, dit la figure. C'est un philtre d'amour que vous cherchez ?

– Un quoi ?

– Je... On fait une promotion sur notre baume “ Bouclier de la Passion ” de chez Coupefin, proposa la figure qui se fendit d'un clin d'œil surprenant. Ça permet de semer la folle avoine tout en garantissant une récolte nulle, si vous voyez ce que je veux dire. »

Kéli releva le menton. « Non, mentit-elle froidement. Je ne vois pas.

– Baume du Bélier ? Secours de Jeune Fille ? Gouttes pour les yeux à la belladone ?

– Je veux...

– Navré, on est fermés », dit la figure, et elle repoussa la porte. Kéli eut juste le temps de retirer son pied.

Elle marmonna quelques mots qui auraient stupéfié et choqué ses précepteurs, puis cogna sur le battant.

Son tambourinement ralentit soudain quand elle commença à comprendre.

Il l'avait vue ! Il l'avait entendue !

Elle frappa à la porte avec une vigueur renouvelée et cria de toute la puissance de ses poumons.

Une voix près de son oreille fit : « Fa marfera pas. F'est une vraie tête de cofon. »

Elle jeta un lent regard circulaire et croisa celui impertinent du heurtoir. Il frétilla de ses sourcils de métal dans sa direction et parla indistinctement par-dessus son anneau de fer forgé.

« Je suis la princesse Kéli, héritière du trône de Sto Lat, dit-elle avec hauteur en maintenant fermé le couvercle sur sa terreur. Et je ne parle pas aux accessoires de porte.

– Ben, moi, ve fuis feulement un heurtoir et ve parle à qui fa me fante, fit aimablement la gargouille. Et ve peux vous dire que le maître a eu une vournée éprouvante et qu'il ne veut pas qu'on le déranve. Mais vous pouvez effayer le mot mavique, ajouta-t-elle. Venant d'une volie femme, fa marfe neuf fois fur huit.

– Le mot magique ? Quel mot magique ? »

Le heurtoir fit entendre un ricanement. « On vous va donc rien appris, mademoivelle ? »

Elle se redressa de toute sa taille, ce qui ne changea pas grand-chose. Elle sentait qu'elle avait eu une journée éprouvante, elle aussi. Son père avait personnellement exécuté une centaine d'ennemis à la guerre. Elle devrait être capable de venir à bout d'un heurtoir de porte.

« J'ai reçu une *éducation*, rectifia-t-elle d'un ton glacial. Des plus grands érudits du pays. »

Le heurtoir ne parut pas impressionné.

« S'ils vous vont pas appris le mot mavique, dit-il calmement, ils ne devaient pas vêtre auffi érudits que fa. »

Kéli avança la main, saisit le lourd anneau et le cogna contre la porte. Le heurtoir lui lança un regard salace.

« Frappez-moi fort. V'aime fa ! zézaya-t-il.

– Vous êtes dégoûtant !

– Oui. Hooo, oui, f'est bon, encore... »

La porte s'entrebâilla. La princesse eut une vision fugitive de cheveux bouclés.

« Madame, je vous ai dit qu'on était fer... »

Les épaules de Kéli s'affaissèrent.

« *S'il vous plaît*, aidez-moi, dit-elle. S'il vous plaît !

– Vous voyez ? lança le heurtoir, triomphant. Tôt ou tard, *tout le monde* finit par f'en fouvenir, du mot mavique ! »

Kéli avait assisté à des cérémonies officielles à Ankh-Morpork et rencontré des mages importants de l'Université Invisible, premier collège de magie du Disque. Certains étaient grands, la plupart gros, et presque tous richement vêtus, du moins le croyaient-ils.

De fait, les modes ont cours dans la magie, comme dans les autres disciplines plus communes, et la tendance du moment à vouloir se donner des allures d'alderman d'âge respectable ne durerait pas. Les générations précédentes avaient opté pour le style pâle et envoûtant, ou la dégaine druidique et sale, ou le genre mystérieux et saturnien. Mais Kéli avait l'habitude des hommes de l'art aux voix d'asthmatiques qui lui rappelaient de petites montagnes garnies de fourrure, et Igné Coupefin ne cadrait pas vraiment avec cette image de mage. Dommage.

Il était jeune. D'accord, il n'y pouvait rien ; même chez les mages, il fallait sûrement commencer tôt. Il ne portait pas la barbe, et tout ce qui garnissait sa robe douteuse, c'étaient des bords effrangés.

« Vous voulez boire, ou autre chose ? » demanda-t-il en dégageant d'un coup de pied discret un vieux tricot de corps sous la table.

Kéli regarda autour d'elle, en quête d'un coin où s'asseoir qui ne serait pas occupé par du linge ou de la vaisselle sales, et secoua la tête. Coupefin remarqua son expression.

« C'est un peu en désordre, j'en ai peur, s'empressa-t-il d'ajouter en repoussant du coude les restes d'un saucisson à l'ail qui tombèrent par terre. Madame Nogent vient normalement deux fois par semaine me faire mon ménage, mais elle est partie voir sa sœur qui a eu une nouvelle crise. Vous êtes sûre ? Ça ne me dérange pas. J'ai encore vu une tasse propre par là pas plus tard qu'hier.

– J'ai un ennui, monsieur Coupefin, dit Kéli.

– Attendez un instant. » Il leva la main vers un crochet au-dessus de la cheminée et redescendit un chapeau pointu qui avait connu des jours meilleurs, quoique pas si meilleurs que ça à en juger par son allure, puis il lança : « Voilà. Allez-y.

– Qu'est-ce qu'il a de si important, le chapeau ?

– Oh, il est absolument essentiel. Il faut avoir le bon chapeau pour pratiquer la magie. Nous, les mages, on sait ces choses-là.

– Puisque vous le dites. Ecoutez, est-ce que vous me voyez ? »

Il la regarda d'un air inquiet. « Oui. Oui, je suis catégorique, je vous vois.

– Et vous m'entendez ? Vous m'entendez, hein ?

– Cinq sur cinq. Oui. Toutes les syllabes sonnent en place. Pas de problème.

– Alors vous serez surpris d'apprendre que personne d'autre dans cette ville ne me voit ni m'entend.

– Sauf moi ? »

Kéli grogna. « Et votre marteau de porte. »

Coupefin tira une chaise et s'assit. Il se tortilla un peu, mal à l'aise. Une expression songeuse lui passa sur la figure. Il se releva, tendit la main derrière lui et ramena une masse plate et rougeâtre qui jadis avait dû être une moitié de pizza [1]. Il la considéra d'un œil chagrin.

1. La première pizza du Disque fut l'œuvre du mystique klatchien Ronron « Joe la Révélation » Shuwadhi. Il prétendait avoir appris la recette en rêve de la bouche du Créateur du Disque-monde lui-même, Lequel avait apparemment déclaré que c'était là ce qu'Il cherchait à réaliser depuis toujours. D'après les voyageurs du désert qui ont contemplé l'original, soi-disant miraculeusement conservé dans la Cité Interdite de Ee, ce que le Créateur avait en tête, c'était une spécialité plutôt petite, au fromage et aux poivrons, décorée de quelques olives noires **, et tout ce qu'on voit dessus, qui ressemble à des montagnes et des océans, fut rajouté dans l'enthousiasme de la dernière minute, comme il arrive si souvent.

** Après le schisme des « Sens Direct » et la mort de quelque

« Je l'ai cherchée toute la matinée, le croiriez-vous ? dit-il. Une " complète " avec un supplément de poivrons. » Il pignocha tristement dans la chose avachie, puis se souvint brusquement de Kéli.

« Bon sang, excusez-moi, dit-il, je manque de savoir-vivre. Qu'allez-vous penser de moi ? Tenez. Prenez un anchois. S'il vous plaît.

– Vous m'avez écoutée ? fit sèchement Kéli.

– Est-ce que vous vous sentez invisible ? Dans votre for intérieur, je veux dire ? demanda indistinctement Coupefin.

– Bien sûr que non. Je me sens seulement en colère. Alors je veux que vous me disiez la bonne aventure.

– Ben, je sais pas, moi, tout ça m'a plutôt l'air *médical* et...

– J'ai de quoi payer.

– C'est illégal, vous comprenez, fit pitoyablement Coupefin. Le vieux roi a formellement interdit la bonne aventure à Sto Lat. Il n'aimait pas beaucoup les mages.

– J'ai de quoi payer *cher*.

– D'après madame Nogent, la nouvelle, la fille du roi, elle risque d'être pire. Une vraie pimbêche, elle a dit. Pas le genre à voir d'un bon œil les praticiens des arts occultes, j'en ai peur. »

Kéli sourit. Les membres de la cour qui connaissaient déjà ce sourire se seraient dépêchés de tirer Coupefin à l'écart avant de le mettre à l'abri, par exemple sur le continent voisin ; mais lui resta assis et s'efforça de chasser des miettes de champignons de sa robe.

« Il paraît qu'elle a un caractère impossible, dit Kéli. Je ne serais pas surprise qu'elle vous expulse de toute façon de la ville.

– Oh, bon sang, fit Coupefin, vous croyez vraiment ?

– Ecoutez, vous n'êtes pas forcé de me dire l'avenir, seulement le présent. Même elle n'y verrait pas d'objection. Je lui en toucherai un mot, si vous voulez », ajouta-t-elle, magnanime

Coupefin s'anima. « Oh, vous la connaissez ?

vingt-cinq mille personnes dans le jihad qui s'ensuivit, les fidèles eurent le droit d'ajouter une feuille de laurier à la recette.

– Oui. Mais pas toujours très bien, semble-t-il. »

Le mage soupira et farfouilla dans les débris qui encombraient la table, dérangea des cascades d'assiettes sales et les reliefs depuis longtemps momifiés de plusieurs repas. Il finit par mettre au jour un portefeuille de cuir pansu, collé à une tranche de fromage.

« Voilà, fit-il d'un ton hésitant, ça, c'est des cartes de Carot. L'essence de la sagesse des Anciens et tout et tout. Sinon, j'ai le Ching Dreling des Axlandais. Ça fait fureur dans le grand monde. Je ne fais pas les feuilles de thé.

– Je vais essayer le Ching machin.

– Alors, jetez ces tiges de millefeuille en l'air. »

Elle obéit. Ils étudièrent le motif obtenu.

« Hmm, fit Coupefin au bout d'un moment. Bon, y en a une dans la cheminée, une dans la tasse de cacao, une dans la rue, tant pis pour la fenêtre, une sur la table et une, non, *deux* derrière le buffet. Je pense que madame Nogent trouvera le reste.

– Vous ne m'avez pas dit s'il fallait les jeter fort ou pas. Je recommence ?

– No-oon, je ne crois pas. » Coupefin feuilleta les pages d'un livre jauni qui jusque-là soutenait un pied de table. « La disposition a l'air de vouloir dire quelque chose. Oui, là, voilà, octogramme 8,887 : Illégalité, l'Oie Inexpiante. Ce qui nous renvoie là... attendez... attendez... oui. Je l'ai.

– Alors ?

– *Sans verticalité, l'empereur cochenille sort sagement à l'heure du thé ; au soir, le mollusque est silencieux parmi les fleurs d'amandier.*

– Oui ? fit respectueusement Kéli. Qu'est-ce que ça veut dire ?

– Sauf si vous êtes un mollusque, sans doute pas grand-chose, répondit Coupefin. Je pense qu'on doit y perdre à la traduction.

– Vous êtes sûr de savoir vous en servir ?

– On va essayer les cartes, s'empressa de proposer le mage en les étalant en éventail. Choisissez-en une. N'importe laquelle.

– C'est la Mort, annonça Kéli.

– Ah. Bon. Evidemment, la carte de la Mort n'est pas signe de *mort* dans tous les cas, précisa en hâte Coupefin.

– C'est-à-dire qu'elle n'est pas signe de mort dans les cas où la patiente commence à s'énerver et que vous êtes trop gêné pour lui avouer la vérité, hein ?

– Écoutez, prenez une autre carte.

– Celle-là aussi, c'est la Mort.

– Vous avez remis la première dedans ?

– Non. J'en prends encore une ?

– Ça ne serait pas plus mal.

– Tiens donc, quelle coïncidence !

– Une troisième Mort ?

– Tout juste. S'agirait-il d'un jeu spécial pour tours de passe-passe ? » Kéli faisait effort pour paraître calme, mais même elle percevait un faible accent d'hystérie dans sa voix.

Coupefin la regarda de travers, remit soigneusement les cartes dans le jeu, les battit et les distribua sur la table. Il n'y avait qu'une seule Mort.

« Oh la la, fit-il, je crois que c'est du sérieux. Puis-je voir votre paume, s'il vous plaît ? »

Il l'examina longuement. Puis il alla au buffet, prit un lorgnon de bijoutier dans un tiroir, en essuya le porridge avec la manche de sa robe et passa plusieurs autres minutes à étudier la main de la princesse dans les moindres détails. Il se redressa enfin, retira le lorgnon et considéra la jeune femme.

« Vous êtes morte », annonça-t-il.

Kéli attendit. Elle ne trouvait pas de réplique appropriée. « C'est faux » manquait de style, et « sans blague ? » paraissait un peu frivole.

« J'ai bien dit que je pensais l'affaire sérieuse ? demanda Coupefin.

– Je crois, oui, répondit prudemment Kéli qui parvint à garder une voix tout à fait calme.

– J'avais raison.

– Oh.

– Ça pourrait être fatal.

– Encore plus fatal qu'être morte ? fit Kéli.

– Je ne parlais pas pour vous.

– Oh.

– On dirait qu'un principe essentiel s'est détraqué, vous comprenez. Tout indique que vous êtes morte, sauf, euh... la réalité. J'veux dire, les cartes vous croient morte. Votre ligne de vie vous croit morte. Tout le monde vous croit morte.

– Pas moi, objecta Kéli, mais sa voix manquait d'assurance.

– Votre avis ne compte pas, j'en ai peur.

– Mais les gens me voient et m'entendent !

– La première chose qu'on apprend quand on s'inscrit à l'Université Invisible, j'en ai peur, c'est que les gens ne font pas attention à ce genre de détail. L'important, c'est ce que leur dicte leur cerveau.

– Vous voulez dire que les gens ne me voient pas parce que leur cerveau le leur défend ?

– J'ai peur. On appelle ça de la prédestination, quelque chose dans le genre. » Coupefin la regarda d'un air pitoyable. « Je suis mage. Ces affaires-là, on connaît.

» En fait, ce n'est pas la *première* chose qu'on apprend quand on s'inscrit, ajouta-t-il. J'veux dire, on apprend où sont les toilettes et tous ces détails-là avant. Juste après. c'est la première chose.

– Mais vous me voyez, vous.

– Ah. Oui. Les mages sont spécialement formés à voir ce qui est là et à ne pas voir ce qui n'y est pas. Ces exercices, on nous les donne... »

Kéli battit la charge sur la table, ou plutôt elle essaya. La tâche s'avérait difficile. Elle contempla ses doigts, vaguement horrifiée. Coupefin se précipita et nettoya la table d'un coup de manche.

« Excusez-moi, marmonna-t-il, j'ai mangé des sandwiches à la mélasse hier soir.

– Qu'est-ce que je peux faire, alors ?

– Rien.

– *Rien ?*

– Ben, vous pourriez sûrement faire une belle carrière dans la cambriole... Pardon. Ça n'était pas de très bon goût.

– Il me semblait bien. »

Coupefin lui tapota stupidement la main, et Kéli était à ce point préoccupée qu'elle ne releva même pas un crime de lèse-majesté aussi flagrant.

« Vous comprenez, tout est fixé d'avance. L'Histoire est déjà écrite, du début à la fin. Ce que *sont* en réalité les faits n'a rien à y voir ; le rouleau à pâtisserie de l'Histoire leur passe carrément dessus. On ne peut rien changer parce que les changements sont déjà compris dedans. Vous êtes morte. C'est fatal. Faut accepter votre sort. »

Il lui adressa un sourire d'excuse.

« Vous avez beaucoup plus de chance que la plupart des morts, si vous considérez votre cas objectivement. Vous êtes vivante pour en profiter.

– Je ne veux pas accepter mon sort. Pourquoi je l'accepterais ? Ce n'est pas ma faute !

– Vous ne comprenez pas. L'Histoire continue d'avancer. Vous ne pouvez plus en faire partie. Elle n'a plus de rôle pour vous, vous ne voyez pas ? Mieux vaut laisser les choses suivre leur cours. » Il lui tapota à nouveau la main. Elle le regarda. Il retira la sienne.

« Qu'est-ce que je suis censée faire, alors ? demanda-t-elle. Me priver de manger parce qu'on n'a pas prévu mon couvert ? Aller vivre dans une crypte n'importe où ?

– Un vrai casse-tête, hein ? reconnut Coupefin. Le destin, c'est ça, j'en ai peur. Si le monde ne vous perçoit pas, vous n'existez pas. Je suis mage. On sait...

– Ne le dites pas. »

Kéli se leva.

Cinq générations plus tôt, un de ses ancêtres avait ordonné à sa bande de coupe-jarrets nomades une halte à quelques kilomètres du mont de Sto Lat et avait considéré la cité endormie d'un regard particulièrement résolu qui disait : suffit comme ça. C'est pas parce qu'on est né sur une saloperie de selle qu'on est obligé d'y mourir aussi.

Curieusement, nombre des traits distinctifs de l'ancêtre, par une malice de l'hérédité, s'étaient transmis à sa descendante [1] et lui donnaient son charme particulier. Jamais ils n'avaient été aussi manifestes qu'en cet instant. Même Coupefin était impressionné. En matière de résolution, on aurait pu lui casser des cailloux sur la mâchoire.

Exactement du même ton que son ancêtre lorsqu'il s'était adressé à ses partisans fourbus et en sueur avant l'assaut [2], elle déclara :

1. Mais sans la moustache tombante ni le chapeau rond en fourrure et à pointe.

2. Le discours est parvenu aux générations suivantes sous forme d'un poème épique commandé par son fils, lequel n'était pas né en selle et savait manger avec un couteau et une fourchette. Il débutait ainsi :

« Non. Non, je refuse. Pas question de me réduire à une espèce de fantôme. Vous allez m'aider, mage. »

Le subconscient de Coupefin reconnut la voix. Elle résonnait de ces harmoniques qui forcent même les vers du plancher à cesser leurs activités pour se mettre au garde-à-vous. Elle n'émettait pas d'opinion, elle affirmait : il en sera ainsi.

« Moi, madame ? chevrota-t-il, je ne vois pas ce que je pourrais... »

Il fut arraché de son siège et tiré dans la rue, au milieu de ses robes qui lui volaient autour. Kéli mit le cap sur le palais, les épaules droites, décidées, traînant derrière elle le mage comme un chiot récalcitrant. Elle avait l'allure des mères qui s'abattent sur l'école locale quand leur petit garçon rentre avec un œil au beurre noir ; une allure irrésistible ; comme la Marche du Temps.

« Vous comptez faire quoi ? bégaya Coupefin, horriblement conscient que toute résistance était inutile.

– C'est votre jour de chance, mage.

– Ah. Bon, dit-il faiblement.

– Vous venez d'être nommé Identificateur Royal.

– Oh. En quoi ça consiste, exactement ?

– Vous allez rappeler à tout le monde que je suis vivante. C'est très simple. Blanchi et trois bons repas par jour. Magnez-vous, mon vieux.

– Royal ?

– Vous êtes mage. Je crois qu'il y a une chose que vous devez savoir », dit la princesse.

« AH OUI ? » fit la Mort.

(Il s'agit là d'un procédé de cinéma adapté au livre. La Mort ne parle pas à la princesse. Il se trouve en réalité dans son cabinet et s'adresse à son apprenti. Mais c'est

« Voyez là-bas l'ennemi dormir repu,
Gras d'or volé, dans l'âme corrompu.
Que les lances de votre courroux soient le feu de la steppe
En pleine saison sèche par jour de grand vent,
Que votre glaive intègre frappe telles les cornes
D'un yock de cinq ans affligé d'une rage de dents... »

Et se prolongeait trois heures durant. La réalité, qui n'a pas souvent les moyens de se payer des poètes, rapporte pour sa part que l'ensemble du discours se réduisait à :

« Les gars, ils sont presque tous encore au pieu, on va leur passer au travers comme le fruit du kzak dans une petite grand-mère. Moi, j'en ai jusque-là des yourtes, okay ? »

plutôt efficace, non ? On doit appeler ça un fondu rapide, ou un zoom inversé. Ou autre chose. On peut s'attendre à tout de la part d'une industrie où tout le monde s'appelle « Coco ».)

« Et c'est quoi ? » ajouta-t-il, tout en enroulant un bout de soie noire autour d'un méchant hameçon coincé dans un petit étau qu'il avait fixé à son bureau.

L'apprenti hésita. Surtout parce qu'il avait peur et se sentait embarrassé, mais aussi parce que le spectacle d'un spectre encapuchonné montant paisiblement des mouches sèches aurait suffi à couper la voix à n'importe qui.

De plus, Ysabell se tenait assise dans le fond de la pièce ; elle faisait soi-disant de la couture, mais elle l'observait aussi à travers un voile de désapprobation renfrognée. Il sentait ses yeux bordés de rouge lui vriller l'arrière du crâne.

La Mort enfonça quelques plumes de cou de corbeau et siffla un petit air tarabiscoté entre ses dents ; il ne pouvait guère siffler autrement. Il releva la tête.

« Hmm ?

– Ils... ils sont pas partis aussi facilement que je croyais, dit un Morty nerveux, debout sur le tapis devant le bureau.

– Tu as eu des ennuis ? demanda la Mort en sectionnant d'un coup de ciseaux quelques brins de plumes.

– Ben, vous voyez, la sorcière voulait pas s'en aller, et le moine... eh ben, il a tout recommencé.

– Pas de quoi s'inquiéter, petit...

– ... Morty...

– ... Tu aurais déjà dû comprendre que chacun reçoit ce à quoi il s'attend. C'est tellement mieux comme ça.

– Je sais, m'sieur. Mais ça veut dire que les méchants qui pensent se retrouver dans une sorte de paradis y vont réellement. Et que les bons qui ont peur de finir dans un endroit horrible souffrent vraiment. Y a pas de justice.

– Qu'est-ce que je t'ai dit qu'il ne fallait pas oublier quand tu es de service ?

– Ben, vous...

– Hmm ? »

Morty, bredouillant, se tut.

« Il n'y a pas de justice. Rien que toi.

– Ben, je...

– TÂCHE DE T'EN SOUVENIR.

– Oui, mais...

– J'ESPÈRE QUE TOUT FINIRA PAR S'ARRANGER. JE N'AI JAMAIS VU LE CRÉATEUR MAIS, À CE QU'ON M'A DIT, IL NE NOURRIT PAS DE MAUVAISES INTENTIONS ENVERS LES GENS. » La Mort cassa le fil d'un coup sec et entreprit de desserrer l'étau.

« OTE-TOI CES IDÉES-LÀ DE LA TÊTE, ajouta-t-il. EN TOUT CAS, LA TROISIÈME N'A PAS DÛ TE POSER DE PROBLÈME. »

L'instant était venu. Morty y songeait depuis un bout de temps. Ça ne rimait à rien de se taire. Il avait chamboulé tout le cours à venir de l'Histoire. Ces choses-là se remarquent, en général. Il valait mieux déballer ce qu'il avait sur le cœur. Avouer en homme. Avaler la pilule. Cartes sur table. Tourner autour du pot, non merci. Allez, on se jette à l'eau.

Les yeux bleus perçants étincelèrent dans sa direction.

Il leur opposa un regard de lapin noctambule qui essaierait de faire baisser les phares à un semi-remorque de quinze tonnes dont le chauffeur défoncé depuis douze heures à la caféine fait exploser les tachymètres de l'enfer.

Sans succès.

« Non, m'sieur, fit-il.

– BEN. BRAVO. ET MAINTENANT, QU'EST-CE QUE TU DIS DE ÇA ? »

Les pêcheurs à la ligne assurent qu'une bonne mouche sèche doit astucieusement imiter la réalité. Il y a les bonnes mouches pour le matin. D'autres, différentes, pour la tombée du soir. Et ainsi de suite.

Mais ce que tenaient les phalanges triomphantes de la Mort, c'était une mouche de l'aube des temps. La mouche de la soupe originelle. Nourrie à la bouse de mammouth. Pas du genre à se cogner contre les carreaux de fenêtres, plutôt du genre à transpercer les murs. Un insecte capable de ressortir d'entre les lames de la plus lourde des tapettes, dégouttant de venin, assoiffé de vengeance. Elle se hérissait d'ailes bizarres et de lambeaux qui lui ballottaient par tout le corps. Apparemment, elle avait beaucoup de dents.

« Comment ça s'appelle ? demanda l'apprenti.

– JE VAIS L'APPELER... BELLE DE MORT. » La Mort donna à son œuvre un ultime regard admiratif avant de la piquer dans le capuchon de sa robe. « JE ME SENS

D'HUMEUR À FAIRE UN PEU LA VIE CE SOIR, dit-il. TU PEUX TE CHARGER DU SERVICE, MAINTENANT QUE TU AS PRIS LE TOUR DE MAIN, COMME QUI DIRAIT.

– Oui, m'sieur », dit Morty d'un ton lugubre. Il voyait son existence s'étendre devant lui comme un vilain tunnel noir sans lumière au bout.

La Mort tambourinait des doigts sur son bureau, marmonnait tout seul.

« AH, OUI, fit-il. ALBERT M'A DIT QU'ON A FARFOUILLÉ DANS LA BIBLIOTHÈQUE.

– Comment ça, m'sieur ?

– ON A PRIS DES LIVRES, ON LES A LAISSÉS TRAÎNER. DES LIVRES SUR DES JEUNES FEMMES. IL TROUVE ÇA AMUSANT. »

Comme il a déjà été signalé, les Saints Ecouteurs ont l'ouïe à ce point développée qu'un bon coucher de soleil peut les rendre sourds. L'espace de quelques secondes, Morty eut l'impression que la peau derrière son cou acquérait le même genre de facultés étranges, parce qu'il vit Ysabell se pétrifier au milieu d'un point de couture. Il perçut aussi la petite inspiration d'air déjà entendue parmi les rayonnages. Il se souvint du mouchoir de dentelle.

« Oui, m'sieur. Ça se reproduira plus, m'sieur », fit-il.

Sa nuque se mit à le démanger furieusement.

« FORMIDABLE. À PRÉSENT, FILEZ, VOUS DEUX. DEMANDEZ À ALBERT DE VOUS PRÉPARER UN PIQUE-NIQUE, N'IMPORTE QUOI. ALLEZ PRENDRE L'AIR. J'AI BIEN VU QUE VOUS VOUS ÉVITIEZ SANS ARRÊT, L'UN ET L'AUTRE. » Il décocha à son apprenti un coup de coude complice – c'était comme recevoir un coup de bâton – et ajouta : « ALBERT M'A APPRIS CE QUE ÇA VOULAIT DIRE.

– Ah bon ? » fit tristement Morty. Il s'était trompé, il y avait bien une lumière au bout du tunnel, et c'était un lance-flammes.

La Mort lui adressa un autre de ses clins d'œil façon supernova.

Morty ne le lui rendit pas. Il se retourna et se dirigea lentement vers la porte, à une vitesse et d'une démarche auprès desquelles l'allure de la Grande A'Tuin aurait passé pour les gambades d'un agneau.

Il était à mi-couloir lorsqu'il entendit une course légère dans son dos et qu'une main lui saisit le bras.

« Morty ? »

Il se retourna et fixa Ysabell à travers un brouillard de désespoir.

« Pourquoi tu l'as laissé croire que c'était toi, dans la bibliothèque ?

– Chais pas.

– C'était... très... gentil de ta part, dit-elle prudemment.

– Oui ? J'comprends pas ce qui m'a pris. »

Il tâtonna dans sa poche et sortit le mouchoir. « Ça vous appartient, je crois.

– Merci. » Elle se moucha bruyamment.

Morty était déjà beaucoup plus loin dans le couloir, les épaules voûtées, on aurait dit les ailes repliées d'un vautour. Elle lui courut après.

« Dis, fit-elle.

– Quoi ?

– Je voulais te remercier.

– Pas la peine, grommela-t-il. Vaudra mieux vous retenir de reprendre des livres. Ça les dérange, comme qui dirait. » Il se fendit d'un rire qu'il estimait sans joie. « Ha !

– Quoi, “ ha ” ?

– Ha, c'est tout ! »

Il était arrivé au bout du couloir. Devant la porte de la cuisine, où Albert les lorgnerait d'un air entendu. Morty se dit qu'il ne le supporterait pas. Il s'arrêta.

« Mais je n'ai pris les livres que pour y trouver un peu de compagnie », dit-elle dans son dos.

Il céda.

« On pourrait faire un tour dans le jardin, dit-il d'un air accablé, avant de parvenir à s'endurcir un peu le cœur et d'ajouter : « Je vous oblige pas, bien sûr.

– Tu veux dire que tu ne vas pas te marier avec moi ? » fit-elle.

Morty fut horrifié. « Me marier ?

– Ce n'est pas pour ça que Père t'a ramené ici ? s'étonna-t-elle. Après tout, il n'a pas besoin d'apprenti.

– Vous voulez parler de tous ces coups de coude, de ces clins d'œil et de ces petites réflexions comme quoi “ un jour, mon fils, tout ça sera à toi ” ? J'ai essayé de pas y faire attention. J'ai pas encore envie de me marier, avec personne, ajouta-t-il, chassant de son esprit une image fugitive de la princesse. Et sûrement pas avec vous, sans vouloir vous offenser.

– Moi non plus, je ne me marierais pas avec toi, même si tu étais le dernier homme du Disque », répliqua-t-elle d'une voix douce.

Sa réponse fit mal à Morty. C'était une chose de ne pas vouloir épouser quelqu'un, mais une autre toute différente de s'entendre dire qu'on ne voulait pas de *vous*.

« Moi, au moins, j'ai pas l'air d'être resté enfermé dans une armoire à m'empiffrer de beignets à longueur d'années, dit-il alors qu'ils sortaient sur la pelouse noire de la Mort.

– Moi, au moins, je marche comme si mes jambes n'avaient qu'un genou chacune, répliqua-t-elle.

– Mes yeux, à moi, c'est pas deux œufs pochés pleins de gluglu. »

Ysabell hocha la tête. « D'un autre côté, mes oreilles à moi, elles n'ont pas l'air d'excroissances qui poussent sur les arbres morts. C'est quoi du gluglu ?

– Vous savez, comme les œufs que fait Albert.

– Quand le blanc est tout visqueux, tout dégoulinant, avec des bouts gluants dedans ?

– Oui.

– Un bon mot, reconnut-elle pensivement. Mais mes cheveux à moi, je te signale, ne ressemblent pas à une balayette de cabinets.

– Certainement, mais les miens, ils ressemblent pas non plus à un hérisson mouillé.

– Je te prie de remarquer que je n'ai pas la poitrine comme un porte-toasts dans un sac en papier mouillé. »

Morty loucha sur le haut de la robe d'Ysabell, gonflé de tels flotteurs qu'elle n'avait pas besoin de savoir nager, et s'abstint de tout commentaire.

« Mes sourcils, à moi, ils ont pas l'air de deux chenilles en train de s'accoupler, risqua-t-il.

– Exact. Mais au moins, mes jambes à moi, il me semble, elles pourraient bloquer un cochon dans une ruelle.

– Pardon... ?

– Elles ne sont pas arquées, expliqua-t-elle.

– Ah. »

Ils déambulèrent à travers les massifs de lis, provisoirement à court d'idées. Ysabell finit par faire face à Morty et lui tendit la main. Il la serra dans un silence reconnaissant.

« Ça suffit ? demanda-t-elle.

– Largement.

– Bien. A l'évidence, il ne faut pas nous marier, ne serait-ce que par égard pour les enfants. »

Morty approuva de la tête.

Ils s'assirent sur un banc de pierre entre des hales soigneusement taillées au carré. La Mort avait installé un étang dans ce coin du jardin, alimenté par une source glacée qu'avait l'air de vomir une statue de lion. Des carpes grasses et blanches se tapissaient dans les profondeurs, ou affleuraient la surface parmi les nénuphars d'un noir velouté.

« On aurait dû apporter des miettes de pain, fit bravement Morty, optant pour un sujet absolument anodin.

– Il ne vient jamais à l'étang, tu sais, dit Ysabell qui contemplait les poissons. Il l'a fait pour m'amuser.

– Ç'a pas marché ?

– Il n'est pas réel, dit-elle. Rien n'est réel, ici. Pas *vraiment* réel. Il aime se conduire comme un être humain, c'est tout. Il fait de gros efforts en ce moment, remarque. Je crois que tu as un effet sur lui. Tu sais qu'une fois, il a essayé d'apprendre le banjo ?

– Je le vois mieux à l'orgue.

– Il n'a jamais pu attraper le coup, continua Ysabell en l'ignorant. Il n'arrive pas à créer, tu comprends.

– Vous avez dit qu'il a créé cet étang.

– C'est la copie d'un autre qu'il a vu ailleurs. Tout est copié. »

Morty changea de position, mal à l'aise. Un petit insecte lui était monté sur la jambe. « C'est plutôt triste, dit-il d'un ton qu'il espéra grosso modo de circonstance.

– Oui. »

Elle ramassa une poignée de graviers sur le chemin et se mit à les jeter distraitement d'une chiquenaude dans l'étang.

« Mes sourcils sont si affreux que ça ? demanda-t-elle.

– Hum, répondit Morty, je le crains.

– Oh. » *Plic, ploc.* Les carpes observaient la jeune fille d'un œil dédaigneux.

« Et mes jambes à moi ? fit-il.

– Pareil. Navrée. »

Anxieusement, Morty passa tant bien que mal en revue son répertoire réduit en matière de conversation et renonça.

« Tant pis, dit-il avec courage. Vous, au moins, vous pouvez recourir aux pinces à épiler.

– Il est très gentil. » Ysabell l'ignora encore. « Mais c'est comme s'il pensait à autre chose.

– C'est pas votre vrai père, hein ?

– Mes parents sont morts en traversant le Grand Nef, il y a des années de ça. Pendant une tempête, je crois. Il m'a trouvée et m'a ramenée ici. Je ne sais pas pourquoi il a fait ça.

– Peut-être qu'il s'est senti de la pitié pour vous.

– Il ne sent jamais rien. Je ne dis pas ça méchamment, tu comprends. Il n'a rien pour sentir quoi que ce soit, pas de ces machins, là, pas de glandes. Il s'est sans doute *imaginé* de la pitié pour moi. »

– Mon père, il était un peu comme ça. Il est, j'veux dire.

– Mais il a sûrement des glandes, lui.

– J'imagine, oui, fit Morty qui s'agita d'un air inquiet. C'est pas des choses auxquelles j'ai très souvent réfléchi, les glandes. »

Assis côte à côte, ils regardèrent fixement une truite. Elle leur rendit la pareille.

« J'ai tout chamboulé l'histoire du futur, dit Morty.

– Ah, oui ?

– Vous comprenez, quand il a voulu la tuer, moi, je l'ai tué, lui, alors que d'après l'Histoire elle aurait dû mourir et le duc devenir roi ; mais le pire, le *pire*, c'est que ce duc, complètement pourri jusqu'à l'os, aurait uni les cités qui auraient fini par former une fédération, et les livres disent qu'il s'en serait suivi cent ans de paix et d'abondance. J'veux dire, on pourrait s'attendre à un règne de terreur ou j'sais pas quoi, mais faut croire que l'Histoire a des fois besoin de gens dans ce goût-là, alors que la princesse, elle représente qu'un monarque de plus. J'veux dire, pas *mauvais*, même plutôt bon, mais pas celui qu'il faut, et maintenant tout est fichu en l'air, l'Histoire bat de l'aile dans tous les sens, et tout ça, c'est ma faute. »

Il se tassa, dans l'attente angoissée de la réponse d'Ysabell

« Tu avais raison, tu sais.

– Ah, oui ?

– Il aurait fallu apporter des miettes de pain. Je pense qu'ils trouvent de quoi manger dans l'eau. Des scarabées, tout ça.

– Vous avez entendu ce que j'ai dit ?

– A propos de quoi ?

– Oh. Rien. Rien d'important. Excusez. »

Ysabell soupira et se leva. « Je suppose que tu as envie de te sauver, dit-elle. Je suis contente que cette question du mariage soit réglée. Ça m'a bien plu de discuter avec toi.

– On pourrait garder une sorte de rapport haine-haine, dit Morty.

– En général, je n'ai pas l'occasion de parler aux gens avec qui Père travaille. » Elle avait, semblait-il, du mal à se séparer de lui, comme si elle attendait qu'il dise autre chose.

« Ben, ça se comprend. » Ce fut tout ce qu'il trouva à répondre.

« Je pense qu'il faut que tu ailles au boulot, à présent.

– Plus ou moins. » Morty hésitait, vaguement conscient que la conversation avait dérivé hors des eaux basses, superficielles, pour flotter désormais au-dessus de grandes profondeurs qu'il ne comprenait pas tout à fait.

Il y eut un bruit, comme...

Le bruit rappela à Morty la vieille cour de ferme paternelle, et le mal du pays lui pinça le cœur. Durant les rudes hivers du Bélier, la famille gardait dans la cour de vigoureuses bêtes de montagne, les thargas, et leur jetait autant de paille qu'il était nécessaire. Après le dégel de printemps, la cour avait épaissi de plusieurs dizaines de centimètres, couverte d'une croûte relativement solide. On pouvait la traverser, à condition d'être prudent. Sinon, on s'enfonçait jusqu'aux genoux dans la mouscaille concentrée, et le son que produisait le soulier en se dégageant, vert et fumant, annonçait autant le renouveau que le chant des oiseaux ou le bourdonnement des abeilles.

C'était le même bruit. Morty examina instinctivement ses chaussures.

Ysabell pleurait, non pas à menus sanglots de dame, mais la bouche béante, à grandes goulées comme des bulles de volcan sous-marin qui se battraient entre elles pour arriver premières à la surface. C'étaient des sanglots qui sortaient sous pression, mûris dans la détresse d'une existence monotone.

« Heu ? » fit Morty.

Le corps de la jeune femme s'agitait comme un matelas d'eau dans une zone sismique. Elle fourragea en hâte dans ses manches à la recherche d'un mouchoir, aussi inutile en la circonstance qu'un chapeau de papier sous un orage. Elle tenta de dire quelque chose et n'aboutit qu'à un flot de consonnes ponctué de sanglots.

« Hein ? fit cette fois Morty.

– J'ai dit : quel âge tu me donnes ?

– Quinze ans, hasarda-t-il.

– J'en ai seize, pleurnicha-t-elle. Et tu sais depuis combien de temps j'en ai seize ?

– Excusez-moi, j'compr...

– Non, tu ne peux pas comprendre. Personne ne peut comprendre. » Elle se moucha encore une fois et, malgré des mains tremblantes, rangea soigneusement le morceau de tissu bien imbibé au fond de sa manche.

« Toi, on te permet de sortir, dit-elle. Toi, tu n'es pas arrivé depuis assez longtemps pour avoir fait attention. Le temps s'arrête, ici, tu n'as pas remarqué ? Oh, il y a bien quelque chose qui passe, mais ce n'est pas le vrai temps. Il ne sait pas le créer, le vrai temps.

– Oh. »

Lorsqu'elle reprit la parole, ce fut de la voix calme et surtout *courageuse* de qui s'est ressaisi contre vents et marées mais pourrait flancher à nouveau à tout instant.

« Ça fait trente-cinq ans que j'en ai seize.

– Oh ?

– C'était déjà dur la première année. »

Morty se repassa ses dernières semaines dans la tête et opina, d'accord avec la jeune fille.

« C'est pour ça que vous avez lu tous ces livres ? » demanda-t-il.

Ysabell baissa les yeux et d'un orteil sandalé joua avec le gravier, l'air gênée.

« Ils sont très romanesques, dit-elle. Certaines histoires sont très jolies. Il y a une jeune fille qui a bu du poison quand son petit ami est mort, une autre qui a sauté du haut d'une falaise parce que son père voulait à tout prix la marier à un vieillard, et encore une qui a préféré se noyer plutôt que de subir... »

Morty écoutait avec surprise. A en croire les lectures soigneusement choisies d'Ysabell, les femmes du Disque avaient peu de chances de survivre assez longtemps à l'adolescence pour user une paire de bas.

« ... elle a cru qu'il était mort, alors elle s'est suicidée, puis il s'est réveillé et cette fois il s'est tué pour de bon, puis il y a une fille... »

Le bon sens laissait supposer que quelques femmes au moins atteignaient la trentaine sans mettre fin à leurs jours par amour, mais le bon sens n'avait pas l'air de jouer ne serait-ce qu'un rôle de figurant dans ces drames-là [1]. Morty savait déjà que l'amour donnait chaud et froid, qu'il rendait cruel et faible, mais il n'avait jamais pensé qu'il pouvait rendre idiot.

« ... traversait la rivière toutes les nuits à la nage, mais une nuit, il y a eu une tempête, et quand elle a vu qu'il n'arrivait pas, elle... »

Morty sentait d'instinct que certains jeunes couples devaient faire connaissance, disons, dans un bal de village, qu'ils s'entendaient bien, sortaient ensemble un ou deux ans, se disputaient de temps en temps, se rabibochaient, se mariaient et ne se suicidaient jamais.

Il prit conscience que la litanie des amours maudites tirait à sa fin. « Oh, dit-il faiblement. Ça se passe jamais bien, alors, avec personne ?

– Aimer, c'est souffrir, fit Ysabell. Faut qu'il y ait de la passion et du tragique.

– Ah bon ?

– Absolument. Et de l'angoisse. »

Ysabell parut se rappeler un détail.

« Tu n'as pas parlé de quelque chose qui battait de l'aile ? » demanda-t-elle de la voix tendue de celle qui se reprend.

Morty réfléchit. « Non, répondit-il.

– Je ne faisais pas beaucoup attention, je le crains.

– Ç'a pas d'importance. »

Ils revinrent tranquillement à la maison, en silence.

Morty repassa au cabinet et vit que la Mort était parti, mais qu'il avait laissé quatre sabliers sur son bureau. Le grand livre de cuir reposait sur un lutrin, solidement verrouillé.

Un mot était coincé sous les sabliers.

L'apprenti s'attendait à une écriture gothique, voire anguleuse comme sur les pierres tombales, mais la Mort avait en fait étudié un ouvrage de référence sur la gra-

1. Les plus grands amants du Disque furent sans conteste Mellius et Grételina, dont l'aventure pure, passionnée et déchirante aurait marqué au fer les pages de l'Histoire si un caprice du sort n'avait inexplicablement voulu qu'ils naissent à deux siècles de distance sur des continents différents. Les dieux eurent cependant pitié d'eux et les changèrent, lui en table à repasser ** et elle en petit bollard de cuivre.

** Quand on est dieu, on n'a pas à se justifier.

phologie avant de se donner un style, et il avait adopté une calligraphie qui dénotait une personnalité équilibrée, bien dans sa « peau ».

Le mot disait :

*Suis party à la pesche. Tu as une exécution à Pseudopolis, une mort nasturelle à Krull, une chute faytale dans les montagnes de Caraque, une fyèvre à Ell-Kinte. Le reste de la journée t'appartyent.*

Pour Morty, l'Histoire brassait l'air comme une haussière en fil d'acier dont la tension s'est relâchée, elle vibrait d'avant en arrière dans la réalité, en de grands balayages destructeurs.

L'histoire n'est pas comme ça. L'Histoire se dénoue en douceur, comme un vieux pull. Maintes fois reprisée et rapiécée, retricotée aux mesures de gens de toutes sortes, fourrée dans une boîte sous l'évier de la censure avant d'être débitée en chiffons à poussière de la propagande, elle finit pourtant toujours par reprendre sa forme première. L'Histoire a pour habitude de changer ceux qui s'imaginent la changer, elle. L'Histoire garde toujours quelques tours en réserve dans sa manche effilochée. Elle n'est pas née d'hier.

Voici ce qui se passait :

Le malencontreux coup de faux de Morty avait divisé l'Histoire en deux réalités distinctes. Dans la cité de Sto Lat, Kéli continuait de régner, au prix d'un certain nombre de difficultés et grâce à l'aide permanente de l'Identificateur Royal qui émargeait à la cour pour rappeler à tous qu'elle existait. Mais partout ailleurs – au-delà des plaines, dans les montagnes du Bélier, autour de la mer Circulaire et jusqu'au Bord –, la réalité traditionnelle maintenait toujours son emprise ; la princesse y était indubitablement morte, le duc était roi et le monde allait son bonhomme de chemin selon le plan prévu, s'il y en avait un.

En fait, les deux réalités étaient vraies.

L'espèce de zone de partage de l'Histoire se trouvait pour l'instant à une trentaine de kilomètres de la ville et n'était pas encore très visible. Ceci parce que la... appelons ça la différence de pressions historiques, n'était pas encore très importante. Mais elle s'accroissait. Au loin dans les champs de choux, l'air chatoyait et grésillait légèrement, comme si on y grillait des sauterelles.

On ne modifie pas plus l'Histoire que les oiseaux le ciel, on n'y décrit qu'un bref parcours. Centimètre après centimètre, aussi implacable qu'un glacier et beaucoup plus froide, la vraie réalité grignotait son retour à Sto Lat.

Morty fut le premier à remarquer le phénomène.

L'après-midi avait été long. L'alpiniste s'était accroché à sa prise de glace jusqu'à la dernière seconde et l'exécuté avait traité Morty de laquais de la monarchie. Seule la vieille dame de cent trois ans, qui s'était éteinte entourée de ses proches affligés, lui avait souri et trouvé la mine un peu pâlichonne.

Le soleil du Disque était bas sur l'horizon lorsque Bigadin arriva au petit galop, fourbu, dans le ciel de Sto Lat. Morty baissa les yeux et aperçut la zone de démarcation de la réalité. Elle s'incurvait en dessous de lui, croissant de légère brume argentée. Il ignorait de quoi il s'agissait, mais il eut le mauvais pressentiment que ça le concernait.

Il ralentit le cheval et le laissa paisiblement descendre au trot vers la terre ferme pour se poser à quelques foulées derrière la paroi d'air irisé. Celle-ci se déplaçait un peu moins vite qu'au pas ; elle sifflait doucement au fil de son avance fantomatique dans les champs de choux mornes et humides et les rigoles d'assèchement gelées.

La nuit était froide, de ces nuits où le gel et le brouillard luttent pour le pouvoir, où le moindre son est assourdi. Le souffle de Bigadin formait des fontaines de buée dans l'air immobile. Il hennit mollement, presque en s'excusant, et piaffa.

Morty glissa à bas de sa monture et s'approcha à pas de loup de l'interface. Elle crépitait légèrement. Des formes bizarres scintillaient dedans, flottaient, tournaient et s'évanouissaient.

Après quelque recherche, il trouva un bâton et l'enfonça prudemment dans la paroi. Son geste produisit d'étranges rides qui tremblotèrent lentement hors de vue.

Morty leva la tête lorsqu'une forme le survola : une chouette noire patrouillait au-dessus des rigoles, à l'affût d'un petit couineur.

Elle heurta le mur dans un éclaboussement de brume

vaporisée et laissa une ondulation en forme de chouette qui grandit, s'étendit jusqu'à rejoindre le bouillonnement kaléidoscopique.

Puis elle disparut. Morty voyait à travers l'interface transparente, mais il n'y eut aucune chouette à ressortir de l'autre côté. Au moment même où il s'en étonnait se produisit un second éclaboussement silencieux à quelques pas de distance : l'oiseau réapparut d'un coup, imperturbable, et s'éloigna en rase-mottes.

Morty se ressaisit, avança la jambe et franchit la barrière, qui n'en était pas une. Ça picotait.

Un instant plus tard, Bigadin surgit à son tour, roulant désespérément des yeux, des vrilles d'interface encore accrochées à ses sabots. Il se cabra, secoua sa crinière à la manière d'un chien pour se débarrasser des lambeaux de brume, et regarda Morty d'un air implorant.

Le jeune homme le prit par la bride, lui flatta les naseaux, farfouilla dans sa poche et lui ramena un morceau de sucre pas très net. Il se savait en présence de quelque chose d'important, mais il n'était pas encore vraiment sûr de ce dont il s'agissait.

Une route courait entre des alignements de saules humides et tristes. Morty remonta en selle, dirigea Bigadin à travers champ et s'enfonça dans l'obscurité dégouttante d'eau sous les branches.

Au loin, il distinguait les lumières de Sto Hélit, qui n'était en réalité guère plus qu'une petite ville, et une faible lueur à la limite de sa vision devait être Sto Lat. Il la regarda avec envie.

La barrière l'inquiétait. Il la voyait progresser silencieusement dans le champ derrière les arbres.

Morty était sur le point de pousser Bigadin à redécoller lorsqu'il aperçut la lumière droit devant lui, chaude, comme une invite. Elle se répandait par les fenêtres d'une grosse bâtisse à l'écart de la route. C'était sûrement une lumière déjà réconfortante en soi, mais vu le décor et l'humeur de Morty, elle engendrait tout bonnement l'extase.

Alors qu'il s'en approchait, il y vit bouger des ombres et perçut quelques bribes de chanson. Il s'agissait d'une auberge, et à l'intérieur on se donnait du bon temps, ou ce qui tenait lieu de bon temps quand on était un paysan qui passait sa vie le nez dans les choux. Sorti des choux, on s'amuse d'un rien.

Il y avait des êtres humains là-dedans, qui se livraient à des activités humaines naturelles comme se soûler et oublier les paroles d'une chanson.

Morty n'avait jamais vraiment ressenti le mal du pays, peut-être parce qu'il avait d'autres préoccupations en tête. Mais il en faisait maintenant l'expérience pour la première fois : une espèce de nostalgie, non pas d'un terroir mais d'un état d'esprit, celui de l'être humain ordinaire aux soucis simples, comme l'argent, la maladie, les voisins...

« J'vais prendre un verre, se dit-il, et peut-être que j'me sentirai mieux. »

Il y avait une écurie à façade ouverte sur le côté du bâtiment principal ; Morty conduisit Bigadin dans l'obscurité chaude aux relents de cheval, ou plutôt de chevaux, vu que trois bêtes s'y trouvaient déjà. Alors qu'il lui détachait sa musette, il se demanda si la monture de la Mort réagissait comme lui envers ses semblables aux modes de vie un peu moins surnaturels. Bigadin avait assurément l'air impressionnant auprès des autres qui le regardaient d'un œil attentif. C'était un vrai cheval, réel – les ampoules du manche de la pelle sur les mains de Morty en témoignaient –, et comparé à ses voisins il avait l'air plus vrai que jamais. Plus solide. Plus chevalin. Légèrement plus grand que nature.

Morty était à deux doigts de faire une déduction importante ; hélas, alors qu'il traversait la cour pour gagner la porte basse de l'auberge, il fut distrait par l'enseigne. Le peintre n'avait pas montré de don particulier, mais il était impossible de ne pas reconnaître la ligne de la mâchoire de Kéli ni sa masse de cheveux embrasés dans la représentation de LA TAITE DE LA RÊNE.

Il soupira et poussa la porte.

Comme un seul homme, l'assemblée s'arrêta de parler et le fixa de l'honnête regard rural qui laisse entendre qu'il suffirait d'un rien pour qu'on vous tabasse le crâne à coups de pelle et qu'on enterre votre cadavre sous un tas de compost à la pleine lune.

Morty mériterait qu'on le reconsidère parce qu'il a beaucoup changé au cours des derniers chapitres. Par exemple, les coudes et les genoux dont il reste encore abondamment pourvu semblent avoir migré à leurs emplacements naturels, et il ne se meut plus comme s'il avait les jointures mal assemblées par des élastiques. Avant, il donnait l'impression de ne rien connaître du tout ; maintenant, celle d'en savoir trop long. Une lueur dans son regard laisse entendre qu'il a contemplé ce que le commun des mortels ne voit jamais, ou alors rien qu'une fois.

Quelque chose d'indéfinissable dans le reste de sa personne pousse les observateurs à se dire qu'il serait aussi avisé de causer des ennuis à ce garçon que de flanquer un coup de pied dans un nid de guêpes. En bref, Morty ne ressemble plus du tout à ce qu'un chat aurait rapporté puis rendu.

L'aubergiste relâcha son étreinte sur le solide gourdin pacificateur qu'il gardait sous le comptoir et composa ses traits en un semblant de sourire enjoué et accueillant, quoique pas trop.

« 'soir, Vot' Seigneurie, dit-il. Qu'esse y a pour vot' service, par c'te nuit d'froidure ?

– Quoi ? répondit Morty, que la lumière faisait cligner des yeux.

– Ce qu'y veut dire, c'est : qu'esse tu veux boire ? expliqua un petit homme à face de furet assis près du feu et qui considérait Morty de l'œil du boucher devant tout un champ d'agneaux.

– Hum. J'sais pas. Vous vendez de la goutte d'étoile ?

– Jamais entendu causer, Vot' Seigneurie. »

Morty fit du regard le tour des figures qui l'observaient, illuminées par le feu. Le type de gens qu'on qualifie volontiers de sel de la terre. En d'autres termes, ils manquaient de raffinement, ils avaient mauvaise mine et ils étaient malsains, mais Morty, tout à ses préoccupations, ne remarqua rien.

« Qu'est-ce qu'on aime boire par ici, alors ? »

L'aubergiste lança un coup d'œil en coin à ses clients, un tour de force vu qu'ils se trouvaient juste devant lui.

« Ben, Vot' Seigneurie, on boit du frottis, d'préférence.

– Du frottis ? répéta Morty auquel échappèrent les ricanements étouffés.

– Oui-da, Vot' Seigneurie. Fait avec d'la pomme. Enfin, surtout d'la pomme. »

Une boisson saine, se dit Morty. « Oh. Bien, fit-il. Une pinte de frottis, alors. » Il mit la main à sa poche et sortit la bourse d'or que la Mort lui avait remise. Elle était encore pas mal pleine. Dans le brusque silence de l'auberge, le léger tintement des pièces résonna comme les légendaires Gongs de Cuivre de Leshp qu'on entend au large par nuit de tempête quand les courants les agitent dans leurs tours englouties par trois cents brasses de fond.

« Et veuillez servir à ces messieurs ce qu'ils désirent », ajouta-t-il.

Noyé sous le chœur des remerciements, il ne remarqua pas que ses nouveaux amis se faisaient remplir de tout petits verres format dé à coudre, et lui une grosse chope de bois.

On raconte des tas d'histoires sur le frottis, comment on le distille dans les marais selon d'anciennes recettes transmises tant bien que mal de père en fils. Rien n'est vrai pour ce qui est des rats, des têtes de serpents ou de la grenaille de plomb. La légende du mouton crevé : pure invention. On peut oublier toutes les variations sur l'histoire du bouton de culotte. En revanche, celle qui recommande de ne pas le mettre en contact avec du métal est parfaitement authentique : lorsque l'aubergiste roula scandaleusement Morty sur la monnaie et qu'il posa le petit tas de cuivre dans une flaque du breuvage, ça se mit aussitôt à mousser.

Morty flaira sa chope, puis prit une gorgée. Le goût rappelait un peu la pomme, un peu les matins d'automne et beaucoup le dessous d'une pile de rondins. Mais pour ne pas paraître irrespectueux, il avala une lampée.

L'assemblée l'observa en comptant tout bas.

Morty sentit qu'on attendait quelque chose de lui.

« Bon, fit-il, très rafraîchissant. » Il prit une autre gorgée. « Faut s'habituer au goût, ajouta-t-il, mais ça vaut le coup, c'est sûr. »

Un ou deux murmures mécontents s'élevèrent dans les derniers rangs de l'assemblée.

« L'a coupé l'frottis, v'là tout.

– Nan, tu sais bien c'que ça donne quand on laisse tomber une goutte d'eau d'dans. »

L'aubergiste s'efforça d'ignorer les commentaires. « Vous aimez ? demanda-t-il à Morty, à peu près du même ton qu'on avait demandé à saint Georges : " Vous avez tué *quoi ?* "

– Du corps, répondit Morty. Un léger goût de noisette.

– Excusez », fit le tenancier qui retira doucement la chope de la main de Morty. Il la renifla, puis s'essuya les yeux.

« Uuunnyag, dit-il. C'en est, y a pas de doute. »

Il posa sur le jeune homme un regard proche de l'admiration. Non pas parce que Morty avait bu un tiers de pinte de frottis mais parce qu'il restait encore vertical et apparemment en vie. Il rendit la chope ; on aurait dit qu'il remettait une coupe après une compétition mémorable. Lorsque Morty s'envoya une nouvelle rasade, plusieurs spectateurs grimacèrent. L'aubergiste se demanda de quoi étaient faites les dents de ce client-là et conclut qu'il devait s'agir du même matériau que son estomac.

« Vous seriez pas mage, des fois ? s'enquit-il, au cas où.

– J'regrette, non. Faudrait ? »

Il me semblait bien, songea le tenancier, il ne marche pas comme un mage et puis, de toute façon, il ne fume pas. Il considéra à nouveau la chope de frottis.

Quelque chose clochait dans tout ça. Quelque chose clochait chez ce gars-là. Il n'avait pas l'air normal. Il avait l'air...

... plus solide qu'il n'aurait dû.

C'était ridicule, bien entendu. Le comptoir était solide, le carrelage était solide, les clients aussi solides qu'on pouvait le souhaiter. Pourtant, Morty, avec son air gauche, qui sirotait comme si de rien n'était un liquide propre à récurer les cuillers, Morty dégageait une impression de solidité particulièrement puissante, de dimension supplémentaire de la réalité. Ses cheveux étaient plus capillaires, ses vêtements plus vestimentaires, ses chaussures la quintessence du chaussage. Rien qu'à le regarder, on avait mal au crâne.

Morty prouva quand même qu'il restait humain, en fin de compte. La chope s'échappa de ses doigts engourdis et claqua sur les dalles, qu'un fond de frottis entreprit aussitôt de ronger pour passer au travers. Il désigna le mur d'en face, ouvrit et referma plusieurs fois la bouche sans qu'un son n'en sorte.

Les habitués retournèrent à leurs discussions et à leurs jeux de palet-joli, rassurés : tout était rentré dans l'ordre, Morty se comportait tout à fait normalement à présent. L'aubergiste, soulagé que le breuvage n'ait pas failli à sa réputation, avança le bras par-dessus le comptoir et le tapa amicalement sur l'épaule.

« Ça ira, dit-il. Ça fait souvent cet effet-là, on a juste mal à la tête pendant quèques semaines, faut pas vous tracasser, une goutte de frottis vous r'mettra d'aplomb. »

Il est de fait que le remède le plus efficace pour une gueule de bois au frottis, c'est de reprendre du poil de la bête ou – le terme serait plus approprié – de la dent du requin, voire de la chenille du bulldozer.

Mais Morty, le doigt toujours tendu, se contenta de demander d'une voix tremblante : « Vous le voyez ? Il passe à travers le mur ! Il passe carrément à travers le mur !

– Y a des tas de machins qui passent à travers le mur la première fois qu'on boit du frottis. Des machins verts avec des poils partout, en général.

– C'est la brume ! Vous l'entendez pas qui grésille ?

– Une brume qui grésille, hein ? » L'aubergiste regarda le mur nu qui n'avait rien de mystérieux en dehors de quelques toiles d'araignée. Le ton insistant de Morty l'inquiétait. Il aurait préféré les monstres squameux ordinaires. On savait à quoi s'en tenir avec eux.

« Ça vient directement dans la salle. Vous sentez rien ? »

Les clients s'entre-regardèrent. Morty les mettait mal à l'aise. Un ou deux reconnurent par la suite qu'ils avaient effectivement senti comme un picotement glacé, mais c'était peut-être une histoire d'indigestion.

Morty recula, puis agrippa le comptoir. Il frissonna un bref instant.

« Ecoutez, fit le gargotier, une blague, c'est une blague, mais...

– Vous aviez une chemise verte avant ! »

L'homme baissa la tête. De la terreur lui perça dans la voix.

« Avant quoi ? » chevrota-t-il.

A son grand étonnement, et avant que sa main n'ait achevé sa descente discrète vers le gourdin d'épine noire, Morty plongea sur le comptoir et le saisit par le tablier.

« Vous avez bien une chemise verte, non ? fit-il. Je l'ai vue, elle a des petits boutons jaunes !

– Ben, oui, j'ai deux chemises. »

L'aubergiste tenta fièrement de se redresser un peu.

« J'ai les moyens, ajouta-t-il. J'la porte pas aujourd'hui, voilà tout. »

Il ne tenait pas à savoir comment Morty était au courant pour les boutons jaunes.

Le jeune homme le lâcha et se retourna d'un coup.

« Ils sont tous à des places différentes ! Où il est, le type qu'était assis près du feu ? Y a plus rien de pareil ! »

Il franchit la porte en courant, et du dehors parvint un cri étouffé. Il revint en flèche, les yeux fous, pour faire face à l'assemblée horrifiée.

« Qui c'est qu'a changé l'enseigne ? On a changé l'enseigne ! »

L'aubergiste se passa une langue nerveuse sur les lèvres.

« Après que l'vieux roi, il est mort, vous voulez dire ? »

Les yeux de Morty le glacèrent, on aurait dit deux flaques noires de terreur.

« C'est du nom, que j'parle !

– On a... Ç'a toujours été ce nom-là, fit l'homme qui cherchait désespérément du regard un appui auprès de ses clients. Pas vrai, les gars ? La Tête du Duc. »

Un chœur de murmures approbateurs lui répondit.

Morty fixa tout le monde ; il tremblait, et ça se voyait. Puis il fit demi-tour et ressortit en courant.

De la cour arrivèrent des bruits de sabots qui diminuèrent avant de disparaître complètement, comme si un cheval avait quitté la face de la terre.

Le silence régnait dans l'auberge. Chacun s'efforçait d'éviter le regard des autres. Personne ne voulait être le premier à admettre ce qu'il pensait avoir vu.

Ce fut donc au patron de traverser la salle d'un pas mal assuré, d'avancer la main et de faire courir ses doigts sur la surface de bois familière, rassurante, de la porte. Elle était solide, intacte, ce qu'on attend d'une porte.

Tout le monde avait vu Morty la passer à trois reprises. Il avait simplement négligé de l'ouvrir.

Bigadin prit énergiquement de la hauteur, montant presque à la verticale ; ses sabots martelaient le vide et son haleine s'étirait derrière lui en volutes, comme un sillage de vapeur. Morty s'accrochait des genoux, des mains et surtout de toute sa volonté, la figure enfouie dans la crinière du cheval. Il ne regarda pas en bas jusqu'à ce qu'il sente l'air glacial autour de lui, aussi clair qu'un bouillon d'hospice.

Encore au-dessus, les Lumières du Moyeu tremblotaient silencieusement dans le ciel d'hiver. En dessous...

... une soucoupe à l'envers, d'un diamètre de plusieurs kilomètres, argentée sous les étoiles. Il voyait des lueurs au travers. Des nuages y pénétraient.

Non. Il regarda avec attention. Il y pénétrait bel et bien des nuages, et d'autres se trouvaient déjà dedans, mais ceux du dedans étaient plus ténus, ils se déplaçaient dans une direction sensiblement différente et, à vrai dire, ils n'avaient apparemment guère à voir avec ceux du dehors. Il y avait autre chose... Oh, oui, les Lumières du Moyeu. Elles éclairaient la nuit autour de l'hémisphère fantomatique d'une vague teinte verte, mais aucune trace de celle-ci sous le dôme.

C'était comme regarder dans une parcelle d'un autre monde, quasi identique, greffée sur le Disque. Il y faisait un temps légèrement différent, et ce soir les Lumières n'y brillaient pas.

Et le Disque, qui n'appréciait pas, l'encerclait, la repoussait dans la non-existence. Morty ne la voyait pas rapetisser, de l'altitude où il se tenait, mais son esprit entendait le grésillement de sauterelle du phénomène qui grignotait le pays, qui remettait en place les événements. La réalité se guérissait toute seule.

Morty savait, sans avoir besoin de réfléchir, qui se trouvait au centre du dôme. Il était évident, même de si haut, que le dôme rayonnait autour de Sto Lat.

Il s'efforça de ne pas penser à ce qui allait arriver une fois la coupole réduite à la dimension d'une chambre, puis d'une personne, puis d'un œuf. Il n'y parvint pas.

La logique aurait dit à Morty que là résidait son salut. Dans un jour ou deux le problème se résoudrait de lui-même ; les livres de la bibliothèque seraient à nouveau conformes ; le monde serait revenu en place d'un coup, comme un élastique. La logique lui aurait dit que contrarier une deuxième fois le processus ne ferait qu'aggraver la situation. Voilà ce qu'elle lui aurait dit, la logique, si seulement elle n'avait pas pris elle aussi sa nuit de congé, la logique.

La lumière se déplace plutôt lentement sur le Disque, à cause de l'effet de frein du formidable champ magique, et pour l'heure la partie du Bord qui comprenait l'île de Krull se trouvait immédiatement sous l'orbite du petit soleil ; on n'y était donc qu'en début de soirée. Il y faisait aussi relativement chaud car le Bord récupère davantage de chaleur et bénéficie d'un climat maritime doux.

Krull – dont une grande partie de ce qu'on pourrait appeler la côte, à défaut d'un meilleur mot, dépasse du Rebord –, était une île enchanteresse. Les seuls Krulliens d'origine à ne pas l'apprécier, c'étaient les étourdis qui ne regardaient pas où ils mettaient les pieds ou les somnambules ; d'ailleurs, grâce à la sélection naturelle, il n'en restait plus beaucoup. Toutes les sociétés ont leur lot de marginaux, mais sur Krull, on n'en revenait jamais, de la marge.

Terpsic Mims n'était pas un marginal. C'était un pêcheur à la ligne. Ça fait une différence : la pêche à la ligne revient plus cher. Mais Terpsic était heureux. Il suivait des yeux la plume d'un bouchon qui dansait mollement sur les eaux tranquilles, bordées de roseaux, de la rivière Hakrull, et un vide quasi total régnait dans son esprit. Une seule chose aurait pu troubler sa béatitude : que ça morde. Parce que ce qu'il appréhendait vraiment dans la pêche, c'était de prendre un poisson. Le poisson, c'est froid, gluant, ça panique pour un oui pour un non ; les poissons lui portaient sur les nerfs, et les nerfs de Terpsic n'étaient pas très fameux.

Tant qu'il n'attrapait rien, Terpsic Mims était l'un des pêcheurs les plus heureux du Disque, parce que la Hakrull passait à huit kilomètres de chez lui, donc à huit kilomètres de madame Gwladys Mims, auprès de qui il avait connu six mois de bonheur conjugal. Ça remontait à une vingtaine d'années.

Terpsic ne prêta aucune attention au collègue qui vint s'installer un peu plus loin sur la berge. Evidemment, d'autres que lui se seraient formalisés d'un tel manquement à l'étiquette, mais de son point de vue, tout ce qui réduisait ses chances de prendre une de ces fichues bestioles était le bienvenu. Du coin de l'œil, il nota que le nouvel arrivant pêchait à la mouche, une distraction intéressante que Terpsic avait exclue parce qu'on passait en fin de compte trop de temps chez soi à préparer le matériel.

Il n'avait encore jamais vu pêcher à la mouche comme ça. On pêche à la mouche noyée et à la mouche sèche, la flottante, mais celle-là fouillait dans l'eau avec un gémissement en dent de scie et tirait le poisson hors de l'eau en arrière.

Terpsic regardait, avec une fascination horrifiée, la silhouette indistincte derrière les saules lancer et lancer encore. L'eau bouillonnait tandis que toute la faune à nageoires de la rivière cherchait à s'écarter du chemin de la terreur bourdonnante ; hélas, un gros brochet affolé, en pleine confusion, se prit à son hameçon.

La seconde suivante, Terpsic n'était plus sur la berge mais parmi les ténèbres vertes et résonnantes ; alors que son souffle s'échappait en bulles de sa bouche, il regardait sa vie défiler en éclair sous ses yeux et redoutait, même à l'instant de la noyade, l'idée de revivre la période comprise depuis le jour de son mariage. Il lui vint à l'esprit que Gwladys serait bientôt veuve, ce qui lui remonta un peu le moral. Terpsic avait toujours essayé de voir le bon côté des choses, et il lui sembla, tandis qu'il s'enfonçait avec reconnaissance dans la vase, qu'à partir de cet instant son existence ne pourrait que s'améliorer...

Une main le saisit alors par les cheveux et le ramena à l'air libre, qui soudain lui fit atrocement mal. Des taches horribles bleues et noires lui passaient devant les yeux. Il avait les poumons en feu. Sa gorge n'était plus qu'un tuyau douloureux.

Des mains – des mains froides, des mains glacées, des mains qui donnaient l'impression de gants remplis de dés à jouer – le tirèrent hors de l'eau et le rejetèrent sur la rive où, après quelques tentatives crânes de mourir quand même noyé, il finit par être ramené de force à ce qui lui tenait lieu de vie.

Terpsic ne se mettait pas souvent en colère, Gwladys désapprouvait ça. Mais il se sentait floué. Il était né sans qu'on l'ait consulté, s'était marié parce que Gwladys et le père de Gwladys y avaient veillé, et la seule démarche importante de sa vie d'homme qui lui appartenait exclusivement, voilà qu'on l'en privait sans autre forme de procès. Quelques secondes plus tôt, tout était si simple. Maintenant, tout redevenait compliqué.

Non pas qu'il voulût mourir, bien entendu. Les dieux étaient très stricts sur la question du suicide. Il n'avait pas voulu qu'on le sauve, c'est tout.

Il leva des yeux rouges dans un masque de vase et de lentilles d'eau vers la forme floue au-dessus de lui et s'écria : « Pourquoi donc vous m'avez sauvé ? »

La réponse le tracassa. Il y repensa tout au long du chemin du retour en pataugeant dans ses souliers. Elle se tapit au fond de son esprit lorsque Glawdys se plaignit de l'état de ses vêtements. Elle ricocha sous son crâne tandis qu'assis près du feu il éternuait d'un nez coupable, parce que Glawdys ne supportait pas non plus de le voir malade. Alors qu'il frissonnait dans son lit, elle s'incrusta dans ses rêves comme un iceberg. Au plus fort de sa fièvre, il marmonna : « Qu'est-ce qu'il a voulu dire par : " POUR PLUS TARD " ? »

Les torches brillaient dans la cité de Sto Lat. Des escouades entières d'hommes avaient pour tâche de les renouveler en permanence. Les rues flamboyaient. Les flammes crépitantes repoussaient des ombres qui, toutes les nuits et ce depuis des siècles, menaient irréprochablement leurs petites affaires. Elles illuminaient des recoins oubliés où des yeux de rats ahuris étincelaient au fond de leurs trous. Elles forçaient les cambrioleurs à garder la chambre. Elles luisaient dans la brume nocturne, formaient des halos de clarté jaune qui éclipsaient les lueurs froides tombant du Moyeu. Mais surtout, elles éclairaient le visage de la princesse Kéli.

On le voyait partout. Il tapissait la moindre surface plane. Bigadin enfilait au petit galop les rues illuminées, entre des rangées de princesses Kéli placardées sur les portes, les murs et les pignons. Morty regardait, bouche bée, les affiches de sa bien-aimée occuper tous les emplacements où la colle avait pu prendre.

Bien qu'étrangers, le cavalier et son cheval n'avaient l'air d'intéresser personne. La vie nocturne de Sto Lat n'était certes pas aussi colorée ni aussi mouvementée que celle d'Ankh-Morpork, de même qu'une corbeille à papier ne peut rivaliser avec une décharge municipale, mais les rues grouillaient cependant de monde et retentissaient des cris des bonimenteurs, joueurs, marchands de bonbons, artistes de la muscade, belles-de-nuit, voleurs à la tire, voire du commerçant fourvoyé qui n'arrivait plus à réunir assez d'argent pour repartir. Tandis que Morty fendait la foule sur sa monture, ses oreilles captaient des bribes de conversation dans une demi-douzaine de langues différentes; acceptant la chose dans un état second, il s'aperçut qu'il les comprenait toutes.

Il finit par mettre pied à terre pour mener Bigadin

par la bride dans la rue du Mur, où il chercha vainement la maison de Coupefin. Il la trouva malgré tout, mais uniquement parce qu'une bosse dans l'affiche la plus proche proférait des jurons assourdis.

Il avança la main avec précaution et souleva un coin de papier.

« Merfi beaucoup, fit la gargouille-heurtoir. F'est pas croyable, fa. On vit fa petite vie tranquille, et paf, on fe retrouve avec de la colle plein la boufe.

– Où il est, Coupefin ?

– Parti au palais. » Le heurtoir lorgna dans sa direction et lui lança un clin d'œil de fonte. « Des vhommes font venus ferfer toutes fes vaffaires. Après fa, d'autres fe font mis à placarder le portrait de fa petite amie partout. Falopiauds », ajouta-t-il.

Morty rougit.

« Sa petite amie ? »

Le heurtoir, du genre démoniaque, ricana au son de sa voix. On aurait dit des ongles frottés sur une lime.

« Tout vuste, fit-il. V'allaient l'air preffés, ve t'affure. »

Morty était déjà remonté sur Bigadin.

« Dis ! s'écria le heurtoir au moment où il repartait. Dis ! tu n'pourrais pas me dégaver, mon garfon ? »

Morty tira si fort sur les rênes que Bigadin se cabra et dansa follement à reculons sur les pavés, puis il tendit le bras et saisit l'anneau du heurtoir. La gargouille leva les yeux sur sa figure et céda soudain à une vraie trouille de marteau de porte. Le regard de Morty flamboyait comme un creuset, son expression rappelait un fourneau, sa voix contenait assez de chaleur pour vaporiser du fer. Elle ignorait de quoi il était capable, mais elle se dit qu'il valait mieux ne pas le découvrir.

« Comment tu m'as appelé ? » siffla le jeune homme.

Le heurtoir réfléchit à toute vitesse.

« Monfieur ? répondit-il.

– Qu'est-ce que tu m'as demandé ?

– De me dégaver ?

– J'en ai pas envie.

– F'est bien, fit le heurtoir, f'est très bien. Ve m'en fife. V'attendrai. Dégave toi-même, alors. »

Il regarda Morty s'éloigner au petit trot ; il frissonna de soulagement et dans sa nervosité se cogna tout seul doucement contre la porte.

« Il t'a prriiis en grriiippe, couina une charnière.
– Ferme-la, espèfe de gond ! »

Morty croisa des veilleurs de nuit dont la tâche consistait désormais à secouer des clochettes et à clamer le nom de la princesse, mais sans conviction, comme s'ils avaient du mal à s'en souvenir. Il les ignora parce qu'il écoutait des voix dans sa tête qui disaient :

Elle ne t'a vu qu'une fois, imbécile. Pourquoi s'intéresserait-elle à toi ?

Oui, mais je lui ai tout de même sauvé la vie...

Ça veut dire que sa vie lui appartient, à elle, pas à toi. Et puis, il est mage, l'autre.

Et après ? Les mages, normalement, ils... ils sortent pas avec les filles, ils sont célébrataires...

Célébrataires ?

Ils sont pas censés tu-sais-quoi...

Comment, jamais le moindre tu-sais-quoi ? fit la voix intérieure, et on la devinait qui souriait.

Paraît que c'est pas bon pour la magie, songea aigrement Morty.

Où va se nicher la magie, quand même !

Morty était secoué. Qui tu es ? demanda-t-il.

Je suis toi, Morty. Ton toi intérieur.

Eh ben, j'aimerais sortir de ma tête, y a déjà trop de monde avec moi là-dedans.

D'accord, dit la voix. Je voulais seulement t'aider. Mais souviens-toi, si jamais tu as besoin de toi, tu es toujours là.

La voix s'éteignit.

Bon, se dit amèrement Morty, ça devait bien être moi. Personne d'autre que moi ne m'appelle Morty.

Le choc de cette découverte lui fit oublier que, durant son monologue intérieur, il avait franchi les portes du palais. Bien entendu, des gens les franchissaient tous les jours, les portes du palais, mais pour la plupart, ils demandaient à ce qu'on les ouvre d'abord.

Les gardes de l'autre côté étaient raides de frousse, ils croyaient avoir vu un fantôme. Ils auraient eu bien plus peur s'ils avaient su qu'un fantôme, c'était quasiment ce qu'ils n'avaient pas vu.

Le garde à l'extérieur de la porte de la grande salle avait lui aussi assisté au phénomène, mais il eut le temps de reprendre ses esprits, ou ce qu'il en restait, et de lever sa lance à l'approche de Bigadin qui traversait la cour au trot.

« Halte ! croassa-t-il. Qu'est-ce qui va où ça ? »

Morty l'aperçut enfin.

« Quoi ? » fit-il, toujours perdu dans ses pensées.

Le garde passa la langue sur ses lèvres sèches et recula. Morty se laissa glisser de sa monture et s'avança.

« Je voulais dire : qu'est-ce qui va là ? » récidiva le garde, alliant un entêtement et une bêtise suicidaire qui lui promettaient une promotion rapide.

Morty saisit délicatement la lance et la souleva pour dégager la porte. A cet instant, la lumière d'une torche lui éclaira la figure.

« Morty », répondit-il d'une voix douce.

Ce qui aurait suffi à n'importe quel soldat ordinaire, mais celui-là, c'était de la graine d'officier.

« Je veux dire : ami ou ennemi ? bégaya-t-il en cherchant à se soustraire au regard de l'intrus.

– Lequel vous préférez ? » sourit Morty. Son sourire, sans valoir celui de son maître, était néanmoins efficace, dépourvu de la moindre trace d'humour.

Le garde se détendit, soulagé, et s'écarta.

« Passez, l'ami », dit-il.

Morty traversa la salle à grands pas en direction de l'escalier qui menait aux appartements royaux. La salle avait beaucoup changé depuis la dernière fois. Le portrait de Kéli était partout ; il remplaçait même les anciens étendards de bataille loqueteux dans les ombres du toit. On ne pouvait faire un pas dans le palais sans tomber sur elle. Une partie de l'esprit de l'apprenti se demanda pourquoi, pendant qu'une autre s'inquiétait du dôme tremblotant qui se refermait inexorablement sur la ville, et qu'une troisième, la plus importante, brûlait et fumait de rage, de consternation et de jalousie. Ysabell avait vu juste, se dit-il, ça doit être l'amour.

« Le p'tit gars qui passe à travers les murs ! »

Il leva brusquement la tête. Coupefin se tenait en haut des marches.

Le mage avait beaucoup changé, lui aussi, nota amèrement Morty. Quoique... pas tant que ça. Malgré sa robe noir et blanc à paillettes, malgré son chapeau pointu d'un mètre orné de plus de symboles cabalistiques qu'un tableau dentaire, et malgré ses souliers rouges à boucle d'argent et à bout recourbé en escargot, il avait toujours des taches sur son col, et il mastiquait, semblait-il.

Il suivit des yeux le jeune homme qui montait l'escalier pour le rejoindre.

« Tu es en colère après quelque chose ? fit-il. J'ai commencé le travail que tu m'as demandé, mais j'ai été pas mal pris par d'autres trucs. Très difficile de passer à travers... Pourquoi tu me regardes comme ça ?

– Qu'est-ce que vous faites là ?

– Je pourrais te poser la même question. Tu veux une fraise ? »

Morty jeta un coup d'œil à la barquette dans les mains du mage. « En plein hiver ?

– En réalité, ce sont des choux de Bruxelles avec un doigt d'enchantement.

– Ç'a goût de fraise ? »

Coupefin soupira.

« Non, de chou. Le charme n'est pas efficace à cent pour cent. Je me disais qu'elles remonteraient peut-être le moral de la princesse, mais elle me les a jetées à la figure. Dommage de gâcher ça. Sers-toi. »

Morty le considéra, la mâchoire pendante.

« Elle vous les a jetées à la figure ?

– Et elle visait bien, hélas. Drôlement volontaire, la jeune dame. »

Hello, fit une voix dans un repli du cerveau de Morty, c'est encore toi, qui te fais remarquer que les chances de voir la princesse ne serait-ce qu'envisager tu-sais-quoi avec ce type sont en dessous de nulles.

Va-t'en, songea Morty. Son subconscient lui donnait du souci. Il avait l'air d'entretenir une ligne directe avec des parties de son corps qu'il préférait ignorer pour le moment.

« Et pourquoi vous êtes là, vous ? dit-il tout haut. Ç'a à voir avec toutes ces affiches ?

– Une bonne idée, non ? rayonna Coupefin. J'en suis assez fier moi-même.

– Excusez-moi, fit faiblement Morty. J'ai eu une journée chargée. Je crois que j'aimerais bien m'asseoir quelque part.

– Y a la salle du trône. Elle est vide, à l'heure qu'il est. Tout le monde dort. »

Morty hocha la tête, puis posa sur le jeune mage un regard soupçonneux.

« Qu'est-ce que vous faites debout, vous, alors ? demandat-il.

– Euh... dit l'autre, euh... je voulais juste voir s'il ne restait pas un petit quelque chose à l'office. »

Il haussa les épaules [1].

Le moment est maintenant venu de signaler que Coupefin remarque lui aussi chez un Morty pourtant éprouvé par ses chevauchées et le manque de sommeil un feu intérieur et une stature plus grande que nature mais bizarrement sans lien avec sa taille. La différence, c'est que Coupefin, de par sa formation, sent mieux ces choses-là que n'importe qui et sait que dans le domaine de l'occulte la réponse évidente est généralement la mauvaise.

Si Morty franchit distraitement les murs et boit sans sourciller du vitriol, ce n'est pas parce qu'il se change en fantôme, mais parce qu'il devient dangereusement réel.

Tandis que le jeune homme trébuche dans les couloirs silencieux en compagnie du mage et qu'il traverse un pilier de marbre sans y prendre garde, il est évident. de son point de vue à lui, que le monde perd de sa substance.

« Tu viens de passer à travers un pilier de marbre, observa Coupefin. Comment t'as fait ça ?

– Moi ? » Morty regarda alentour. Le pilier avait l'air bien solide. Il lui donna un coup de coude et se fit un léger bleu.

« J'aurais pourtant juré, dit Coupefin. Les mages remarquent ces choses-là, tu sais. » Il plongea la main dans la poche de sa robe.

« Alors, vous avez dû remarquer le dôme de brume autour de la région ? » fit Morty.

1. Il restait un demi-bocal de vieille mayonnaise, un morceau de fromage hors d'âge et une tomate qui se couvrait de moisissure blanche. Vu que durant la journée l'office du palais de Sto Lat renfermait normalement quinze cerfs entiers, cent couples de perdrix, cinquante barriques de beurre, deux cents civets de lièvre en bocaux, soixante-quinze quartiers de bœuf, trois kilomètres de saucisses assorties, diverses volailles, quatre-vingts douzaines d'œufs, plusieurs esturgeons de la mer Circulaire, un bac de caviar et une patte d'éléphant farcie d'olives, Coupefin avait une fois de plus vérifié ce phénomène universel de la magie brute, naturelle : tout garde-manger domestique qui fait l'objet d'un raid furtif au beau milieu de la nuit contient toujours, quel qu'en ait été l'inventaire de la journée, un demi-bocal de vieille mayonnaise, un morceau de fromage hors d'âge et une tomate qui se couvre de moisissure blanche.

Coupefin glapit. Le bocal qu'il avait à la main tomba sur le carrelage et s'écrasa ; il s'en dégagea une odeur de vinaigrette un peu rance.

« *Déjà ?*

– J'sais pas si c'est déjà, dit Morty, mais y a une espèce de mur plein de grésillements qui glisse au-dessus du sol, personne d'autre a l'air de s'en inquiéter et...

– A quelle vitesse il avançait ?

– ... il change les choses !

– Tu l'as vu ? C'était loin ? Il allait vite ?

– Evidemment que je l'ai vu. Je l'ai traversé deux fois à cheval. C'était comme...

– Mais tu n'es pas mage, alors pourquoi...

– Qu'est-ce que vous faites ici, vous, d'ailleurs... ? »

Coupefin prit une profonde inspiration. « La ferme, tout le monde ! » brailla-t-il.

Le silence se fit. Puis le mage saisit Morty par le bras. « Viens, dit-il en le tirant en arrière dans le couloir. Je ne sais pas qui tu es exactement et j'espère avoir le temps de le découvrir un jour, mais quelque chose de vraiment affreux va bientôt arriver, et je crois que, d'une certaine façon, tu es dans le coup.

– Quelque chose d'affreux ? Quand ?

– Ça dépend à quelle distance se trouve la zone de démarcation et à quelle vitesse elle avance », répondit Coupefin qui entraîna Morty dans un passage latéral. Arrivé devant une petite porte de chêne, il lui lâcha le bras et fourragea encore dans sa poche pour retirer un petit bout de fromage tout dur et une tomate désagréablement molle.

« Tiens-moi ça, tu veux ? Merci. » Il fouilla à nouveau, ramena une clé et déverrouilla la porte.

« Ça va tuer la princesse, pas vrai ? fit Morty.

– Oui et non », répondit Coupefin. Il marqua une pause, la main sur la poignée. « Plutôt perspicace, dis-moi. Comment tu sais ça ?

– Je... hésita Morty.

– Elle m'a raconté une drôle d'histoire, reprit Coupefin.

– Je m'en doute. Si c'est une histoire incroyable, elle est vraie.

– C'est toi, hein ? L'assistant de la Mort ?

– Oui. Mais j'suis pas de service en ce moment.

– Ravi de l'entendre. »

Coupefin referma la porte derrière eux et tâtonna à la recherche d'un bougeoir. Il y eut un *pan* ! un éclair de lumière bleue et un gémissement.

« Désolé, dit-il en se suçotant les doigts. Un sortilège pour allumer le feu. Je n'ai pas encore vraiment le tour de main.

– Vous vous y attendiez, à ce dôme, non ? fit très vite Morty. Qu'est-ce qui va se passer quand il va se refermer complètement ? »

Le mage s'assit de tout son poids sur les restes d'un sandwich au bacon.

« Je ne suis pas tout à fait sûr, dit-il. Ce sera intéressant de voir ça. Mais pas de l'intérieur, j'en ai peur. Ce qui va se passer, d'après moi, c'est que la semaine dernière n'aura jamais existé.

– Elle va mourir d'un coup ?

– Tu ne saisis pas bien. Elle sera morte depuis une semaine. Tout ça – il agita vaguement une main en l'air – ne sera pas arrivé. L'assassin aura fait son office. Toi, tu auras fait le tien. L'Histoire se sera rétablie toute seule. Tout sera rentré dans l'ordre. Du point de vue de l'Histoire, s'entend. Il n'en existe pas d'autre, d'ailleurs. »

Morty regarda dehors par la fenêtre étroite. Il voyait au-delà de la cour les rues illuminées où un portrait de la princesse souriait aux étoiles.

« Parlez-moi des affiches, dit-il. On dirait comme un truc de mage.

– Je ne suis pas sûr que ça marche. Tu vois, les gens commençaient à ne pas se sentir dans leur assiette, et ils ne savaient pas pourquoi, ce qui aggravait encore leur cas. Ils avaient la tête dans une réalité et le corps dans une autre. Très désagréable. Ils ne se faisaient pas à l'idée qu'elle était toujours vivante. J'ai pensé que les affiches seraient une bonne solution mais, tu sais, les gens ne voient que ce que leur tête leur demande de voir.

– Ça, j'aurais pu vous le dire, remarqua amèrement Morty.

– J'ai envoyé les crieurs publics dans les rues toute la journée, poursuivit Coupefin. J'ai pensé que si les gens finissaient par croire en elle, la nouvelle réalité deviendrait peut-être la vraie.

– Mmmph ? » fit Morty. Il se détourna de la fenêtre. « Comment ça ?

– Eh bien, tu vois... j'ai pensé que s'il y avait assez de

monde pour croire en elle, ils arriveraient à changer la réalité. Ça marche pour les dieux. Quand les gens arrêtent de croire en eux, les dieux meurent. Quand il y en a beaucoup à y croire, ils se renforcent.

– J'savais pas. Je croyais que les dieux, c'étaient les dieux, voilà tout.

– Ils n'aiment pas ça, qu'on en parle, dit Coupefin en fouillant dans le tas de livres et de parchemins qui encombraient sa table de travail.

– Ben, ça marche peut-être pour les dieux parce qu'ils sont spéciaux. Les gens, ils sont plus... solides. Ça marcherait pas pour les gens.

– Faux. Imaginons que tu sortes d'ici et que tu rôdes dans le palais. L'un des gardes finirait sûrement par te repérer, il te prendrait pour un voleur et t'abattrait d'un carreau d'arbalète. Je veux dire que, dans cette réalité-ci, tu serais un voleur. Plus exactement, tu n'en serais pas un, mais tu mourrais comme tel. La foi, c'est du costaud. Je suis mage. On connaît ces choses-là, nous autres. Regarde. »

Il extirpa un livre des débris devant lui et l'ouvrit à la tranche de bacon qui lui servait de signet. Morty regarda par-dessus son épaule et fronça les sourcils à la vue de l'écriture magique tortueuse. Elle se déplaçait sur la page, se tortillait et se contorsionnait dans son effort pour être illisible à un non-mage, et le résultat était déplaisant.

« C'est quoi ? demanda-t-il.

– C'est le Livre de la Magie d'Alberto Malik le Mage, répondit Coupefin, une espèce de manuel théorique. Il est déconseillé de trop fixer les mots, ça les fâche. Regarde, il dit ici... »

Ses lèvres remuèrent silencieusement. De petites gouttes de sueur lui perlèrent sur le front, décidèrent de se rassembler et de descendre voir ce que faisait le nez. Ses yeux s'embuèrent.

Certains aiment s'installer avec un bon livre. Nul pourvu de toutes ses cases pleines n'aimerait s'installer avec un livre de magie, parce que les mots, même pris séparément, mènent leur propre vie malveillante, et les lire tient en gros du bras de fer mental. Plus d'un jeune mage s'est essayé à lire un grimoire trop coriace pour lui, et ceux qui ont entendu les cris n'ont retrouvé que des souliers pointus d'où montait le classique filet de fumée ainsi qu'un livre peut-être un tout petit peu plus épais qu'avant. Il peut arriver des choses aux fouineurs de bibliothèques magiques auprès desquelles se faire arracher la figure par des monstruosités tentaculaires passe pour un banal massage léger.

Par bonheur, Coupefin disposait d'une édition expurgée, et une pince maintenait fermées certaines des pages les plus pénibles (mais par nuit calme il entendait les mots emprisonnés crisser furieusement dans leur geôle, comme une araignée piégée dans une boîte d'allumettes ; quiconque a déjà côtoyé un porteur de baladeur saura exactement à quoi ça ressemblait).

« Voilà le passage, dit Coupefin. Ici, ça dit que même les dieux...

– Je l'ai déjà vu !

– Quoi ? »

Morty pointa un doigt tremblant sur le livre.

« Lui, là ! »

Coupefin jeta un regard bizarre à son compagnon avant d'examiner la page de gauche. Il vit la représentation d'un vieux mage tenant un livre et un bougeoir, dans une attitude de dignité proche de la phase terminale.

« Ça ne fait pas partie de la magie, dit-il avec humeur, ça n'est que l'auteur.

– Qu'est-ce qu'il y a d'écrit dessous ?

– Euh. Ça dit : *Sy ce lysvre vous a pelu, vous aymerez auscy les tystres suyvants de...*

– Non, juste en dessous, j'voulais dire !

– Facile. C'est le vieux Malik lui-même. Tous les mages le connaissent. Tu comprends, il a fondé l'Université. » Coupefin gloussa. « Il a une statue célèbre dans la salle principale, et une fois, pendant la Semaine du Chahut, j'ai grimpé dessus et mis une... »

Morty ne quittait pas le dessin des yeux.

« Dites-moi, demanda-t-il très vite, est-ce que la statue avait la goutte au nez ?

– Ça m'étonnerait, répondit Coupefin. C'était du marbre. Mais je ne vois pas où tu veux en venir. Des tas de gens savent à quoi il ressemblait. Il est connu.

– Il vivait y a longtemps, pas vrai ?

– Deux mille ans, je crois. Écoute, je ne sais pas pourquoi...

– Mais je parie qu'il est pas mort. Je parie qu'un jour il a disparu, comme ça. Pas vrai ? »

Coupefin garda un instant le silence.
« C'est drôle que tu dises ça, fit-il lentement. Il existe une légende là-dessus. A ce qu'on raconte, il s'est lancé dans des trucs bizarres. On raconte qu'il s'est expédié tout seul dans les Dimensions de la Basse-Fosse en essayant d'accomplir le rituel d'AshkEnte à l'envers. Tout ce qu'on a retrouvé, c'est son chapeau. Tragique, vraiment. Toute la ville en deuil pendant une journée pour un malheureux chapeau. N'était même pas particulièrement joli, ce chapeau ; l'avait des marques de brûlures.

– Alberto Malik, dit Morty à moitié pour lui-même. Tiens donc. Voyez-vous ça. »

Il tambourina des doigts sur la table, ce qui rendit un son étrangement assourdi.

« 'scuse-moi, fit Coupefin. Je n'ai pas encore le coup non plus pour les sandwiches à la mélasse.

– A ce qui me semble, la zone de démarcation se déplace lentement, au pas, dit Morty en se léchant distraitement les doigts. Vous pouvez pas l'arrêter par de la magie ? »

Coupefin secoua la tête. « Pas moi. Ça m'écrabouillerait, répondit-il joyeusement.

– Il va vous arriver quoi, alors, quand ça va se rapprocher ?

– Oh, je retournerai vivre dans la rue du Mur. Je veux dire que je n'en serai jamais parti. Tout ça n'aura jamais existé. Dommage, quand même. La cuisine est bonne, ici, et on me blanchit à l'œil. Au fait, la zone est à quelle distance, tu m'as dit ?

– Une trentaine de kilomètres, je pense. »

Coupefin roula les yeux au ciel et remua les lèvres. Enfin, il annonça : « Donc, elle sera là vers minuit demain, juste à temps pour le couronnement.

– Lequel ?

– Le sien.

– Mais elle est déjà reine, non ?

– En un sens, oui, mais officiellement elle ne l'est pas tant qu'elle n'a pas été couronnée. » Coupefin sourit. Les ombres jouaient sur sa figure à la lueur de la bougie. Puis il ajouta : « Si tu préfères, c'est comme la différence entre cesser de vivre et être mort. »

Vingt minutes plus tôt, Morty s'était senti assez fourbu pour prendre racine. Maintenant une espèce d'effervescence lui faisait bouillir le sang. Le genre d'énergie frénétique et nocturne qu'on sait devoir payer le lendemain midi, mais pour l'heure il se disait qu'il fallait agir avant que ses muscles ne perdent d'un coup leur tonus.

« Je veux la voir, dit-il. Si vous pouvez rien faire, moi, je trouverai peut-être quelque chose.

– Il y a des gardes devant sa porte, fit Coupefin. C'est juste une remarque en passant. Je n'imagine pas une seconde que ça changera quoi que ce soit. »

Il était minuit à Ankh-Morpork, mais tout ce qui différenciait le jour de la nuit dans la grande cité double, c'était, eh bien... qu'il faisait plus noir. Les marchés grouillaient de monde, les spectateurs se pressaient toujours autour des fosses aux catins, les vaincus de l'éternelle guerre byzantine des gangs descendaient silencieusement les eaux glacées du fleuve, les pieds lestés de plomb, les trafiquants en divers délices illégaux voire illogiques s'adonnaient à leurs activités frauduleuses, les cambrioleurs cambriolaient, les couteaux fulguraient dans les ruelles, les astrologues entamaient leur journée de travail et, dans le quartier des Ombres, un veilleur de nuit égaré agitait sa clochette et s'écriait :

« Il est minuit, tout va b... arrrrgghhhh... »

Cependant, la Chambre de Commerce d'Ankh-Morpork ferait grise mine si on laissait entendre que la seule vraie différence entre leur ville et un marécage, c'est le nombre de pattes des alligators ; de fait, dans les quartiers plus sélects d'Ankh, plutôt situés sur des collines où le vent trouve plus de chances de se faire sentir, les nuits sont douces et embaument les fleurs d'habiscine et de cécillia.

Cette nuit-là, elles embaumaient aussi le salpêtre parce qu'on fêtait le dixième anniversaire de l'accession au pouvoir du Patricien [1], à l'occasion duquel il avait invité quelques amis à prendre un verre, cinq cents en l'occurrence, et tirait des feux d'artifice. Les jardins du palais retentissaient des rires et des éventuels gloussements de passion, et on en était à ce stade intéressant d'une soirée où tout le monde a bu plus que de raison

1. Ankh-Morpork avait tâté de maintes formes de gouvernement pour se fixer sur celle de la démocratie que résumait le slogan « un homme, une voix ». Le Patricien était l'homme ; il avait la voix.

mais pas encore assez pour rouler sous la table. Un état où l'on se livre à des actes dont on se souviendra plus tard le rouge au front, comme souffler dans une langue de belle-mère et rire à s'en rendre malade.

Pour l'heure, deux bonnes centaines d'invités du Patricien titubaient et se déplaçaient à coups de pied en l'air dans la danse du Serpent, une tradition morporkienne désuète qui consistait à se soûler, à tenir la personne devant soi par la taille, puis à tanguer et rire aux éclats en une longue file crocodilienne qui sinuait par le plus de pièces possible, de préférence celles qui contenaient des objets fragiles, en lançant une jambe vaguement en mesure avec la musique ou avec ce qu'on voulait. La danse durait depuis une demi-heure et elle avait traversé chacune des pièces du palais, ramassant en route deux trolls, le cuisinier, le maître-bourreau du Patricien, trois serveurs, un cambrioleur qui passait par là et un petit dragon des marais de compagnie.

Vers le milieu de la file s'agitait le gros Sire Rodley de Quirm, héritier des fabuleux domaines de Tornille, dont le souci présent venait des doigts minces qui lui agrippaient la taille. Noyé dans un bain d'alcool, son cerveau s'efforçait d'attirer son attention.

« Dites, lança-t-il par-dessus son épaule alors qu'ils traversaient pour la dixième fois l'immense cuisine dans l'hilarité générale, pas si fort, s'il vous plaît.

– JE VOUS DEMANDE HUMBLEMENT PARDON.

– Pas de mal, mon vieux. Je vous connais ? fit Sire Rodley qui lança vigoureusement la jambe à contretemps.

– J'EN SERAIS SURPRIS. DITES-MOI, JE VOUS PRIE, QUEL EST LE SENS DE CETTE ACTIVITÉ ?

– Hein ? brailla Sire Rodley par-dessus le fracas d'un danseur qui défonçait du talon la porte d'une vitrine de verre au milieu des cris de joie.

– CE QUE NOUS FAISONS, LÀ, C'EST QUOI ? demanda la voix avec une patience glaciale.

– Vous n'êtes encore jamais allé dans une soirée ? Gare aux bouts de verre, au fait.

– J'AI BIEN PEUR DE NE PAS SORTIR AUTANT QUE JE LE VOUDRAIS. EXPLIQUEZ-MOI DONC, S'IL VOUS PLAÎT. EST-CE QUE Ç'A UN RAPPORT AVEC LE SEXE ?

– Non, sauf dans le cas où on s'arrête net, vieux, si vous voyez ce que je veux dire, fit Sa Seigneurie qui envoya un coup de coude à l'aveuglette au danseur dans son dos.

» Ouch ! » lâcha-t-il. Un fracas à l'avant salua la mort du buffet froid.

« NON.

– Quoi ?

– JE NE VOIS PAS CE QUE VOUS VOULEZ DIRE.

– Attention à la crème, là, ça glisse... Ecoutez, c'est une danse, rien d'autre, d'accord ? On fait ça pour s'amuser.

– SAMUSER.

– Voilà. A la, à la queue leu leu... han ! » Il y eut une pause parfaitement audible.

– C'EST QUI, CE SAMUSER ?

– Non, s'amuser, ce n'est pas quelqu'un, c'est ce qu'on fait en ce moment.

– ON S'AMUSE ?

– C'est ce que je croyais », fit le gros Sire Rodley, moins sûr de lui.

La voix près de son oreille le tracassait un peu ; elle avait l'air de lui arriver directement dans le cerveau.

« C'EST QUOI, S'AMUSER ?

– Ça !

– ENVOYER DES GRANDS COUPS DE PIED, C'EST S'AMUSER ?

– Des fois.

– À QUOI ON RECONNAÎT QU'ON S'AMUSE ?

– Eh bien, quand... Ecoutez, on s'amuse ou on ne s'amuse pas, ça ne se demande pas, on le sait, voilà tout, d'accord ? Comment vous vous êtes retrouvé ici, au fait ? ajouta-t-il. Vous êtes un ami du Patricien ?

– DISONS QU'IL ME FOURNIT DES CLIENTS. J'AI EU ENVIE DE TÂTER UN PEU DES PLAISIRS HUMAINS.

– M'avez l'air d'avoir encore du chemin à faire.

– JE SAIS. JE VOUS PRIE D'EXCUSER MON IGNORANCE DÉPLORABLE. JE NE DEMANDE QU'À APPRENDRE. TOUS CES GENS, DITES-MOI... ILS S'AMUSENT ?

– Oui !

– ALORS, C'EST DONC ÇA, S'AMUSER.

– Je suis content que la question soit réglée. Attention à la chaise », jeta brusquement Sire Rodley qui se sentait à présent désagréablement dégrisé et ne s'amusait plus du tout.

Une voix dans son dos répétait doucement : « S'AMU-

SER, C'EST ÇA. BOIRE BEAUCOUP, C'EST S'AMUSER. NOUS NOUS AMUSONS. IL S'AMUSE. ÇA, C'EST S'AMUSER.

» QU'EST-CE QU'ON S'AMUSE ! »

Derrière, le petit dragon des marais du Patricien se cramponnait âprement aux os du bassin de la Mort et songeait : gardes ou pas, la prochaine fois qu'on passe devant une fenêtre ouverte, je fonce comme si j'avais le feu au cul.

Kéli se redressa comme un piquet dans son lit.

« Pas un pas de plus, dit-elle. Gardes !

– Impossible de l'arrêter, fit le premier garde dont la figure piteuse passa l'encadrement de la porte.

– Il est entré de force... fit le second, de l'autre côté.

– Et le mage a dit que c'était d'accord, et puis à nous, on nous a dit qu'il fallait tous l'écouter parce qu'...

– D'accord, d'accord. Il y en a qui ont vu la mort de près, dans cette chambre », dit avec humeur Kéli qui reposa l'arbalète sur la table de chevet sans, malheureusement, remettre le cran de sûreté.

Il y eut un déclic, un claquement de corde qui se détend contre du métal, un sifflement et un gémissement. Le gémissement venait de Coupefin. Morty pivota vers lui.

« Ça va ? demanda-t-il. Vous avez été touché ?

– Non, répondit faiblement le mage. Non, non. Et toi, ça va ?

– Un peu fatigué. Pourquoi ?

– Oh, rien, rien. Pas de courants d'air, nulle part ? Pas l'impression de petites fuites ?

– Non. Pourquoi ?

– Oh, rien, rien. » Coupefin se retourna pour examiner de près le mur derrière Morty.

« On ne pourrait pas leur ficher la paix, aux morts ? dit aigrement Kéli. Je croyais qu'au moins, on avait droit à une bonne nuit de sommeil, quand on était mort. » Elle donnait l'impression d'avoir pleuré. Avec une perspicacité qui l'étonna, Morty s'aperçut qu'elle le savait et que ça la mettait encore davantage en colère.

« C'est pas très juste, dit-il. Je suis venu pour aider. Pas vrai, Coupefin ?

– Hmm ? fit le mage qui avait trouvé le carreau

d'arbalète enfoncé tout droit dans le plâtre et qui le regardait d'un œil extrêmement soupçonneux. Oh, oui. Exact. Mais ça ne marchera pas. Excusez-moi, personne n'aurait une ficelle ?

– Pour aider ? cracha Kéli. Pour aider ? Sans vous...

– Vous seriez morte pour de bon », termina Morty.

Elle le regarda, bouche bée.

« Mais je ne le saurais pas, dit-elle. C'est ça le pire.

– Je crois que vous deux, vous feriez mieux de partir, dit Coupefin aux gardes qui s'efforçaient de passer inaperçus. Mais je vais garder cette lance, s'il vous plaît. Merci.

– Ecoutez, dit Morty. J'ai un cheval, dehors. Il est étonnant. Je peux vous emmener n'importe où. Pas la peine d'attendre ici.

– Vous ne savez pas grand-chose de la monarchie, je me trompe ? fit Kéli.

– Hum. Non ?

– Ce qu'elle veut dire, c'est qu'il vaut mieux être une reine morte dans son château qu'une roturière vivante ailleurs, expliqua Coupefin qui avait fiché la lance dans le mur près du carreau et essayait de viser dans le prolongement de la hampe. Ça ne marcherait pas, de toute façon. Le dôme n'est pas centré sur le palais, il est centré sur elle.

– Sur *qui* ? » fit Kéli. Sa voix aurait gardé du lait au frais pendant un mois.

« Sur Son Altesse, répondit machinalement Coupefin, un œil fermé le long de la lance.

– Ne l'oubliez pas.

– Je ne l'oublierai pas, mais la question n'est pas là », dit le mage. Il retira le carreau du plâtre et en éprouva la pointe du doigt.

« Mais si vous restez ici, vous allez mourir ! fit Morty.

– Alors je montrerai au Disque comment meurt une reine », dit Kéli, aussi fière que le permettait sa liseuse rose en tricot.

Morty s'assit sur le bout du lit, la tête dans les mains.

« Je le sais, moi, comment ça meurt, une reine, marmonna-t-il. Comme tout le monde. Et certains d'entre nous aimeraient mieux éviter d'assister au spectacle.

– Excusez-moi, je veux juste regarder cette arbalète, dit Coupefin sur le ton de la conversation en tendant le bras entre eux. Ne faites pas attention à moi.

– J'affronterai mon sort avec fierté, dit Kéli, mais un léger doute perçait dans sa voix.

– Sûrement pas. J'veux dire : je sais de quoi je parle. Vous pouvez me croire. La fierté, elle a rien à voir là-dedans. On meurt et c'est tout.

– Oui, vous peut-être. Moi, je mourrai noblement, comme la reine Ezériel. »

Le front de Morty se plissa. Pour lui, l'Histoire restait un livre fermé.

« Qui c'est ?

– Elle vivait en Klatch, elle avait un tas d'amants et elle s'est assise sur un serpent, le renseigna Coupefin qui retendait l'arbalète.

– Elle l'a fait exprès ! Elle était malheureuse en amour !

– Tout ce que j'ai retenu, c'est qu'elle prenait son bain dans du lait d'ânesse. C'est marrant, l'Histoire, remarqua Coupefin d'un air songeur. On devient reine, on règne pendant trente ans, on fait des lois, on déclare des guerres aux gens, et le seul souvenir qu'on laisse, c'est qu'on sentait le yaourt et qu'on s'est fait mordre dans le...

– C'est une de mes lointaines ancêtres, le coupa sèchement Kéli. Je ne veux pas entendre ce genre de propos.

– Est-ce que vous voulez vous taire, tous les deux, et m'écouter ? » cria l'apprenti de la Mort.

Le silence tomba comme un suaire.

C'est alors que Coupefin visa avec soin et tira dans le dos de Morty.

La nuit se dépouilla de ses premières victimes et poursuivit sa route. Même les soirées les plus échevelées avaient pris fin, les invités titubants avaient regagné leurs pénates et leur lit, ou le lit de quelqu'un en tout cas. Débarrassés de ces compagnons de voyage, de vulgaires imprudents diurnes égarés hors de leur secteur temporel, les vrais survivants nocturnes purent s'adonner aux commerces sérieux des ténèbres.

Des commerces qui, à Ankh-Morpork, ne différaient pas tant que ça de ceux de la journée, sauf que les couteaux restaient davantage en évidence et qu'on souriait moins.

Les Ombres étaient calmes, si l'on excepte les signaux sifflés entre voleurs et la discrétion feutrée de dizaines de gens qui vaquaient à leurs petites affaires dans un silence prudent.

Et dans la ruelle au Jambon, dans le célèbre tripot clandestin de Wa l'Eclopé, lequel changeait de lieu tous les jours, on attaquait la partie de craps. Plusieurs dizaines de silhouettes encapuchonnées étaient agenouillées ou accroupies autour du petit cercle de terre damée où les dés à huit faces de Wa rebondissaient et dévidaient leur leçon fallacieuse sur les statistiques et la probabilité.

« Trois !

– Les Yeux de Tuphal, par Io !

– Là, il t'a eu, Hummok ! Ce gars-là, il sait les faire rouler, ses osselets !

– J'AI UN DON. »

Hummok M'guk, un petit membre d'une des tribus axlandaises à la figure aplatie, dont l'habileté aux dés était célèbre partout où deux joueurs s'associaient pour en filouter un troisième, Hummok M'guk, donc, ramassa les dés et leur lança un regard mauvais. Il maudit en silence Wa, dont l'adresse personnelle à les faire rouler était tout aussi fameuse chez les connaisseurs, mais qui, apparemment, lui avait fait faux bond, souhaita une mort prématurée et douloureuse au joueur indistinct assis en face de lui et jeta violemment les dés dans la boue.

« Vingt et un à la dure ! »

Wa rafla les dés et les tendit à l'étranger. Quand l'Eclopé se tourna, Hummok surprit un imperceptible papillotement dans un œil. Hummok était impressionné : il avait à peine remarqué le mouvement vif entre les doigts faussement noueux de Wa, et pourtant il s'y attendait.

Les dés s'entrechoquèrent d'une manière déconcertante dans la main de l'étranger avant de s'envoler lentement en un arc qui s'acheva sur vingt-quatre petits points offerts aux étoiles.

Certains des plus avertis des spectateurs s'écartèrent en pas glissés de l'étranger : dans le tripot de Wa, une telle chance risquait de porter malheur.

La main de Wa se referma sur les dés dans un bruit comme un déclic de gâchette. « Un triple huit, soufflat-il. Une veine pareille, c'est louche, monsieur. »

Le reste des badauds s'évapora comme rosée au soleil, pour ne laisser que les gros bras à mine patibulaire qui, si Wa payait un jour ses impôts, viendraient en déduction de ses revenus comme frais généraux nécessaires à la bonne marche de son entreprise.

« P't-être que c'est pas d'la veine, ajouta-t-il. P't-être que c'est d'la magie ?

– JE PROTESTE ÉNERGIQUEMENT.

– On a eu un mage un coup qui voulait devenir riche, fit Wa. J'me rappelle pas bien ce qu'y est arrivé. Et vous, les gars ?

– On y a passé un bon savon...

– ... et on l'a laissé dans le passage aux Cochons....

– ... et pis dans le chemin au Miel...

– ... et dans deux ou trois autres coins que j'ai oubliés. »

L'étranger se leva. Les gars se resserrèrent autour de lui.

« CE N'EST PAS LA PEINE. JE NE CHERCHE QU'À APPRENDRE. QUEL PLAISIR LES HUMAINS TROUVENT-ILS DANS UNE SIMPLE RÉPÉTITION DES LOIS DU HASARD ?

– Le hasard, il a rien à voir là-d'dans. R'gardons-le de plus près, les gars. »

La suite des événements, nulle âme qui vive ne s'en souvient, excepté un chat retourné à l'état sauvage, parmi les milliers que compte la cité, et qui traversait la ruelle, en route pour un rendez-vous. Il s'arrêta et regarda avec intérêt.

Les gars se figèrent au milieu de leurs coups de couteaux. De la lumière violette blessante pour les yeux clignota autour d'eux. L'étranger repoussa son capuchon en arrière, ramassa les dés et les fourra dans la main soumise de Wa. L'homme ouvrait et refermait la bouche tandis que ses yeux cherchaient vainement à ne pas voir ce qui se dressait devant eux. Et qui souriait.

« JETTE-LES ! »

Wa réussit à baisser la tête pour regarder sa main.

« C'est quoi, l'enjeu ? chuchota-t-il.

– SI TU GAGNES, TU PERDRAS CETTE MANIE RIDICULE DE VOULOIR INSINUER QUE LE HASARD GOUVERNE LES AFFAIRES DES HOMMES.

– Oui. Oui. Et... Si j'perds ?

– TU REGRETTERAS DE NE PAS AVOIR GAGNÉ. »

Wa essaya de déglutir, mais sa gorge s'était asséchée. « J'sais que j'ai fait assassiner beaucoup d'gens...

– VINGT-TROIS, POUR ÊTRE PRÉCIS.
– C'est trop tard pour dire que j'me repens, hein ?
– CES CHOSES-LÀ NE SONT PAS DE MON RESSORT. MAINTENANT, JETTE LES DÉS. »

Wa ferma les yeux et lâcha les dés par terre, trop nerveux même pour tenter le coup de poignet spécial. Il garda les yeux fermés.

« TRIPLE HUIT. LÀ, ÇA N'ÉTAIT PAS SI COMPLIQUÉ, TU VOIS ? »

Wa s'évanouit.

La Mort haussa les épaules et s'en alla, ne s'arrêtant que pour chatouiller les oreilles d'un chat de gouttière qui passait par là. Il chantonnait tout seul. Il ne savait pas très bien ce qui lui prenait, mais ça n'était pas désagréable.

« Vous pouviez pas être sûr que ça allait marcher ! »

Coupefin écarta les mains dans un geste conciliant.

« Ben, non, admit-il, mais je me suis dit : qu'est-ce que j'ai à perdre ? » Il recula.

« Qu'est-ce que *vous*, vous aviez à perdre ? » s'écria Morty.

Il s'avança en martelant le sol et arracha le carreau d'une des colonnes du lit de la princesse. « Me dites pas que ce truc-là m'est passé à travers le corps ? lâcha-t-il sèchement.

– J'ai bien fait attention, dit Coupefin.
– Moi aussi, je l'ai vu, renchérit Kéli. C'était horrible. C'est ressorti exactement à la place du cœur.
– Et je t'ai vu traverser un pilier de pierre, dit Coupefin.
– Et moi, entrer à cheval directement par la fenêtre.
– Oui, mais là, j'étais en service, déclara Morty en agitant les mains. C'était pas n'importe quand, ç'a rien à voir. Et... »

Il marqua une pause. « Votre façon de me regarder... dit-il. C'est comme ça qu'ils me regardaient à l'auberge, ce soir. Qu'est-ce qui va pas ?

– En agitant la main, vous avez passé le bras à travers la colonne du lit », dit Kéli d'une voix éteinte.

Morty se considéra la main, puis en donna un petit coup sur le bois.

« Vous voyez ? Du solide. Le bras, le bois, tout ça, c'est du solide.

– Tu disais qu'on t'a regardé dans une auberge ? dit Coupefin. Qu'est-ce que tu avais donc fait ? Traversé un mur ?

– Non ! J'veux dire, non, j'ai juste bu un verre, il me semble que ça s'appelait du frutti...

– Du frottis ?

– Oui. Ç'a goût de pomme pourrie. A leur façon de regarder, on aurait pu croire que c'était du poison.

– Combien tu en as bu, donc ? voulut savoir Coupefin.

– Une pinte, peut-être, je faisais pas vraiment attention...

– Est-ce que tu savais que le frottis est l'alcool le plus fort qui existe entre ici et les montagnes du Bélier ? demanda le mage.

– Non. Personne m'a dit. Qu'est-ce que ça vient faire dans...

– Non, fit lentement Coupefin, tu ne savais pas. Hmm. C'est une indication, non ?

– Ç'a un rapport avec le sauvetage de la princesse ?

– Probable que non. Mais j'aimerais quand même jeter un coup d'œil dans mes livres.

– Dans ce cas, c'est pas important », dit fermement Morty.

Il se tourna vers Kéli, qui le considérait avec une ombre de début d'admiration.

« Je crois pouvoir vous aider, dit-il. Je crois pouvoir mettre la main sur une magie puissante. La magie repoussera le dôme, n'est-ce pas, Coupefin ?

– Pas la mienne. Il faut de la magie drôlement efficace, et encore, je ne suis même pas sûr du résultat. La réalité est plus coriace que...

– J'y vais, dit Morty. Au revoir, et à demain !

– C'est déjà demain », fit remarquer Kéli.

Morty perdit un peu contenance.

« Bon, alors à ce soir, se reprit-il, légèrement dérouté, avant d'ajouter : je prends congé !

– Quel congé ?

– C'est du langage de héros, expliqua obligeamment Coupefin. Il ne peut pas s'en empêcher. »

Morty lui jeta un regard noir, sourit bravement à Kéli et sortit de la chambre.

« Il aurait pu ouvrir la porte, fit Kéli après son départ.

– Je crois qu'il était un peu emprunté, dit Coupefin. On passe tous par là.

– Quoi, à travers les portes ?
– D'une certaine façon. On leur rentre dedans, en tout cas.
– Je vais dormir un peu, dit Kéli. Même les morts ont besoin de repos. Coupefin, arrêtez de tripoter cette arbalète, je vous prie. Je suis sûre que ça ne se fait pas pour un mage de rester seul dans le boudoir d'une dame.
– Hmm ? Mais je ne suis pas seul, hein ? Vous êtes là.
– Justement, fit-elle, non ?
– Oh. Oui. Excusez. Hum. Je vous verrai dans la matinée, alors.
– Bonne nuit, Coupefin. Fermez la porte derrière vous. »
Le soleil se glissa au-dessus de l'horizon, décida de prendre le large et entama son ascension.
Mais il faudrait un certain temps avant que sa lumière lymphatique ne se répande sur le Disque endormi, repoussant les ténèbres devant elle ; pour l'heure, les ombres de la nuit régnaient encore sur la cité.
Elles se regroupaient à présent dans la rue des Filigranes, autour du Tambour Rafistolé, la plus en vue des tavernes de la ville. Laquelle devait sa réputation, non pas à sa bière, qui avait une couleur de pipi de jeune fille et un goût d'acide de batterie, mais à sa clientèle. On racontait que si vous restiez assez longtemps au Tambour, tôt ou tard tous les plus grands héros du Disque finissaient par vous faucher votre cheval.
A l'intérieur, l'atmosphère lourde de fumée retentissait encore des discussions, malgré le patron qui tentait ce que tente tout bistrotier quand il juge l'heure venue de fermer boutique : éteindre certaines des lumières, remonter la pendule, recouvrir les pompes d'un linge et, au cas où, vérifier où se trouve le gourdin clouté. Les clients n'y prêtaient aucune attention, évidemment. Pour la plupart des habitués du Tambour, même le gourdin clouté ne restait qu'une simple allusion.
Pourtant, ils étaient suffisamment perspicaces pour ressentir le léger trouble que leur causait la haute silhouette sombre debout au comptoir, qui s'essayait à toutes les spécialités de la maison.
Les buveurs isolés et consciencieux génèrent toujours une sphère mentale autour d'eux qui leur assure une totale intimité, mais ce particulier-là irradiait une espèce de mélancolie fataliste qui vidait lentement le bar.

Ce qui n'inquiétait pas le barman, vu que la silhouette solitaire se livrait à une expérience extrêmement onéreuse.

Tous les débits de boissons du multivers ont ça : des étagères de bouteilles poisseuses aux formes bizarroïdes qui renferment non seulement des liquides aux noms exotiques, souvent verts ou bleus, mais aussi des débris variés, tels que fruits entiers, bouts de brindilles et, dans les cas extrêmes, petits lézards noyés. Nul ne sait pourquoi les barmen en gardent autant, puisque toutes ces mixtures ont un même goût de mélasse diluée à la térébenthine. On a supposé qu'ils rêvaient d'un jour où un passant entrerait spontanément pour demander un verre de Pourlèche-Pêche avec un Soupçon de Cresson et qu'en un rien de temps leur bistro deviendrait la boîte en vogue où tout le monde voudrait s'afficher.

L'étranger poursuivait ses essais le long de l'étagère.

« C'EST QUOI, LA VERTE, LÀ ? »

Le patron s'informa auprès de l'étiquette.

« C'est marqué : eau-de-vie de melon, dit-il d'un air pas très convaincu. Et que c'est mis en bouteille par des moines d'après une recette ancienne, ajouta-t-il.

– JE VAIS ESSAYER ÇA. »

L'homme regarda du coin de l'œil les verres vides sur le comptoir ; dans certains traînaient encore des restes de salade de fruits, des cerises sur des bâtonnets et des petites ombrelles en papier.

« Vous êtes sûr de pas en avoir eu assez ? » fit-il. Ça le tracassait un peu de ne pas arriver à distinguer les traits de l'étranger.

Le verre, dont le contenu se cristallisait sur les bords, disparut dans le capuchon et réapparut vide.

« NON. C'EST QUOI, LA JAUNE AVEC LES GUÊPES DEDANS ?

– Cordial Printanier, c'est marqué. Oui ?

– OUI. ET APRÈS, LA BLEUE AVEC LES PARTICULES DORÉES.

– Euh.. le Vieux Paletot ?

– OUI. ET APRÈS, LA DEUXIÈME RANGÉE.

– Quelle bouteille vous intéresse ?

– TOUTES. »

L'étranger restait droit comme un I, les verres et leurs cargaisons de sirop et de végétation diverse disparaissaient dans le capuchon à une cadence industrielle.

Ça y est, se dit le bistrotier, c'est gagné, je vais m'offrir une veste rouge et peut-être poser des cacahuètes et quelques cornichons sur le bar, installer des miroirs un peu partout, changer la sciure. Il saisit un chiffon imbibé de bière pour essuyer son comptoir avec enthousiasme, étalant du même coup les gouttes d'alcool échappées des verres en une traînée arc-en-ciel qui attaqua le vernis. Le dernier habitué se coiffa de son chapeau et sortit d'un pas incertain en grommelant tout seul.

« JE NE VOIS PAS L'INTÉRÊT DE TOUT ÇA, fit l'étranger.

– Pardon ?

– IL EST CENSÉ SE PASSER QUOI, NORMALEMENT ?

– Vous avez bu combien de verres ?

– QUARANTE-SEPT.

– Alors, faut s'attendre à tout », fit le barman ; parce qu'il connaissait son boulot et savait ce qu'on espérait de lui quand un client buvait seul au petit matin, il entreprit d'astiquer un verre avec son chiffon à essuyer les tables et demanda : « Vot' dame vous a fichu dehors, c'est ça ?

– COMMENT ?

– Vous noyez vos chagrins, c'est ça ?

– JE N'AI PAS DE CHAGRINS.

– Non, bien sûr que non. Oubliez ce que j'ai dit. » Il gratifia son verre de quelques autres coups de chiffon. « Je me disais que ça aide d'avoir quelqu'un à qui parler. »

L'étranger resta silencieux un moment, songeur. Puis il demanda :

« VOUS AVEZ ENVIE DE ME PARLER ?

– Oui. Bien sûr. J'écoute bien.

– PERSONNE N'AVAIT ENCORE EU ENVIE DE ME PARLER.

– C'est honteux.

– ON NE M'INVITE JAMAIS À DES FÊTES, VOUS SAVEZ.

– Tss.

– ON ME DÉTESTE. PERSONNE NE M'AIME. JE N'AI PAS UN SEUL AMI.

– Tout le monde devrait avoir un ami, fit sagement le tenancier.

– JE CROIS...

– Oui ?

– JE CROIS... JE CROIS QUE JE POURRAIS ÊTRE L'AMI DE LA BOUTEILLE VERTE. »

Le patron fit glisser la bouteille octogonale le long du comptoir. La Mort s'en saisit et l'inclina au-dessus du verre. Le liquide tinta sur le bord.

« Vous soûyez que j'suis crois, hein ?

– Je sers tous ceux qui peuvent rester debout après trois essais, fit le patron.

– Vous javez parrreufaitement rrraijon. Mais moi, jeu... »

L'étranger marqua un temps, un doigt emphatiquement dressé en l'air.

« Qu'est-che que j'dijais ? ?

– Vous disiez que je vous croyais soûl.

– Ah. Oui, mais ch'peux rechter chobre quand j'veux. cha, ch'est une ekchpérienche que ch'fais. Et maintenant, j'aimerais bien recommencher l'ekchpérienche avec l'eau-de-vie d'orange. »

Le patron soupira et jeta un coup d'œil à la pendule. Pas de doute, il gagnait beaucoup d'argent, surtout que ça n'avait pas l'air de gêner l'étranger de payer des prix prohibitifs ou qu'on le carotte sur la monnaie. Mais il se faisait tard ; Si tard, d'ailleurs, qu'il se faisait tôt. Il y avait aussi quelque chose chez le client solitaire qui le mettait mal à l'aise. Les habitués du Tambour Rafistolé buvaient souvent comme s'il ne devait pas y avoir de lendemain ; mais pour la première fois, il se demandait vraiment s'ils n'avaient pas raison.

« J'veux dire, qu'est-che que j'peux attendre de l'egjichtenche ? Quel chench donner à tout cha ? A quoi cha rime ?

– J'saurais pas dire, l'ami. J'pense que ça ira mieux quand vous aurez bien dormi.

– Dormi ? Dormi ? J'dors jamais. Ch'uis machin, ch'uis connu pour cha.

– Tout le monde a besoin de dormir. Même moi, suggéra le patron.

– Perchonne m'aime, vous chavez.

– Oui, vous l'avez déjà dit. Mais il est trois heures moins le quart. »

L'étranger se retourna tant bien que mal et fit du regard le tour de la pièce.

« Y a plus qu'nous », dit-il.

Le patron releva le rabat et passa devant le comptoir pour aider l'étranger à descendre de son tabouret.

« J'ai pas un cheul ami. Même les chats, je les fais marrer. »

Une main jaillit et rafla une bouteille de liqueur d'amanite avant que le patron, qui se demandait comment un type aussi maigre pouvait être aussi lourd, soit parvenu à le propulser vers la porte.

« J'AI PAS BEJOIN D'ÊTRE CHOÛL, J'VOUS JAI DIT. POURQUOI ILS JAIMENT CHE CHOÛLER, LES GENS ? C'EST POUR CH'AMUJER ?

– Ça les aide à oublier la vie, mon vieux. T'nez, appuyez-vous là pendant que j'ouvre la porte...

– OUBLIER LA VIE. HA. HA.

– Revenez quand vous voulez, m'entendez ?

– CHA VOUS PLAIRAIT VRAIMENT QUE J'REVIENNE ? »

Le tenancier regarda derrière lui le petit tas de pièces sur le bar. Ça valait le coup d'avoir des clients un peu bizarres. Au moins, celui-ci était calme, il n'avait pas l'air méchant.

« Oh, oui, dit-il en poussant l'étranger dehors et en lui retirant la bouteille d'un même mouvement tout en souplesse. Passez quand vous en avez envie.

– CH'EST LA CHOJE LA PLUS GENTILLE... »

La porte claqua sur la fin de sa phrase.

Ysabell s'assit dans son lit.

Les coups à la porte se répétèrent, légers mais pressants. Elle se remonta les couvertures sous le menton.

« Qui est là ? chuchota-t-elle.

– C'est moi, Morty, fit un souffle par-dessous le battant. Laissez-moi entrer, s'il vous plaît !

– Attends ! »

Ysabell farfouilla frénétiquement sur la table de nuit pour trouver les allumettes, renversa une bouteille d'eau de toilette et déplaça une boîte de chocolats qui ne contenait plus guère que des papiers vides. Une fois la bougie allumée, elle la plaça de façon à obtenir le maximum d'effet, tira sur le bord de sa chemise de nuit pour la rendre plus suggestive et lança : « Ce n'est pas fermé. »

Morty entra dans la chambre d'un pas chancelant, dans une odeur de cheval, de froid et de frottis.

« J'espère, fit-elle d'un air espiègle, que tu ne forces pas ma porte pour tirer avantage de ta situation dans cette maison. »

Morty regarda autour de lui. Ysabell donnait à fond dans les fanfreluches. Même la coiffeuse avait l'air de porter un jupon. La pièce dans son ensemble était moins meublée qu'enfalbalée.

« Ecoutez, j'ai pas de temps à perdre, dit-il. Amenez cette bougie dans la bibliothèque. Et par pitié, mettez quelque chose de pratique, vous débordez de partout. »

Ysabell baissa la tête, puis la releva d'un coup sec.

« Très bien ! »

La figure de Morty repassa l'encadrement de la porte. « C'est une question de vie ou de mort », ajouta-t-il avant de disparaître.

Ysabell regarda le battant se refermer en grinçant derrière lui et révéler la robe de chambre bleue à pompons que son père avait eu l'idée de lui offrir aux derniers Porchers et qu'elle n'avait pas eu le cœur de jeter, malgré la taille trop petite et le lapin qui décorait la poche.

Elle balança enfin les jambes hors du lit, se glissa dans la robe de chambre indigne et sortit à pas feutrés dans le couloir. Morty l'y attendait.

« Père ne va pas nous entendre ?

– Il est pas rentré. Venez.

– Comment tu sais ça ?

– Y a une odeur différente quand il est là. C'est... c'est comme pour un manteau quand on l'porte et quand il reste accroché à la patère, il a pas la même odeur. Vous avez pas remarqué ?

– Qu'est-ce qu'on va faire de si important ? »

Morty ouvrit d'une poussée la porte de la bibliothèque. Une bouffée d'air chaud et sec s'échappa du local, et les gonds émirent un grincement de protestation.

« On va sauver la vie de quelqu'un, fit-il. Une princesse, si vous voulez savoir. »

Ysabell fut aussitôt fascinée.

« Une vraie princesse ? J'veux dire : est-ce qu'elle peut sentir un petit pois à travers une douzaine de matelas ?

– Est-ce qu'elle... ? » Morty se sentit libéré d'un souci mineur. « Oh. Oui. J'croyais qu'Albert racontait n'importe quoi.

– T'es amoureux d'elle ? »

Morty s'immobilisa entre les rayonnages, conscient des petits grattements diligents entre les couvertures des livres.

« Difficile d'être sûr, dit-il. J'en ai l'air ?

– Tu m'as l'air un peu troublé. Elle éprouve quelque chose pour toi ?

– Chais pas.

– Ah, fit Ysabell d'un air entendu et d'un ton d'expert. L'amour non partagé, c'est le pire. Mais ça ne serait sans doute pas une bonne idée de prendre du poison ou d'aller te suicider, ajouta-t-elle, la mine songeuse. On fait quoi, ici ? Tu veux trouver sa biographie pour voir si elle se marie avec toi ?

– Je l'ai lue, et elle est morte, répondit l'apprenti. Mais seulement techniquement. J'veux dire : pas vraiment morte.

– Bien, sinon, ce serait de la nécromancie. Qu'est-ce qu'on cherche ?

– La biographie d'Albert.

– Pour quoi faire ? Je crois qu'il n'en a pas.

– Tout le monde en a une.

– En tout cas, il n'aime pas qu'on lui pose des questions personnelles. Je l'ai cherchée, sa biographie, une fois, et je n'ai rien trouvé. Albert, en lui-même, ça ne va pas loin. Pourquoi il t'intéresse tant ? » Ysabell alluma deux bougies à celle qu'elle tenait déjà à la main et peupla la bibliothèque d'ombres dansantes.

« J'ai besoin d'un mage puissant, et j'ai l'impression que c'en est un.

– Quoi ? Albert ?

– Oui. Seulement, il faut chercher Alberto Malik. Il a plus de deux mille ans, je pense.

– Quoi ? Albert ?

– Oui. Albert.

– Il ne porte jamais de chapeau de mage, objecta Ysabell, peu convaincue.

– Il l'a perdu. N'importe comment, le chapeau, c'est pas obligatoire. Par où on commence à chercher ?

– Ben, si t'en es sûr... par les Rangements, je suppose. C'est là que Père laisse toutes les biographies qui ont plus de cinq cents ans. Par ici. »

Elle conduisit son compagnon entre les étagères chuchotantes jusqu'à une porte dans un cul-de-sac. La porte s'ouvrit avec peine et le grincement des charnières se répercuta dans toute la bibliothèque ; Morty crut une seconde que tous les livres s'arrêtaient un instant dans leur travail pour écouter.

Des marches plongeaient dans une obscurité veloutée. On y voyait des toiles d'araignée et de la poussière, et il s'en dégageait une odeur d'air resté confiné dans une pyramide depuis mille ans.

« On ne descend pas ici très souvent, dit Ysabell. Je passe la première. »

Morty sentit qu'il lui devait une parole aimable.

« J'dois dire, fit-il, que vous êtes drôlement chouette.

– Quoi, avec des plumes partout, un bec et des griffes ? Toi, tu sais vraiment parler aux filles, p'tit gars.

– Morty », rectifia machinalement le jeune homme.

Les Rangements étaient aussi sombres et silencieux qu'une caverne souterraine. Les rayonnages laissaient à peine assez d'espace entre eux pour le passage d'une personne et s'élevaient bien au-delà du dôme lumineux des bougies. Le local était particulièrement fantastique parce que silencieux. Il n'y avait plus de vies à écrire ; les livres dormaient. Mais Morty avait l'impression qu'ils dormaient comme les chats, d'un seul œil. Ils suivaient tout ce qui se passait.

« Je suis déjà descendue ici une fois, chuchota Ysabell. Quand on suit les étagères assez loin, on ne trouve plus de livres, il n'y a plus que des tablettes d'argile, des morceaux de pierre, des peaux animales, et tout le monde s'appelle Ug ou Zog. »

Le silence était presque palpable. Morty sentait les livres qui observaient leur progression dans les allées chaudes et silencieuses. Tous ceux qui avaient jamais vécu se trouvaient quelque part là-dedans, jusqu'aux premiers êtres que les dieux avaient cuits dans leur four avec de la boue ou autre chose. Les livres ne se formalisaient pas exactement de sa présence, ils se demandaient seulement ce qu'il venait faire chez eux.

« Vous êtes allée plus loin que Ug et Zog ? souffla-t-il. Y a un tas de gens qu'aimeraient bien savoir ce qui existait avant.

– J'ai eu peur. C'est long et je n'avais pas assez de bougies.

– Dommage. »

Ysabell s'arrêta si brusquement que Morty lui percuta le dos.

« Ça devrait être dans ce coin-là, dit-elle. Et maintenant ? »

Morty déchiffra les noms décolorés sur les dos des volumes.

« Ils ont pas l'air dans le bon ordre ! » gémit-il.

La tête en l'air, ils errèrent dans deux ou trois allées latérales. Ils tirèrent au hasard quelques livres des étagères les plus basses et soulevèrent des nuages de poussière.

« C'est idiot, finit par reconnaître Morty. Y a des millions de vies là-dedans. Les chances de trouver la sienne sont en dessous de... »

Ysabell lui posa la main sur la bouche. « Ecoute ! »

Morty marmonna quelques mots à travers les doigts de la jeune fille avant de saisir le message. Il dressa l'oreille, s'efforça de tout entendre par-dessus le sifflement lourd du silence absolu.

Et alors il le perçut. Un grattement menu, irritant. Là-haut, tout là-haut, dans les ténèbres impénétrables où se perdait la falaise de rayonnages, une vie s'écrivait toujours.

Ils échangèrent un regard, les yeux écarquillés. Puis Ysabell dit : « On a passé une échelle tout à l'heure. Avec des roulettes. »

Les petites roues pivotantes au bas des montants couinèrent lorsque Morty ramena l'échelle. Le haut se déplaça de la même façon, comme s'il était fixé à une autre paire de roulettes quelque part dans le noir.

« Très bien, dit-il. Donnez-moi la bougie, et...

– Si la bougie monte là-haut, alors moi aussi, fit Ysabell d'un ton sans réplique. Arrête-toi là et déplace l'échelle quand je te le dirai. Et ne discute pas.

– Ça pourrait être dangereux en haut, dit galamment Morty.

– Ça pourrait être dangereux en bas, remarqua Ysabell. Alors c'est moi qui monte avec la bougie. Merci. »

Elle posa le pied sur le premier barreau et ne fut bientôt plus qu'une ombre à fanfreluches découpée dans un halo de lumière qui s'estompa rapidement.

Morty stabilisa l'échelle et s'efforça de ne pas penser à toutes les vies qui lui pesaient dessus. De temps en temps un météore de cire chaude s'écrasait par terre près de lui avec un bruit mat et soulevait un cratère dans la poussière. Ysabell n'était désormais qu'une lueur falote très loin au-dessus, et il sentait chacun des échelons qu'elle gravissait par les vibrations qui lui parvenaient.

Elle s'arrêta. Un long moment, sembla-t-il.

Puis sa voix tomba jusqu'à lui, assourdie par le poids du silence environnant. « Morty, je l'ai trouvé.

– Bien. Descendez-le.

– Morty, tu avais raison.

– D'accord, merci. A présent, descendez-le.
– Oui, Morty, mais lequel ?
– Traînez pas, la bougie va plus durer très longtemps.
– Morty !
– Quoi ?
– Morty, il y en a *toute une étagère* ! »

Maintenant, c'était vraiment l'aube, cette pointe du jour qui n'appartenait qu'aux mouettes des docks de Morpork, à la marée dont les rouleaux remontaient le fleuve et à un vent chaud de sens direct qui ajoutait un parfum printanier à l'odeur complexe de la cité.

La Mort, assis sur une bitte d'amarrage, regardait vers le large. Il avait décidé de s'arrêter de boire. Ça lui donnait mal au crâne.

Il avait essayé le péché, la danse, le jeu et l'alcool, prétendument quatre des plus grands plaisirs de la vie, et il n'était pas sûr d'en comprendre l'intérêt. Manger, ça, il aimait bien ; la Mort appréciait un bon repas comme tout le monde. Il ne songeait pas à d'autres plaisirs de la chair, ou plutôt si, mais ils étaient, disons, trop *charnels*, et il voyait mal comment il pourrait s'y livrer sans quelques sérieux réaménagements corporels qu'il n'envisageait pas dans l'immédiat. D'ailleurs, les humains avaient l'air de moins les pratiquer avec l'âge, ça ne devait donc pas offrir tellement d'attraits.

La Mort commençait à se dire qu'il n'arriverait pas à comprendre les hommes de son vivant.

Le soleil fit fumer les pavés, et la Mort sentit le petit picotement de ce désir printanier capable de faire battre mille tonnes de sève sur quinze mètres de tronc dans une forêt.

Les mouettes piquaient et plongeaient autour de lui. Un chat borgne qui en était à sa huitième vie et sa dernière oreille émergea de son repaire dans un tas de cageots à poisson abandonnés, s'étira, bâilla et se frotta contre ses jambes. La brise se tailla un passage dans la fameuse odeur de l'Ankh pour apporter un léger parfum d'épices et de pain frais.

La Mort n'en revenait pas. C'était plus fort que lui. Il se sentait vraiment heureux d'être en vie et il acceptait mal d'être la Mort.

« JE DOIS COUVER QUELQUE CHOSE », se dit-il.

Morty se hissa le long de l'échelle auprès d'Ysabell. La structure frémissait un peu mais paraissait sûre. Au moins, la hauteur ne le gênait pas; sous lui, tout était noir.

Certains des premiers volumes de la vie d'Albert étaient tout près de tomber en morceaux. Il tendit la main vers l'un d'eux, au hasard, sentit l'échelle trembler sous ses pieds, le ramena et l'ouvrit *vers le* milieu.

« Approchez la bougie par ici, dit-il.

– Tu arrives à le lire ?

– Plus ou moins... »

*... torna la main, mays fut gransdement marry que tous hommes fi nyssent en néant, i. e. la Mort, et voua sa peyrsonne à la queste d'ymortalité en fleur d'âge. « Aynsi, dyct-il aux jeusnes mages, pourrons-nous revestir le manteau des Dyeux. » Le jour suyvant ycelui, il pleusvait, et Alberto...*

« C'est écrit en Ancien, dit Morty. Avant l'invention de l'orthographe. On va regarder dans le dernier. »

Il s'agissait bel et bien d'Albert. Morty trouva plusieurs références au pain frit.

« On va voir ce qu'il fait en ce moment, dit Ysabell.

– Vous croyez ? C'est un peu comme de l'espionnage.

– Et alors ? T'as la trouille ?

– D'accord. »

Il feuilleta l'ouvrage jusqu'à ce qu'il arrive aux pages blanches, puis revint en arrière pour trouver l'histoire de la vie d'Albert qui s'écrivait à une vitesse surprenante, étant donné l'heure indue ; la plupart des biographies n'avaient pas grand-chose à raconter sur le sommeil quand on n'avait pas de rêves agités.

« Tenez votre bougie droite, vous voulez bien ? J'veux pas faire tomber du gras sur sa vie.

– Pourquoi pas ? Il aime ça, le gras.

– Arrêtez de rire bêtement, vous allez nous faire dégringoler tous les deux. Tenez, regardez ce passage... »

*Il avançait sur la pointe des pieds dans les ténèbres poussiéreuses des Rangements*, lut Ysabell, *les yeux fixés sur la toute petite lueur de la bougie là-haut. Ils fouinent, songeait-il, ils fourrent leur nez dans ce qui ne les regarde pas, les petits monstres...*

« Morty ! Il...

– Taisez-vous ! Je lis ! »

*... pas tarder à y mettre le holà. Albert s'approcha silencieusement du pied de l'échelle, cracha dans ses mains et s'apprêta à pousser. Le maître ne le saurait jamais ; il était bizarre ces temps-ci ; tout ça, c'était la faute de ce gamin, et...*

Morty leva les yeux dans ceux, horrifiés, d'Ysabell.

La fille lui retira alors le livre des mains, le tendit à bout de bras, les yeux toujours rivés à ceux de son compagnon, et le lâcha.

Morty regarda bouger ses lèvres et se rendit soudain compte que, lui aussi, il comptait tout bas.

Trois, quatre...

Un choc mat, un cri assourdi et le silence. « Vous croyez que vous l'avez tué ? demanda Morty après un moment.

– Quoi, ici ? De toute façon, tu n'as pas trouvé de meilleure idée, toi.

– Non, mais... il est vieux, tout de même.

– Non, il n'est pas vieux, répliqua sèchement Ysabell qui commença de redescendre l'échelle.

– Deux mille ans !

– Soixante-sept, pas un jour de plus.

– Les livres disaient...

– Je te répète, le temps ne compte pas, ici. Pas le *vrai* temps. Tu n'écoutes donc pas, p'tit gars ?

– Morty.

– Et arrête de me marcher sur les doigts, je vais aussi vite que je peux.

– Pardon.

– Et arrête de te conduire comme une lavette. Tu ne peux pas imaginer l'ennui que c'est, de vivre ici.

– Sans doute que non, répondit Morty qui ajouta d'un ton sincère de regret : J'en ai entendu parler, de l'ennui, mais j'ai jamais eu l'occasion de l'essayer.

– C'est affreux.

– A ce compte-là, les distractions, c'est pas aussi sensationnel qu'on le dit.

– Tout vaut forcément mieux que ça. »

Un grognement monta d'en dessous, puis un flot d'injures.

Ysabell fouilla l'obscurité des yeux.

« Une chose est sûre, je ne lui ai pas abîmé les muscles

de la grossièreté, dit-elle. Je ne sais pas si je dois écouter des mots pareils. Ça pourrait choquer ma sensibilité. »

Ils trouvèrent Albert écroulé au pied des rayonnages ; il marmonnait en se tenant le bras.

« Pas la peine de faire tant d'histoires, dit rudement Ysabell. Tu n'es pas blessé ; Père ne permet pas que ces choses-là arrivent.

– Pourquoi vous avez fait ça ? geignit-il. Je n'voulais pas vous faire de mal.

– T'allais nous faire tomber, dit Morty qui essaya de le relever. Je l'ai lu. Ce qui m'étonne, c'est que tu t'es pas servi de magie. »

Albert lui jeta un regard furieux. « Ah, alors t'as trouvé ça, hein ? dit-il calmement. Grand bien te fasse. T'as pas le droit de fourrer ton nez dans les affaires des autres. »

Il se remit debout avec peine, se dégagea d'une secousse de la main de Morty et repartit en titubant le long des rayons silencieux.

« Non, attends, dit Morty, j'ai besoin de ton aide !

– Ben tiens, évidemment, fit Albert par-dessus son épaule. Ça va de soi, non ? Tu t'es dit : j'vais aller fouiner dans la vie privée d'un autre, j'vais la lui faire tomber sur la tête, et après j'vais lui demander de m'aider.

– Je voulais juste savoir si t'étais bien toi, dit Morty en lui courant après.

– Je l'suis. Comme tout le monde.

– Mais si tu m'aides pas, il va arriver quelque chose de terrible ! Y a une princesse, et elle...

– Des choses terribles arrivent tous les jours, mon gars...

– ... Morty...

– ... et on n'compte jamais sur moi pour intervenir.

– C'était toi le plus grand ! »

Albert s'arrêta un instant, mais sans tourner la tête. « C'était moi, *c'était*. Et cherche pas à me passer de la pommade. Je n'suis pas pommadable.

– Ils ont des statues de toi et tout, ajouta Morty qui se retint de bâiller.

– Quelle bande de crétins, alors. » Albert arriva au bas de l'escalier qui montait à la bibliothèque proprement dite, gravit les marches d'un pas lourd et se découpa en silhouette contre la lumière des bougies de la salle.

« Tu veux dire que tu vas pas m'aider ? demanda Morty. Même si tu peux ?

– Mérite le prix d'la tête de mule, ce gars-là, grogna Albert. Et t'aurais tort de t'imaginer que tu peux faire appel à ma bonne nature sous mon extérieur bourru, ajouta-t-il, parce que j'ai l'intérieur drôlement bourru aussi. »

Ils l'entendirent traverser la bibliothèque comme s'il avait une dent conte le carrelage et claquer la porte derrière lui.

« Bon, fit Morty d'un ton hésitant.

– A quoi tu t'attendais ? cracha Ysabell. Il ne s'intéresse guère qu'à Père.

– Je m'disais que quelqu'un comme lui nous aiderait si j'expliquais bien comme il faut. » Ses épaules s'affaissèrent. La bouffée d'énergie qui l'avait poussé durant toute la longue nuit s'était évaporée, pour lui remplir la tête de plomb. « Vous savez que c'était un mage célèbre ?

– Ça ne veut rien dire, les mages ne sont pas forcément sympathiques. Ne te mêle pas des affaires des mages parce qu'un refus est souvent blessant, j'ai lu quelque part. » Ysabell se rapprocha de Morty et le regarda avec inquiétude. « T'as l'air d'un rogaton dans une assiette, dit-elle.

– Ç'va, fit Morty qui monta lourdement les marches et s'enfonça dans les ombres griffonnantes de la bibliothèque.

– Non, ça ne va pas. Une bonne nuit de sommeil ne te ferait pas de mal, p'tit gars.

– M'ty », murmura le jeune homme.

Il sentit Ysabell lui prendre le bras et passer son épaule dessous. Les murs bougeaient doucement, mais le son de sa propre voix avait l'air de venir de très loin, et il se disait confusément que ce serait bien agréable de s'étendre sur une bonne dalle de pierre et de dormir pour l'éternité.

La Mort allait bientôt rentrer, songea-t-il alors qu'il sentait son corps se laisser docilement soutenir le long des couloirs. Il n'y avait rien à faire, il faudrait tout lui raconter. Ça n'était pas le mauvais bougre, la Mort. Il l'aiderait ; la seule chose, c'était de bien s'expliquer. Et après, il n'aurait plus à se tracasser et il pourrait aller dorm...

« Et jusqu'à présent, vous avez exercé quel emploi ?

– JE VOUS DEMANDE PARDON ?

– Vous faisiez quoi dans la vie ? » s'enquit le jeune homme fluet derrière son bureau.

La silhouette en face de lui s'agita, mal à l'aise.

« JE FAISAIS PASSER LES ÂMES DANS L'AUTRE MONDE. J'ÉTAIS LE TOMBEAU DE TOUS LES ESPOIRS. J'ÉTAIS LA RÉALITÉ ULTIME. J'ÉTAIS L'ASSASSIN DEVANT QUI AUCUNE SERRURE NE RÉSISTE.

– Oui, j'entends bien, mais avez-vous des compétences particulières ? »

La Mort réfléchit.

« DISONS UNE CERTAINE EXPÉRIENCE DANS LE MANIEMENT DE L'OUTILLAGE AGRICOLE ? » hasarda-t-il au bout d'un moment.

Le jeune homme secoua fermement la tête de droite à gauche.

« NON ?

– Nous sommes en ville, monsieur... » Il jeta un coup d'œil sur son bureau, et une fois de plus ressentit un léger malaise qu'il avait du mal à définir. « ... monsieur... monsieur... monsieur, et nous sommes un peu à court de champs. »

Il reposa son crayon et décocha le genre de sourire qui donnait à penser qu'il l'avait appris dans un livre.

Ankh-Morpork n'était pas assez avancée pour posséder une bourse du travail. On prenait un emploi parce qu'un père passait la main, ou parce qu'un talent trouvait un débouché, ou de bouche à oreille. Mais il y avait de la demande pour les domestiques et les petits employés, et comme les quartiers commerçants de la ville commençaient à prendre de l'expansion, le jeune homme fluet – un certain Liona Chipot – avait inventé la profession de courtier en main-d'œuvre et la jugeait, pour l'heure, bien difficile.

« Mon cher monsieur... – il jeta un second coup d'œil sur son bureau – ... monsieur, nous voyons beaucoup de monde arriver de l'extérieur parce qu'on s'imagine, hélas, que la vie est meilleure en ville. Vous me pardonnerez ma franchise, mais vous me faites l'effet d'un homme comme il faut qui traverse une mauvaise passe. Je me serais attendu à ce que vous recherchiez quelque chose de plus distingué que... – il jeta encore un coup d'œil sur son bureau et fronça les sourcils – ... " un travail agréable avec des chats et des fleurs ".

– EXCUSEZ-MOI. JE ME DISAIS QU'IL ME FALLAIT UN PEU DE CHANGEMENT.

– Jouez-vous d'un instrument de musique ?

– NON.

– Faites-vous de la menuiserie ?

– JE NE SAIS PAS, JE N'AI JAMAIS ESSAYÉ. » La Mort se regarda les pieds. Il commençait à se sentir très gêné. Chipot remua le papier sur son bureau et soupira.

« JE TRAVERSE LES MURS », proposa la Mort, conscient de l'impasse où avait abouti l'entretien.

Chipot releva la tête, radieux. « J'aimerais voir, dit-il. Ça, ce serait une qualification.

– TRÈS BIEN. »

La Mort repoussa son siège et marcha d'un pas assuré vers le mur le plus proche.

« OUCH. »

Chipot attendait toujours de voir.

« Allez-y, quoi, fit-il.

– HUM. CE MUR, LÀ, IL EST NORMAL, NON ?

– J'imagine. Je ne suis pas un expert.

– IL A L AIR DE M'OPPOSER UNE CERTAINE RÉSISTANCE.

– J'en ai l'impression, oui.

– COMMENT APPELEZ-VOUS ÇA, QUAND ON SE SENT TOUT PETIT ET EN COLÈRE ? »

Chipot tripota son crayon.

« Un pygmée ?

– ÇA COMMENCE PAR *n*.

– Énervé ?

– Oui, fit la Mort, JE VEUX DIRE : OUI.

– Apparemment, vous n'avez pas de compétence qu'on puisse utiliser, ni le moindre talent. Vous n'avez jamais songé à entrer dans l'enseignement ? »

Le visage de la Mort se changea en masque de terreur. Enfin, c'était *tout le temps* un masque de terreur, mais cette fois il y avait intention.

« Vous voyez, fit aimablement Chipot qui posa son crayon et joignit les mains en clocher, j'ai très rarement eu l'occasion de chercher un emploi pour... comment déjà ?

– UNE PERSONNIFICATION ANTHROPOMORPHIQUE.

– Ah, oui. Mais c'est *quoi*, exactement ? »

La Mort en avait assez. « ÇA », dit-il.

L'espace d'un instant, d'un tout petit instant, monsieur Chipot le vit distinctement. Sa figure devint pâle comme la Mort. Ses mains s'agitèrent convulsivement. Son cœur eut un raté.

La Mort l'observa d'un air détaché, puis tira un sablier des profondeurs de sa robe, le tendit à la lumière et l'examina d'un œil critique.

« CALMEZ-VOUS, dit-il, VOUS AVEZ ENCORE QUELQUES BONNES ANNÉES DEVANT VOUS.

– Mmmmmmm...

– JE PEUX VOUS DIRE COMBIEN, SI VOUS VOULEZ. »

Chipot, qui luttait pour reprendre son souffle, parvint à faire non de la tête.

« VOUS VOULEZ QUE JE VOUS RAMÈNE UN VERRE D'EAU, ALORS ?

– nnN... nnN. »

La clochette de la boutique ferrailla. Les yeux de Chipot roulèrent dans leurs orbites. La Mort se dit qu'il devait une compensation au jeune homme fluet. Il ne fallait pas lui faire perdre sa clientèle, une chose à laquelle les humains attachaient visiblement une grande importance.

Il écarta le rideau de perles et entra d'un pas décidé dans la boutique où une femme, une petite grosse, l'air d'un pain de ménage, martelait le comptoir avec un aiglefin.

« C'est au sujet de l'emploi de cuisinière à l'université, lança-t-elle. D'après vous, c'était un bon poste, et c'est une vraie honte, les blagues des étudiants, et j'exige... enfin, j'voudrais... j'suis pas... »

Sa voix s'éteignit.

« Dites voir, reprit-elle, mais on sentait que le cœur n'y était pas, vous êtes pas Chipot, hein ? »

La Mort la regardait fixement. Il n'avait encore jamais eu affaire à des clients mécontents. Il était désorienté. Il n'y tint plus.

« HORS D'ICI, GROSSE FURIE NOIRE DE LA NUIT », dit-il.

Les petits yeux de la cuisinière s'étrécirent.

« Qui donc que vous traitez d'urinoir de la nuit ? » lança-t-elle d'un ton accusateur, et elle se remit à donner des coups de son poisson sur le comptoir. « R'gardez-moi ça, dit-elle. Hier soir, c'était mon chauffe-lit, ce matin un poisson. J'vous demande un peu.

– PUISSENT TOUS LES DÉMONS DE L'ENFER TE DÉCHIRER L'ESPRIT À VIF SI TU NE SORS PAS TOUT DE SUITE DE CE MAGASIN, tenta la Mort.

– J'suis pas au courant pour ça, mais... et mon chauffe-lit ? C'est pas un endroit pour une femme respectable, là-bas, ils ont essayé de...

– SI VOUS VOULEZ BIEN PARTIR, fit désespérément la Mort, JE VOUS DONNERAI DE L'ARGENT.

– Combien ? » répliqua la cuisinière avec une vitesse de réaction qui aurait laissé sur place la détente d'un serpent à sonnette et sapé le moral de la foudre.

La Mort sortit sa bourse et déversa un tas de pièces noircies et vert-de-grisées sur le comptoir. Elle les considéra avec grande méfiance.

« MAINTENANT PARTEZ À L'INSTANT, fit la Mort qui ajouta : AVANT QUE LES VENTS DÉVORANTS DE L'INFINI NE GRILLENT TA VILE CARCASSE.

– Ça s'ra répété à mon mari », jeta d'un ton sinistre la cuisinière en sortant du magasin. La Mort eut l'impression qu'aucune de ses menaces à lui ne pouvait être aussi terrible.

Il repassa avec raideur le rideau de perles. Chipot, toujours effondré dans son fauteuil, émit une espèce de gargouillis bizarre.

« C'était vrai ! fit-il. Je croyais que vous étiez un cauchemar !

– JE POURRAIS ME VEXER, dit la Mort.

– Vous êtes réellement la Mort ? demanda Chipot.

– OUI.

– Pourquoi vous n'avez rien dit ?

– LES GENS PRÉFÈRENT, EN GÉNÉRAL. »

Chipot fourragea dans ses papiers, agité d'un petit rire hystérique. « Vous voulez faire autre chose ? dit-il. Fée ramasseuse de dents ? Ondine ? Marchand de sable ?

– NE SOYEZ PAS RIDICULE. JE... J'AVAIS SEULEMENT ENVIE DE CHANGEMENT. »

Le brassage frénétique de Chipot finit par mettre au jour le papier qu'il cherchait. Il eut un rire de dément et il le fourra dans les mains de la Mort.

Qui le lut.

« C'EST UN TRAVAIL ? ON PAYE DES GENS À FAIRE ÇA ?

– Oui, oui, allez le voir, vous avez tout à fait le profil. Seulement, ne dites pas que c'est moi qui vous ai envoyé. »

Bigadin fendait la nuit au grand galop et le Disque se déroulait tout en bas sous ses sabots. Morty découvrait que l'épée portait plus loin qu'il n'avait cru, jusqu'aux étoiles, même; il la brandit dans les profondeurs de l'espace et dans le cœur d'une naine jaune qui vira joliment en nova. Debout sur ses étriers, il fit des moulinets autour de sa tête et rit à la flamme bleue qui fustigeait le ciel pour laisser une traînée d'obscurité et de braises. Et qui ne s'arrêtait pas. Morty résista lorsque l'épée tailla dans l'horizon, mit en pièces les montagnes, assécha les océans, transforma les forêts verdoyantes en cendres et pourriture. Il entendait des voix derrière lui et les cris brefs d'amis et de parents tandis qu'il se tournait désespérément. Des tempêtes de poussière tournoyèrent depuis la terre morte quand il lutta pour relâcher sa prise sur l'épée, mais l'arme lui brûlait la main d'un froid glacial, l'entraînait dans une danse qui ne s'achèverait que lorsqu'il ne resterait plus rien de vivant.

Et cet instant arriva; Morty se retrouva tout seul avec la Mort qui lui dit : « Bon travail, petit. »

Et Morty répondit : « MORTY. »

« Morty ! Morty ! Réveille-toi ! »

Il refit lentement surface, tel un cadavre dans un étang. Il se débattit, s'accrocha à son oreiller et aux horreurs du sommeil, mais on lui tirait l'oreille avec insistance.

« Mmmph ? fit-il.

– *Morty !*

– Quescya ?

– Morty, c'est Père ! »

Il ouvrit les yeux et fixa d'un regard vide le visage d'Ysabell. Puis les événements de la nuit lui revinrent avec la force d'impact d'une chaussette remplie de sable mouillé.

Morty balança les jambes hors des draps; des lambeaux de rêve s'accrochaient encore à lui. « Ouais. Bon, dit-il. Je vais le voir directement

– Il n'est pas là! Albert devient fou ! » Ysabell, debout près du lit, triturait un mouchoir entre ses mains. « Morty, tu crois qu'il lui est arrivé quelque chose ? »

Il lui lança un regard dénué d'expression. « Racontez donc pas de bêtises, fit-il. C'est la Mort. » Il se gratta. Il avait chaud, il se sentait desséché, la peau lui démangeait.

« Mais il n'a jamais été aussi longtemps parti ! Même pendant la grande peste de Pseudopolis ! Je veux dire : faut qu'il soit là le matin pour tenir les livres, calculer les nœuds et... »

Morty lui saisit le bras. « D'accord, d'accord, dit-il d'un ton aussi apaisant que possible. Je suis sûr que tout va bien. Calmez-vous, je vais aller voir... Pourquoi vous fermez les yeux ?

– Morty, s'il te plaît, habille-toi donc », répondit Ysabell d'une petite voix tendue.

Morty baissa la tête.

« Pardon, fit-il humblement. Je m'suis pas rendu compte... Qui c'est qui m'a mis au lit ?

– C'est moi, répondit-elle. Mais je regardais ailleurs. »

Morty se glissa dans sa culotte, enfila sa chemise d'un haussement d'épaules et se précipita vers le cabinet de la Mort, Ysabell sur ses talons. Albert s'y trouvait déjà, il sautait d'un pied sur l'autre comme un canard sur une plaque chauffante. A l'arrivée de Morty, l'expression du vieil homme aurait pu passer pour de la reconnaissance.

Morty vit avec étonnement qu'il avait les larmes aux yeux.

« Personne s'est assis dans son fauteuil, gémit Albert.

– Pardon, mais c'est si important que ça ? fit Morty. Mon grand-père, il rentrait pas avant des jours quand il avait bien vendu au marché.

– Mais lui, il est toujours là, dit Albert. Tous les matins depuis que je l'connais, assis à son bureau, à travailler sur les nœuds. C'est son boulot. Il y manque jamais.

– J'pense que les nœuds peuvent bien se passer de lui un jour ou deux », fit Morty.

Une chute soudaine de la température ambiante lui apprit qu'il se trompait. Il regarda les figures des deux autres.

« Non ? demanda-t-il.

– Non, répondirent les deux têtes.

– Si les nœuds ne sont pas calculés comme il faut, tout l'Equilibre est détruit, dit Ysabell. Il peut arriver n'importe quoi.

– Il t'a pas expliqué ? fit Albert.

– Pas vraiment. J'ai surtout donné dans les travaux

pratiques. Il disait qu'il me parlerait de la théorie plus tard », répondit Morty. Ysabell éclata en sanglots.

Albert prit le bras de Morty et, avec force trémoussements dramatiques des sourcils, lui fit comprendre qu'ils devraient avoir une petite discussion dans un coin. Morty se traîna à contrecœur à sa suite.

Le vieil homme farfouilla dans ses poches et finit par sortir un sachet en papier tout froissé.

« Une pastille de menthe ? » s'enquit-il.

Morty fit non de la tête.

« Il t'a jamais parlé des nœuds ? »

Morty secoua encore la tête. Albert suça un coup sa pastille ; on aurait cru entendre la bonde de la baignoire de Dieu.

« T'as quel âge, mon gars ?

– Morty. Seize ans.

– Y a des choses qu'on devrait dire à un gars avant ses seize ans, affirma Albert en jetant par-dessus son épaule un coup d'œil à Ysabell qui sanglotait dans le fauteuil de la Mort.

– Oh, j'suis au courant pour ça. Mon père m'a tout dit là-dessus quand on emmenait les thargas à la saillie. Quand un homme et une femme...

– J'voulais parler de l'univers, s'empressa de rectifier Albert. J'veux dire : t'y as déjà réfléchi ?

– Je sais que le Disque voyage dans l'espace sur le dos de quatre éléphants, et que les éléphants sont debout sur la carapace de la Grande A'Tuin, répondit Morty.

– Ça, c'est qu'un aspect de la chose. Je voulais parler de l'univers du temps et de l'espace, de la vie et de la mort, du jour et de la nuit, et tout et tout.

– J'peux pas dire que j'ai beaucoup réfléchi à ça, dit Morty.

– Ah. T'aurais dû. De fait, les nœuds en font partie. Ils empêchent la mort d'échapper à tout contrôle, tu vois. Pas lui, pas la Mort. Mais la mort tout court. Si tu veux, euh... – Albert chercha péniblement ses mots –... si tu veux, la mort, elle doit arriver exactement à la fin de la vie, tu vois, pas avant ni après, et faut calculer les nœuds pour que les chiffres clés... Tu comprends pas, hein ?

– Je m'excuse.

– C'est indispensable de les calculer, fit Albert, catégorique, et après on sort les vies qu'il faut. Les sabliers, comme tu les appelles. Le service, ça, c'est le travail facile.

– Tu sais les calculer ?
– Non. Et toi ?
– Non ! »
Albert suçota sa pastille d'un air songeur. « Alors, le monde est dans la mouscaille, dit-il.
– Ecoute, j'comprends pas pourquoi vous vous faites autant de souci. J'pense qu'il est retenu quelque part, voilà tout », dit Morty, mais sa voix manquait d'assurance, même à ses oreilles. Il voyait mal les mortels mettre le grappin sur la Mort pour lui raconter leurs histoires, ou lui donner des claques dans le dos et lui dire : « T'as bien le temps de prendre un bock vite fait, rien n'presse pour rentrer chez toi », ou l'inviter afin de compléter une équipe de jeu de quilles et passer prendre des plats à emporter dans un restaurant klatchien après la partie, ou...
Une pensée d'une horreur poignante vint soudain à l'apprenti : la Mort devait être la créature la plus seule de l'univers. Dans la grande réception que donnait la Création, il restait toujours en cuisine.
« Pour sûr, j'comprends pas ce qui lui arrive, au maître, ces temps-ci, marmonna Albert. Dégage le fauteuil, ma fille. Voyons voir ces nœuds. »
Ils ouvrirent le registre.
Ils le considérèrent longtemps.
Puis Morty demanda : « Ça représente quoi, tous ces symboles ?
– Sodomie non sapiens, répondit Albert à voix basse.
– Ce qui veut dire ?
– Que j'suis pas foutu de l'savoir.
– C'étaient des paroles de mage, hein ? fit Morty.
– Tu la fermes avec tes histoires de mage. J'y connais rien, dans tout ça. Fais donc travailler ton cerveau sur ce truc, là. »
Morty baissa de nouveau la tête sur le réseau de lignes. On aurait dit qu'une araignée avait tissé une toile sur la page et s'était arrêtée à chaque intersection pour prendre des notes. Morty la fixa jusqu'à ce que les yeux lui fassent mal, dans l'attente d'une étincelle d'inspiration. Aucune ne se porta volontaire.
« Ça vient ?
– Tout ça, c'est du klatchien, pour moi, dit Morty. J'sais même pas s'il faut le lire de haut en bas ou de droite à gauche.

– En spirale à partir du centre vers l'extérieur », renifla Ysabell depuis sa chaise dans un angle de la pièce.

Leurs têtes se percutèrent lorsqu'ils se penchèrent tous deux sur le centre de la page. Puis ils regardèrent la jeune fille. Elle haussa les épaules.

« Père m'a appris à lire la carte des nœuds, dit-elle, quand je faisais ma couture ici. Il m'en lisait des passages.

– Vous pouvez nous aider ? demanda Morty.

– Non », répondit Ysabell. Elle se moucha.

« Comment ça, non ? gronda Albert. Ce truc-là est trop important, c'est pas le moment de jouer les écervelées...

– Je veux dire, fit Ysabell d'une voix tranchante comme un rasoir, que moi, je fais les calculs et que vous, vous m'aidez. »

La Guilde des Marchands d'Ankh-Morpork s'est mise un jour à enrôler de grandes bandes de costauds aux oreilles comme des poings et aux poings comme de gros sacs de noix afin de rééduquer les imprudents qui oublient de reconnaître publiquement les multiples attraits de leur belle cité. Ainsi a-t-on retrouvé le philosophe Grillechat qui flottait sur le ventre dans le fleuve quelques heures après avoir prononcé la célèbre phrase : « Quand on est fatigué d'Ankh-Morpork, on est fatigué de patauger dans la boue jusqu'aux chevilles. »

Aussi est-il plus prudent de s'attarder sur un point – parmi tant d'autres, bien entendu – qui fait le renom d'Ankh-Morpork entre toutes les grandes cités du multivers.

Sa table.

Les routes commerciales de la moitié du Disque traversent la ville ou descendent son fleuve languide. Plus de la moitié des tribus et des races du Disque ont des représentants à demeure dans son périmètre tentaculaire. A Ankh-Morpork, les cuisines du monde entier se bousculent : les menus proposent mille sortes de légumes, cinq cents fromages, deux mille épices, trois cents genres de viandes, deux cents volailles, cinq cents variétés de poissons, cent déclinaisons sur le thème des pâtes, soixante-dix œufs d'une espèce ou d'une autre, cinquante insectes, trente mollusques, vingt serpents ou reptiles divers, et quelque chose de marron clair et de verruqueux connu sous le nom de truffe klatchienne migratrice des marais.

Les restaurants vont du luxueux, où les portions sont congrues et les assiettes en argent, au clandestin, où certains des habitants les plus exotiques du Disque avalent, soi-disant, tout ce qu'ils arrivent à se passer dans le gosier au bout de trois essais.

L'Antre à Côtes de Harga, sur les quais, ne compte probablement pas au nombre des établissements majeurs de la ville, vu qu'on y sert le type de clients musclés qui préfèrent la quantité à la qualité et démolissent les tables quand ils ne l'obtiennent pas. Ils ne donnent ni dans l'original ni dans l'exotique mais s'en tiennent aux plats classiques tels qu'embryons d'oiseaux coureurs, intestins fourrés au hachis d'organes, tranches de viande de porc et graines fourragères moulues et cuites trempées dans de la graisse animale; ou, comme ils disent dans leur patois : œufs, saucisses, bacon et une tartine de pain frit.

C'était le genre de maison qui n'avait pas besoin de menu. Suffisait de lire la veste de Harga.

En tout cas, devait reconnaître le patron, le nouveau cuisinier, c'était un vrai chef. Harga, monumentale réclame ambulante pour ses produits à haute teneur en féculents, rayonnait devant une salle bondée de clients satisfaits. Et qui travaillait vite, en plus! Si vite, même, que c'en était incroyable.

Il frappa un petit coup sur le panneau du passe-plats.

« Deux œufs-frites-haricots et un trollburger sans oignons, cria-t-il d'une voix éraillée.

– ÇA MARCHE. »

Le panneau se releva quelques secondes plus tard et deux assiettes furent poussées vers Harga. Il secoua la tête, étonné mais ravi.

Ça durait comme ça depuis le début de la soirée. Les œufs brillaient comme des miroirs, les haricots luisaient comme des rubis et les frites avaient cette couleur brun doré croustillant des corps bronzés sur les plages huppées. Le dernier cuisinier de Harga avait commis des frites qui ressemblaient à des petits sachets en papier pleins de pus.

Harga fit du regard le tour de la gargote embrumée de vapeur. Personne ne lui prêtait attention. Il allait en avoir le cœur net. Il frappa à nouveau sur le panneau.

« Et un sandwich à l'alligator, un, fit-il. Et qu'ça s... »

Le panneau se releva d'un coup. Après quelques secondes, le temps de rassembler un peu de courage, Harga jeta un coup d'œil sous la tranche supérieure du long casse-croûte devant lui. C'était peut-être de l'alligator, et c'en était peut-être pas. Il cogna encore au panneau.

« D'accord, dit-il, je m'plains pas, mais j'veux savoir comment tu l'as fait si vite.

– LE TEMPS N'A PAS D'IMPORTANCE.

– Non ?

– SI. »

Harga décida de ne pas discuter.

« Ben, tu fais du sacré bon boulot, mon gars, dit-il.

– COMMENT ON APPELLE ÇA, QUAND ON SE SENT BIEN, QU'ON EST CONTENT ET QU'ON VOUDRAIT QUE ÇA NE S'ARRÊTE PAS ?

– J'pense qu'on doit appeler ça le bonheur », répondit Harga.

Dans la toute petite cuisine étriquée tapissée de plusieurs décennies de couches de graisse, la Mort virevoltait et pirouettait, taillait, tranchait et bondissait. Sa poêle voltigeait dans la vapeur fétide à la vitesse de l'éclair.

Il avait ouvert la porte à l'air frais de la nuit, et une dizaine de chats étaient entrés nonchalamment, attirés par les bols de lait et de viande – la meilleure de la maison, s'il vous plaît – stratégiquement disposés ici et là par terre. De temps en temps, la Mort s'arrêtait dans son travail pour en gratter un derrière les oreilles.

« Bonheur », dit-il, intrigué par le son de sa propre voix.

Coupefin, mage et Identificateur Royal attitré, gravit péniblement la dernière marche de la tour, s'appuya contre le mur et attendit que son cœur cesse de battre la chamade.

Elle n'était pas si haute que ça, cette tour, seulement haute pour Sto Lat. De par son allure et sa conception, elle rappelait les donjons où l'on emprisonne les princesses ; on s'en servait surtout pour y entreposer les vieux meubles.

Quoi qu'il en soit, elle offrait un panorama sans pareil

sur la ville et la plaine de Sto, ce qui revient à dire que le regard embrassait des quantités astronomiques de choux.

Coupefin avança jusqu'aux créneaux en ruine au sommet de la muraille et observa la brume matinale. Une brume peut-être un peu plus brumeuse que d'habitude. En insistant un peu, il croyait voir un frémissement dans le ciel. En forçant vraiment sur son imagination, il entendait un bourdonnement là-bas, au-delà des champs de choux, comme si on faisait frire des sauterelles. Il frissonna.

Ses mains tapotèrent alors machinalement ses poches et ne trouvèrent rien d'autre qu'un demi-sac de bonbons à la gélatine, agglutinés en une masse collante, et un trognon de pomme. Maigres consolations.

Comme tout mage normal en de telles circonstances, ce que désirait Coupefin, c'était fumer. Il aurait tué pour un cigare, serait allé jusqu'à une blessure légère pour un mégot écrasé. Il se ressaisit. La volonté, ça, c'était bon pour la fibre morale ; sauf que la fibre morale ne goûtait pas les sacrifices qu'il s'imposait en son nom. On disait que tout mage de haute volée se devait de rester en permanence sous tension. On aurait pu corder un arc avec Coupefin.

Il tourna le dos au paysage chou-fleuri et redescendit l'escalier en colimaçon pour regagner le corps principal du palais.

En tout cas, se dit-il, la campagne d'affichage donnait l'impression de marcher. La population n'avait pas l'air de combattre l'idée d'un couronnement prochain, même si elle ne savait pas très bien qui on allait couronner. Les rues seraient pavoisées et Coupefin s'était arrangé pour que la grande fontaine de la place débite, sinon du vin, du moins une bière potable de brocolis. On danserait des danses traditionnelles, à la pointe de l'épée si nécessaire. Il y aurait des courses d'enfants. Un bœuf rôti. On avait redoré le carrosse royal et Coupefin était optimiste : le peuple ne manquerait pas de le remarquer quand il lui passerait sous le nez.

Le Grand Prêtre du temple de Io l'Aveugle allait poser un problème, lui. Coupefin l'avait catalogué comme un bon petit vieux dont l'habileté au couteau prêtait tellement à caution que la moitié des sacrifices, las d'attendre, finissaient par lever le pied. La dernière fois qu'il avait tenté de sacrifier une chèvre, le temps que ses yeux fassent le point, la bête avait eu tout le loisir de mettre bas deux jumeaux et, le courage maternel aidant, avait chassé l'ensemble des prêtres hors du temple.

Les chances pour qu'il réussisse à poser la couronne sur la bonne tête, même dans des circonstances ordinaires, ne dépassaient guère la moyenne, avait calculé Coupefin ; il faudrait qu'il reste auprès du vieux et guide avec tact ses mains tremblantes.

Enfin, le prêtre, ça n'était pas encore le gros problème. Le gros problème était beaucoup plus gros. Le gros problème, c'était le chancelier qui le lui avait posé après le petit déjeuner.

« Des feux d'artifice ? avait fait Coupefin.

– C'est le genre de choses que vous êtes censés savoir faire, vous autres, les mages, non ? avait répliqué le chancelier, aussi aigre qu'un bol de lait d'une semaine. Des éclairs, des détonations et tout le bazar. Je me souviens d'un mage, quand j'étais jeune...

– Je ne connais rien aux feux d'artifice, j'en ai peur, avait dit Coupefin d'un ton destiné à convaincre que son ignorance lui tenait à cœur.

– Des tas de fusées, se rappelait joyeusement le chancelier. Des chandelles ankhiennes. Des comètes. Et des petits machins qu'on prend à la main. Ce n'est pas un vrai couronnement s'il n'y a pas de feu d'artifice.

– Oui, mais, vous voyez...

– Mon brave, l'avait brusquement coupé le chancelier, je savais pouvoir compter sur vous. Plein de fusées, vous comprenez, et pour finir, il faudrait une pièce d'artifice peut-être, quelque chose à vous couper le souffle comme un portrait de... de... » Ses yeux avaient pris cet aspect vitreux auquel Coupefin commençait malheureusement à s'habituer.

« La princesse Kéli, avait-il complété d'une voix lasse.

– Ah. Oui. C'est ça. Un portrait de... qui vous avez dit... en feu d'artifice. Evidemment, c'est sûrement de la broutille pour vous autres, les mages, mais le peuple aime ça. Rien de tel qu'une bonne bombance, des bombes et des saluts de la main depuis un balcon pour maintenir la loyauté dans une forme optimale, voilà ce que je dis toujours. Occupez-vous de ça. Des fusées. Avec des runes dessus. »

Une heure plus tôt, Coupefin avait feuilleté l'index du

*Grimoire de la noce à tout casser*, prudemment réuni un certain nombre d'ingrédients de ménage courants et approché une allumette.

C'est marrant, les sourcils, songea-t-il. C'est une fois qu'ils sont partis qu'on les remarque vraiment.

Le tour des yeux rouge, dans une légère odeur de fumée, Coupefin se dirigea d'un pas tranquille vers les appartements royaux, croisant au passage des essaims de servantes occupées à de quelconques tâches qui requéraient visiblement toujours au moins trois d'entre elles. A chaque fois, dès qu'elles l'apercevaient, elles se taisaient, s'empressaient de le croiser tête baissée avant de laisser exploser des gloussements étouffés dans les couloirs. Ce qui agaçait Coupefin. Non pas, se dit-il aussitôt, parce qu'il se sentait personnellement visé, mais parce que les mages auraient dû inspirer plus de respect. D'un autre côté, certaines des filles avaient des façons de le regarder qui lui donnaient des pensées franchement indignes d'un mage.

C'est vrai, songea-t-il, le chemin vers la lumière ressemble à un kilomètre de verre pilé.

Il frappa à la porte de la suite de Kéli. Une soubrette lui ouvrit.

« Ta maîtresse est là ? » s'enquit-il, aussi hautain qu'il put.

La soubrette porta la main à sa bouche. Ses épaules s'agitèrent. Ses yeux pétillèrent. Un bruit de vapeur qui s'échappe filtra entre ses doigts.

Je n'y peux rien, se dit Coupefin, je fais cet effet incroyable aux femmes.

« C'est un homme ? » demanda la voix de Kéli depuis l'intérieur. Les yeux de la bonniche se ternirent et elle inclina la tête, comme si elle n'était pas sûre de ce qu'elle venait d'entendre.

« C'est moi, Coupefin, répondit le mage.

– Oh, alors, ça va. Vous pouvez entrer. »

Coupefin écarta la fille et s'efforça d'ignorer son rire quand elle se sauva de la pièce. Evidemment, tout le monde savait qu'un mage n'avait pas besoin de chaperon. C'était seulement le ton du « oh, alors, ça va » de la princesse qui le faisait frémir intérieurement.

Kéli, assise devant sa coiffeuse, se brossait les cheveux. Très peu d'hommes au monde ont l'occasion de découvrir ce qu'une princesse porte sous ses vêtements, et

Coupefin vint grossir leurs rangs avec grande réticence mais un sang-froid remarquable. Seul le mouvement de yo-yo frénétique de sa pomme d'Adam le trahit. C'était sûr, il ne serait plus bon à rien en magie avant plusieurs jours.

Elle se retourna, et il reçut une bouffée de talc. Plusieurs *semaines*, bon sang, plusieurs *semaines*.

« Vous me paraissez avoir eu chaud, Coupefin. Un ennui ?

– Naarg.

– Je vous demande pardon ? »

Il se secoua. Concentre-toi sur la brosse à cheveux, mon vieux, la brosse à cheveux. « Quelques essais de magie, c'est tout, m'dame. Des brûlures superficielles, sans plus.

– Est-ce que *ça* avance toujours ?

– J'en ai peur. »

Kéli refit face au miroir. Elle avait le visage fermé.

« Nous aurons le temps ? »

Voilà ce qu'il redoutait. Il avait fait tout ce qu'il pouvait. L'Astrologue Royal, mis suffisamment longtemps à dessoûler, avait affirmé que le seul jour possible pour la cérémonie, c'était le lendemain, aussi Coupefin avait-il pris des dispositions pour qu'on la commence une seconde après minuit. Il avait impitoyablement raccourci la partition de la fanfare des trompettes royales. Minuté puis fortement remanié l'invocation aux dieux du Grand Prêtre ; il y aurait du chambard lorsque les dieux s'en apercevraient. Réduit la cérémonie de l'onction avec les huiles sacrées à quelques gouttes rapides derrière les oreilles. Le Disque n'avait pas encore inventé la planche à roulettes ; sinon, Kéli aurait effectué une montée vers l'autel anticonstitutionnellement brève. Et pourtant, ça n'était pas encore assez. Il s'arma de courage.

« A mon avis, pas sûr, répondit-il. Ça risque d'être très juste. »

Il vit son regard noir dans le miroir.

« Juste comment ?

– Hum. Très juste.

– Essayez-vous de me dire que ça pourrait nous atteindre au moment de la cérémonie ?

– Hum. Plutôt... hum, avant », fit pitoyablement Coupefin.

On n'entendait d'autre bruit que la charge des doigts

de Kéli sur le bord de la table. Le mage s'attendait qu'elle éclate en sanglots ou brise le miroir. Au lieu de quoi, elle lui lança :

« Comment vous le savez ? »

Le mage se demanda s'il arriverait à s'en sortir avec une réponse du genre : je suis mage, ces choses-là, on les sait. Mais il rejeta cette idée. La dernière fois qu'il l'avait eue, la princesse l'avait menacé d'une hache.

« J'ai interrogé l'un des gardes sur l'auberge dont a parlé Morty, dit-il. Ensuite j'ai calculé la distance approximative que la zone de démarcation devait parcourir. D'après Morty, elle se déplaçait au pas, et selon moi Morty marche à peu près à...

– Aussi simple que ça ? Vous ne vous êtes pas servi de la magie ?

– Le bon sens, rien d'autre. C'est beaucoup plus fiable en fin de compte. »

Elle avança le bras pour lui tapoter la main.

« Pauvre vieux Coupefin, dit-elle.

– Je n'ai que vingt ans, m'dame. »

Elle se leva et se dirigea vers son cabinet de toilette. Quand on est princesse, on apprend entre autres choses à être toujours plus âgée que quiconque de rang inférieur.

« Oui, je suppose que les jeunes mages, ça existe, dit-elle par-dessus son épaule. C'est seulement qu'on les imagine toujours vieux. Je me demande bien pourquoi ?

– Les rigueurs du métier, m'dame », dit Coupefin qui roulait des yeux. Il entendait le froufrou de la soie.

« Qu'est-ce qui vous a décidé à devenir mage ? » Sa voix était assourdie, comme si elle avait quelque chose sur la tête.

« On travaille en intérieur et il n'y a pas de charges lourdes à soulever, répondit Coupefin. Et je pense que je voulais apprendre comment le monde marchait.

– Et alors, vous avez appris ?

– Non. »

Coupefin ne valait pas grand-chose en conversation, sinon il n'aurait jamais laissé ses idées vagabonder au point de lui faire dire : « Et vous qu'est-ce qui vous a décidée à devenir princesse ? »

Après un silence de réflexion, elle répondit : « On a décidé pour moi, vous savez.

– Pardon, je...

– La royauté, c'est une sorte de tradition familiale.

J'imagine qu'il en est de même avec la magie ; votre père était mage, sûrement ? »

Coupefin serra les dents.

« Hum. Non, dit-il, pas vraiment. Pas du tout, même. »

Il savait ce qu'elle allait lui demander ensuite, et la question tomba, aussi sûre que le coucher du soleil, d'une voix teintée d'amusement et de fascination.

« Oh ? Est-ce vrai que les mages n'ont pas le droit de...

– Bon, eh bien, si c'est tout, faut vraiment que j'y aille, tonitrua Coupefin. Si on me cherche, qu'on suive les explosions. Je... *gnnnh !* »

Kéli était sortie de son cabinet.

A vrai dire, les questions de toilette féminine ne préoccupaient pas beaucoup Coupefin – quand il pensait aux femmes, les images qui lui venaient d'ordinaire en tête portaient rarement le moindre vêtement – mais la vision qui s'offrit à ses yeux lui coupa littéralement le souffle. Le créateur de la robe n'avait pas su quand s'arrêter. On avait mis de la dentelle par-dessus la soie, on l'avait ornée de vhermine noire, on avait enfilé des perles dans le moindre espace libre, gonflé puis empesé les manches, greffé du filigrane d'argent et rajouté de la soie.

Oui, c'était vraiment étonnant ce qu'on obtenait avec plusieurs décigrammes de métal lourd, des mollusques irrités, quelques rongeurs morts et des mètres de fil expulsés par des derrières d'insectes. La robe était moins portée qu'occupée ; si aucune roulette ne supportait les volants périphériques, alors Kéli était plus costaude que Coupefin ne le supposait.

« Qu'est-ce que vous en dites ? fit-elle en tournant lentement sur elle-même. Ma mère l'a portée, ma grand-mère et sa mère à elle.

– Quoi ? Toutes ensemble ? » couina Coupefin, prêt à le croire. Comment arrive-t-elle à entrer là-dedans ? se demandait-il. Il doit y avoir une porte à l'arrière...

« C'est une robe de famille. Elle a de vrais diamants sur le corsage.

– C'est où, le corsage ?

– Là. »

Coupefin frissonna. « Très impressionnant, dit-il dès qu'il se sentit assez de confiance pour s'exprimer. Vous ne croyez pas que ça fait peut-être un peu vieux, quand même ?

– C'est une robe de reine.

– Oui, mais peut-être qu'elle va vous empêcher de marcher assez vite ?

– Je n'ai pas l'intention de courir. Il faut de la dignité. » Une fois de plus sa mâchoire résolue la fit remonter dans le temps jusqu'à son ancêtre conquérant-,qui préférait, lui, aller toujours très vite et dont les notions de dignité tenaient sur la pointe d'une lance acérée.

Coupefin écarta les mains.

« D'accord, dit-il. Très bien. On fait tous ce qu'on peut. J'espère seulement que Morty aura trouvé des idées.

– Difficile de faire confiance à un fantôme, dit Kéli. Il passe à travers les murs !

– J'ai réfléchi à ça. C'est un mystère, non ? Il passe à travers les obstacles uniquement quand il ne s'en rend pas compte. Je crois qu'il s'agit d'une maladie professionnelle.

– Quoi ?

– J'en étais presque sûr hier soir. Il devient réel.

– Mais on est tous réels ! En tout cas, vous l'êtes, vous, et je suppose que moi aussi.

– Mais lui, il devient davantage réel. Extrêmement réel. Presque aussi réel que la Mort, et question réel on ne fait guère mieux. Il n'y a pas mieux tout court. »

« T'es sûre ? fit Albert, dubitatif.

– Evidemment, répondit Ysabell. Calcule toi-même, si tu veux. »

Albert reporta les yeux sur le grand livre une expression d'incertitude sur la figure.

« Ben, ils sont peut-être justes, concéda-t-il de mauvaise grâce avant de copier les deux noms sur un bout de papier. Y a un moyen de le savoir, de toute façon. »

Il ouvrit le tiroir supérieur du bureau de la Mort et sortit un gros anneau de fer auquel pendait une unique clé.

« IL SE PASSE QUOI, MAINTENANT ? demanda Morty.

– Faut aller chercher les compte-vies, dit Albert. Faut que tu viennes avec moi.

– Morty ! siffla Ysabell.

– Quoi ?

– Ce que t'as dit... » Elle se tut, puis ajouta : « Oh, rien. Ça m'a semblé... bizarre.

– J'ai juste demandé ce qui se passait maintenant.
– Oui, mais... Oh, oublie ça. »

Albert les frôla en passant et se faufila dans le couloir comme une araignée à deux pattes pour s'arrêter devant une porte qu'on gardait toujours verrouillée. La clé s'adapta parfaitement à la serrure. La porte s'ouvrit. Il n'y eut même pas un grincement de gonds, rien qu'un bruissement de profond silence.

Et le rugissement du sable.

Morty et Ysabell restaient cloués sur place dans l'encadrement de la porte tandis qu'Albert s'avançait d'un pas sonore dans les allées de sabliers. Le bruit ne pénétrait pas seulement dans le corps par les oreilles, mais il remontait dans les jambes, descendait à travers le crâne et envahissait le cerveau jusqu'à ce qu'on ne pense plus qu'au sifflement de la cataracte grise, le son de millions de vies en cours. Qui se précipitaient vers leur fin inéluctable.

Ils parcoururent des yeux les interminables rangées de compte-vies, tous différents, tous libellés d'un nom. La lueur des torches alignées le long des murs se reflétait sur les sabliers, allumait une étoile sur chacun d'eux. Les murs opposés de la salle se perdaient dans la galaxie de lumière.

Morty sentit les doigts d'Ysabell lui serrer le bras. Quand elle parla, ce fut d'une voix tendue.

« Morty, il y en a de si *petits*.

– JE SAIS. »

Son étreinte se relâcha, tout doucement, comme lorsqu'on pose l'as du dessus sur un château de cartes et qu'on retire prudemment la main de peur de renverser tout l'édifice.

« Répète-moi ça ! fit-elle calmement.

– J'ai dit : je sais. J'peux rien y faire. Vous êtes donc jamais venue ici ?

– Non. » Elle s'était légèrement reculée et le regardait dans les yeux.

« C'est pas pire que la bibliothèque », dit Morty qui faillit le croire. Mais ce qu'on lisait dans la bibliothèque, ici on le voyait se produire.

« Pourquoi vous me regardez comme ça ? ajouta-t-il.

– J'essayais juste de me rappeler de quelle couleur étaient tes yeux, dit-elle, parce que...

– Quand vous en aurez marre l'un de l'autre ! brailla Albert par-dessus le rugissement du sable. Par ici !

– Marron, répondit Morty à Ysabell. Ils sont marron. Pourquoi ?

– Dépêchez-vous !

– Tu ferais mieux d'aller l'aider, dit Ysabell. Il a l'air de drôlement s'énerver. »

Morty la laissa, l'esprit soudain marécageux, en proie à un malaise, et marcha d'un pas raide sur les dalles pour rejoindre Albert qui l'attendait impatiemment en tapant du pied.

« Qu'est-ce que je dois faire ? demanda-t-il.

– Suis-moi. »

La salle s'ouvrait sur une série de passages, tous tapissés de sabliers. Ici et là, les étagères s'entrecoupaient de piliers de pierre gravés d'inscriptions anguleuses. Albert leur jetait de temps en temps un coup d'œil ; le plus souvent, il se dirigeait sans hésiter dans le labyrinthe de sable comme s'il en connaissait par cœur chacun des détours.

« Tout le monde a un sablier, Albert ?

– Oui.

– Ça m'a pas l'air assez grand, ici.

– Tu t'y connais en topographie m-dimensionnelle ?

– Hum. Non.

– Alors j'éviterais de donner mon opinion, si j'étais toi », fit Albert.

Il s'arrêta devant un alignement de sabliers, baissa encore les yeux sur son papier, fit courir la main sur la rangée et en saisit brusquement un. L'ampoule supérieure était presque vide.

« Tiens-moi ça, dit-il. Sauf erreur, le deuxième devrait pas être loin. Ah. Voilà. »

Morty tourna les deux sabliers dans ses mains. L'un avait toutes les caractéristiques d'une vie importante, alors que l'autre était courtaud et plutôt quelconque.

Morty lut les noms. Le premier devait appartenir à un noble des régions de l'Empire agatéen. Le second n'était qu'une suite de pictogrammes dans lesquels il reconnut du klatchien sens direct.

« A toi de jouer, ricana Albert. Plus tôt tu seras parti, plus tôt t'auras fini. Je t'amène Bigadin à la porte de devant.

– Mes yeux, est-ce que tu les trouves normaux ? demanda Morty d'une voix inquiète.

– J'y vois rien de bizarre, dit Albert. Un peu rouges

sur les bords, un peu plus bleus que d'habitude, rien de spécial. »

Morty le suivit pour le retour le long des interminables rangées de sabliers, la mine songeuse. Ysabell le regarda prendre l'épée au râtelier près de la porte, en éprouver le fil à coups de taille dans le vide, tout comme le faisait la Mort, et sourire sans joie au bruit satisfaisant du coup de tonnerre.

Elle reconnut sa démarche. Il avait le pas *raide*.

« Morty ? murmura-t-elle.

– OUI ?

– Il se passe quelque chose en toi.

– JE SAIS, répondit Morty. MAIS J'PENSE QUE JE PEUX LE MAÎTRISER. »

Ils entendirent des sabots dehors ; Albert ouvrit la porte d'une poussée et entra en se frottant les mains.

« Voilà, mon gars, pas de temps à... »

Morty fit un moulinet avec son épée à longueur de bras. Elle faucha l'air dans un déchirement de soie et s'enfonça dans le chambranle de la porte près de l'oreille d'Albert.

« À GENOUX, ALBERTO MALIK. »

La bouche d'Albert s'ouvrit, mâchoire pendante. Ses yeux roulèrent de côté vers la lame miroitante à quelques centimètres de sa tête, puis s'étrécirent jusqu'à ne plus former qu'une mince fente. « T'oserais sûrement pas faire ça, mon gars, dit-il.

– MORTY. » Les syllabes claquèrent aussi vives qu'une mèche de fouet et deux fois plus vicieuses.

« On a passé un pacte, dit Albert, mais le doute perçait dans sa voix comme un bourdonnement de moustique. On a passé un accord.

– Pas avec moi.

– Il y avait un accord ! Où on va, si on respecte plus un accord ?

– POUR MOI, J'SAIS PAS, dit doucement Morty. MAIS POUR TOI, JE SAIS OÙ TU IRAIS.

– C'est pas juste ! » Il gémissait, à présent.

« IL N'Y A PAS DE JUSTICE. RIEN QUE MOI.

– Arrête, intervint Ysabell. Morty, tu es un idiot. On ne peut tuer personne ici. De toute façon, tu ne veux pas vraiment tuer Albert.

– Pas ici. Mais je pourrais le renvoyer dans le monde. »

Albert blêmit.

« Tu ferais pas ça !

– Non ? Je peux t'y ramener et t'y laisser. A mon avis, il te reste pas beaucoup de temps, hein ? HEIN ?

– Parle pas comme ça, fit Albert qui avait du mal à supporter son regard. On dirait le maître quand tu parles comme ça.

– Je pourrais être bien pire que le maître, dit Morty d'un ton égal. Ysabell, va me chercher le livre d'Albert, tu veux ?

– Morty, je crois vraiment que...

– EST-CE QUE JE DOIS TE LE RÉPÉTER ? »

Ysabell s'enfuit de la pièce, la figure livide.

Albert loucha sur Morty le long de la lame de l'épée et lui adressa un sourire de guingois, dépourvu d'humour.

« Tu pourras pas dominer ce phénomène éternellement, dit-il.

– J'en ai pas envie. J'veux juste le dominer assez longtemps.

– T'es réceptif, en ce moment, tu vois ? Plus le maître va tarder à revenir, plus tu vas devenir comme lui. Seulement, ça sera pire, parce que tu te souviendras de toute ton existence humaine et...

– Ben, et toi, alors ? lança Morty. Tu te souviens de quoi ? Si tu revenais, combien de temps à vivre il te resterait ?

– Quatre-vingt-onze jours, trois heures et cinq minutes, répondit aussi sec Albert. Je savais qu'il était après moi, tu vois ? Mais je suis à l'abri ici, et c'est pas un si mauvais maître. Des fois, j'sais pas ce qu'il ferait sans moi.

– Oui, personne meurt au royaume de la Mort. Et t'es content de ton sort ?

– J'ai plus de deux mille ans, oui. J'ai vécu plus longtemps que n'importe qui au monde. »

Morty secoua la tête.

« Non, tu sais, dit-il. Tu n'as fait que distendre les choses. Ici, on vit pas vraiment. Le temps, ici, c'est du toc. Il est pas réel. Y a rien qui change. Moi, je préférerais mourir et voir ce qui arrive après plutôt que de passer l'éternité ici. »

Albert se pinça le nez d'un air songeur. « Oui, bon, c'est peut-être ce que tu ferais, concéda-t-il, mais moi, j'étais mage, tu comprends. Et un mage drôlement bon.

On m'a élevé une statue, tu sais. Mais on vit pas longtemps comme mage sans se faire quelques ennemis, vois-tu, des ennemis qui... t'attendent de l'Autre Côté. »

Il renifla. « Ils ont pas tous deux jambes, non plus. Certains ont même pas de pattes du tout. Ni de figure. La Mort, elle me fait pas peur. C'est ce qui vient après.

– Aide-moi, alors.

– Ça me rapportera quoi ?

– Un de ces jours, tu pourrais avoir besoin d'amis de l'autre côté », dit Morty.

Il réfléchit quelques secondes et reprit : « A ta place, je m'donnerais un petit coup de nettoyage de dernière minute à l'âme, ça ferait pas de mal. Ça serait peut-être pas du goût de certains qui t'attendent. »

Albert frissonna et ferma les yeux.

« Tu sais pas ce que tu causes, ajouta-t-il avec plus d'émotion que de grammaire, sinon tu dirais pas ça. T'attends quoi de moi ? »

Morty lui répondit.

Albert gloussa.

« Rien que ça ? Modifier la réalité ? Impossible. Y a plus de magie assez forte. Les Grands Sortilèges auraient pu y arriver. Rien d'autre. C'est comme ça, alors fais donc à ton idée, j'te souhaite bien du plaisir. »

Ysabell revint, un peu essoufflée, cramponnée au dernier volume de la vie d'Albert. Le vieux mage renifla encore. La petite goutte au bout de son nez fascinait Morty. Elle était toujours sur le point de lâcher prise mais n'en avait jamais le courage. Tout comme lui, songea-t-il.

« Tu peux rien me faire avec le livre, avança le vieux mage avec précaution.

– C'est pas mon intention. Mais j'ai idée qu'on devient pas un grand mage en disant tout le temps la vérité. Ysabell, lis-nous donc ce qui est en train de s'écrire.

– *Albert le regarda avec hésitation*, lut Ysabell.

– Tu vas pas croire tout ce qu'est écrit là-dedans...

– *... explosa-t-il, tout en sachant au fond de son cœur de pierre que Morty en était parfaitement capable*, lut Ysabell.

– Arrête !

– *... s'écria-t-il, tandis qu'il s'efforçait de refouler dans un coin de son esprit la pensée qu'on ne pouvait peut-être* *pas stopper complètement la Réalité, mais qu'on pouvait la ralentir un peu.*

– COMMENT ?

– ... *psalmodia Morty de la voix sépulcrale de la Mort*, poursuivit consciencieusement Ysabell.

– Oui, oui, ça va, pas la peine de me casser les pieds avec ce que j'fais, jeta sèchement Morty.

– Tu me pardonneras si j'existe, dis donc.

– L'EXISTENCE NE MÉRITE PAS LE PARDON.

– Et ne me parle pas comme ça, je te prie. Ça ne me fait pas peur, à moi. » Elle lança un coup d'œil au livre, où la ligne d'écriture en mouvement la traitait de menteuse.

« Dis-moi comment faire, mage, ordonna Morty.

– Ma magie, c'est tout ce qui me reste ! gémit Albert.

– T'en as pas besoin, vieux rapiat.

– Tu m'fais pas peur, mon gars...

– REGARDE-MOI EN FACE ET REDIS-MOI ÇA. »

Morty eut un claquement de doigts impérieux. Ysabell pencha à nouveau la tête sur le livre.

« *Albert regarda dans l'éclat bleuté de ses yeux et toute envie de défi le quitta*, lut-elle, *car il voyait non seulement la Mort, mais aussi tout son assaisonnement humain de vengeance, de cruauté et de dégoût ; avec une horrible certitude, il sut que c'était sa dernière chance et que Morty le renverrait dans le Temps, le traquerait, le rattraperait et livrerait son corps aux ténèbres des Dimensions de la Basse-Fosse où des créatures de cauchemar le* point de suspension point de suspension point de suspension, acheva-t-elle. Il n'y a que des points de suspension pendant une demi-page.

– C'est parce que le livre ose même pas en parler », murmura Albert. Il voulut fermer les yeux, mais les images dans l'obscurité de ses paupières closes étaient si précises qu'il les rouvrit. Valait encore mieux voir Morty.

« D'accord, dit-il. Y a un sortilège. Il ralentit le temps dans un petit périmètre. Je vais l'écrire, mais faudra que tu trouves un mage pour le prononcer.

– Je peux faire ça. »

Albert passa une langue comme un vieux luffa sur ses lèvres sèches.

« Mais y a une condition, ajouta-t-il. Faut que tu termines le service d'abord.

– Ysabell ? » fit Morty. Elle lut la page devant elle.

« Il est sérieux, dit-elle. Si tu ne le fais pas, tout ira de travers et il retombera quand même dans le Temps. »

Tous trois se tournèrent pour regarder la grande horloge qui dominait le vestibule. La lame de son balancier fendait lentement l'air, découpait le temps en petites portions.

Morty gémit.

« Il reste pas assez de temps ! J'pourrais pas m'occuper des deux !

– Le maître, il l'aurait trouvé, le temps, lui », observa Albert.

Morty arracha l'épée du chambranle et l'agita furieusement mais inutilement sous le nez du vieux qui tressaillit.

« Ecris-moi le sortilège, alors, cria-t-il. Et vite ! »

Il pivota sur les talons et revint de son pas raide dans le cabinet de la Mort. Dans un angle trônait un large disque du monde, doté de massifs éléphants d'argent debout sur le dos d'une Grande A'Tuin en bronze de plus d'un mètre de long. Des veines de jade figuraient les grands fleuves, du diamant pulvérisé les déserts, et des pierres précieuses marquaient les cités les plus importantes ; une escarboucle, par exemple, représentait Ankh-Morpork.

Il posa sans ménagement les deux sabliers aux lieux de résidence approximatifs de leurs propriétaires, se laissa tomber dans le fauteuil de la Mort et leur jeta un regard mauvais ; il les aurait voulus plus rapprochés. Le fauteuil grinçait doucement au gré des rotations que Morty lui imprimait de droite et de gauche sans quitter le petit disque de son œil noir.

Au bout d'un moment, Ysabell entra d'un pas prudent.

« Albert l'a écrit, dit-elle d'une voix douce, j'ai vérifié dans le livre. Ce n'est pas une ruse. Maintenant, il est parti s'enfermer dans sa chambre et...

– Regarde-moi ces deux-là ! Non mais, regarde-les !

– Je crois que tu devrais te calmer un peu, Morty.

– Comment veux-tu que j'me calme avec, regarde, celui-là ici, presque dans le Grand Nef, l'autre, là, carrément à Bès Pélargic, et moi qui dois ensuite retourner à Sto Lat ? Ça fait un aller-retour de quinze mille kilomètres, on peut prendre le problème par tous les bouts. Y a rien à faire.

– Je suis sûre que tu vas trouver un moyen. Et je vais t'aider. »

Il la regarda pour la première fois et vit qu'elle portait son manteau de voyage à gros col de fourrure, parfaitement inadéquat.

« Toi ? Qu'est-ce que tu ferais ?

– Bigadin peut facilement supporter deux cavaliers », dit humblement Ysabell. Elle agita vaguement un paquet enveloppé dans du papier. « Je nous ai préparé quelque chose à manger. Je pourrais... tenir les portes ouvertes et tout. »

Morty eut un rire sans joie.

« ÇA NE SERA PAS NÉCESSAIRE.

– J'aimerais que tu arrêtes de parler comme ça.

– J'prends pas de passagers. Tu me ralentirais. »

Ysabell soupira. « Ecoute, je te propose quelque chose, d'accord ? On dit que la dispute est terminée et que c'est moi qui ai gagné. Tu vois ? C'est beaucoup moins fatigant. À mon avis, tu auras du mal à faire partir Bigadin si je ne suis pas là. C'est que je lui en ai donné, des morceaux de sucre, depuis toutes ces années, des quantités incroyables. Alors... on y va ? »

Assis sur son lit étroit, Albert fixait le mur d'un regard mauvais. Il entendit le martèlement des sabots de Bigadin, brusquement interrompu lorsque l'animal décolla, et se mit à marmonner à voix basse.

Vingt minutes s'écoulèrent. Diverses expressions passèrent sur la figure du vieux mage, comme des ombres de nuages sur un versant de colline. De temps en temps il murmurait tout seul des phrases comme : « j'les aurai prévenus », « j'aurais jamais enduré ça » ou « faudra l'dire au maître ».

Il parut enfin prendre une décision ; il s'agenouilla précautionneusement et tira un coffre délabré de sous son lit. Il l'ouvrit non sans mal et déplia une robe grise poussiéreuse qui répandit par terre des boules de naphtaline et des paillettes ternies. Il se la passa, brossa le plus gros de la poussière et rampa à nouveau sous le lit. Après un chapelet de jurons étouffés et quelques tintements de porcelaine, Albert finit par émerger, la main serrée autour d'un bourdon plus grand que lui.

Il était aussi plus épais que la normale, surtout à cause des sculptures qui le recouvraient de haut en bas. Des sculptures difficiles à identifier, qui donnaient le sentiment qu'on regretterait de les voir avec plus de précision.

Albert se brossa une nouvelle fois et s'examina d'un œil critique dans le miroir du lavabo.

Puis il fit : « Le chapeau. Pas de chapeau. Faut un chapeau pour faire de la magie. Merde. »

Il sortit d'un pied rageur et revint au bout d'un quart d'heure, le temps nécessaire pour découper un rond dans le tapis de la chambre de Morty, retirer le papier d'argent derrière le miroir de la chambre d'Ysabell, prendre du fil et une aiguille dans une boîte sous l'évier de la cuisine et récupérer quelques paillettes dans le fond de son coffre à vêtements. Le résultat final ne le satisfaisait pas entièrement, il avait tendance à glisser d'un air coquin sur un œil, mais il était noir, orné de lunes et d'étoiles, et il attestait sans le moindre doute la qualité de mage de son propriétaire, un mage désespéré, peut-être, mais un mage quand même.

Pour la première fois depuis deux mille ans, il se sentit convenablement habillé. Une impression déroutante qui le fit réfléchir une seconde; puis il repoussa d'un coup de pied la descente de lit en lirette et traça un cercle par terre de la pointe de son bourdon.

Le bourdon laissait derrière lui une ligne d'un octarine rutilant, la huitième couleur du spectre, la couleur de la magie, le pigment de l'imagination.

Le vieillard marqua huit points sur la circonférence et les relia pour former un octogramme. Une pulsation aux fréquences basses commença à emplir la pièce.

Alberto Malik fit un pas au centre de l'octogramme et tint le bourdon au-dessus de sa tête. Il le sentit se réveiller sous sa prise, sentit le picotement du pouvoir engourdi qui s'étirait lentement, posément, comme un tigre au sortir du sommeil. De vieux souvenirs de puissance et de magie se ranimèrent et ronronnèrent dans les greniers envahis de toiles d'araignée de son cerveau. Il eut le sentiment de vivre pour la première fois depuis des siècles.

Il se lécha les lèvres. La pulsation s'était éteinte pour laisser une espèce de silence étrange, dans l'expectative.

Malik leva la tête et cria une unique syllabe.

Du feu bleu-vert fulgura des deux extrémités du bourdon. Des flots de flamme octarine jaillirent des huit points de l'octogramme et enveloppèrent le mage. Tout ce tralala n'était pas vraiment nécessaire pour accomplir le sortilège, mais les mages attachent une grande importance à la mise en scène...

... et aux coups de théâtre. Il se volatilisa.

Des vents stratohémisphériques fouettaient la cape de Morty.

« On commence par où ? lui hurla Ysabell dans l'oreille.

– Bès Pélargic ! brailla Morty dans une bourrasque tourbillonnante qui emporta ses paroles.

– Où c'est ?

– L'Empire agatéen ! Le continent Contrepoids ! »

Il pointa le doigt vers le bas.

Il ne forçait pas Bigadin pour l'instant, conscient des kilomètres qui lui restaient à couvrir, et le grand cheval blanc filait au-dessus de l'océan au petit galop. Ysabell baissa les yeux sur les vagues vertes rugissantes couronnées d'écume blanche et se cramponna plus fermement à Morty.

Le jeune homme scruta devant lui l'amoncellement de nuages qui signalait le continent au loin et résista à l'envie d'activer Bigadin du plat de son épée. Il n'avait jamais frappé l'animal et n'était pas du tout certain de ce qui se passerait s'il s'y risquait. Il ne pouvait qu'attendre.

Une main surgit de sous son bras ; elle tenait un sandwich.

« J'ai au jambon, ou fromage et chutney, dit Ysabell. Tu ferais aussi bien de manger, on n'a que ça à faire. »

Morty baissa les yeux sur le triangle pâteux et tenta de se rappeler quand il avait pris un repas pour la dernière fois. Ça remontait à plus d'un tour d'horloge, en tout cas... Il aurait fallu un calendrier pour le calculer. Il saisit le sandwich.

« Merci », dit-il aussi aimablement qu'il put.

La minuscule boule du soleil descendit vers l'horizon, entraînant la lumière indolente du jour à sa suite. Les nuages à l'avant grossirent, se frangèrent de rose et d'orange. Au bout d'un moment, Morty distingua la tache plus sombre de la terre ferme sous eux, parsemée ici et là des illuminations d'une ville.

Une demi-heure plus tard il fut certain de reconnaître des bâtiments distincts. L'architecture agatéenne avait un goût prononcé pour les pyramides écrasées.

Bigadin perdit de l'altitude jusqu'à ce que ses sabots ne soient plus qu'à quelques dizaines de centimètres au-dessus de la mer. Morty examina encore le sablier et tira doucement sur les rênes pour diriger le cheval vers un port maritime légèrement du côté Bord de la route qu'ils suivaient.

Plusieurs bateaux étaient à l'ancre, principalement des caboteurs marchands à une voile. L'Empire n'encourageait pas ses sujets à beaucoup s'éloigner, des fois qu'ils verraient des choses susceptibles de les troubler. Pour la même raison, il avait édifié autour de tout le pays une muraille où patrouillait la Garde Céleste dont la principale fonction consistait à marcher lourdement sur les doigts des habitants pris de l'envie de faire un tour dehors cinq minutes afin de respirer un peu d'air frais.

Le cas ne se produisait pas souvent parce que la plupart des sujets de l'empereur du Soleil étaient plutôt contents de vivre à l'intérieur du Mur. La vie est ainsi faite, on se trouve toujours d'un côté ou de l'autre d'un mur, alors la seule solution, c'est de ne plus y penser ou de se fortifier les doigts.

« Qui gouverne, ici ? demanda Ysabell tandis qu'ils survolaient le port.

– Y a une espèce d'enfant empereur, répondit Morty. Mais le gros bonnet, c'est en réalité le grand vizir, je crois.

– Faut jamais faire confiance à un grand vizir », dit sagement Ysabell.

L'empereur du Soleil ne lui faisait d'ailleurs pas confiance. Le vizir, du nom de Neufmiroirspivotants, avait des idées très arrêtées sur qui devait diriger le pays, sous-entendu lui-même, et maintenant que le gamin était assez grand pour poser des questions du genre : « Ne croyez-vous pas que le mur aurait meilleure allure avec quelques portes ? » et : « Oui, mais à quoi ça ressemble de l'autre côté ? » il avait décrété que, dans le propre intérêt de l'empereur, on devait malheureusement l'empoisonner et l'ensevelir dans la chaux vive.

Bigadin se posa sur le gravier ratissé devant le palais trapu aux pièces nombreuses et chamboula l'harmonie de l'univers [1]. Morty glissa à terre et aida Ysabell à descendre.

« Evite de rester dans mes jambes, hein ? s'empressa-t-il de conseiller. Et pose pas de questions non plus. »

Il gravit au pas de course des marches laquées et fonça à travers des pièces silencieuses, s'arrêtant de temps en temps pour faire le point du sablier. Enfin, il se glissa furtivement dans un corridor pour regarder à travers des croisill »ons ouvragés dans une longue salle basse où la Cour prenait son repas du soir.

Le jeune empereur du Soleil trônait en bout de natte, assis en tailleur, sa cape de plumes et de vhermine étalée derrière lui. Il paraissait trop grand pour elle. Le reste de la Cour entourait la natte dans un ordre strict et compliqué de préséance, mais on ne pouvait manquer de reconnaître le vizir qui attaquait son bol de *spongi* et d'algue bouillie d'une mine extrêmement soupçonneuse. Personne n'avait l'air sur le point de mourir.

Morty suivit le passage à pas de loup, tourna à l'angle et faillit entrer en collision avec plusieurs membres imposants de la Garde Céleste, regroupés autour d'un petit trou dans la tapisserie, et qui se passaient de main en main une cigarette à la façon des soldats en service, cachée dans le creux de la paume.

Il revint sur la pointe des pieds jusqu'aux croisillons et surprit la conversation que voici :

« Je suis le plus infortuné des mortels, ô Présence Immanente, pour trouver une telle chose dans mon *spongi*, qui me donne par ailleurs entière satisfaction », dit le vizir qui brandit ses baguettes.

La Cour tendit le cou pour voir. Morty de même. Il ne pouvait d'ailleurs qu'approuver le vizir : la chose en question était une espèce de boule bleu-vert d'où pendouillaient des tubes caoutchouteux.

« L'officier de bouche sera châtié, Noble Dignité de Science, dit l'empereur. Qui a eu les côtelettes ?

1. Le jardin de pierres de la Simplicité et de la Paix Universelle, qu'avait dessiné le vieil empereur Unmiroirsolaire **, par un agencement sobre des cailloux et de leurs ombres, symbolisait l'unité fondamentale de l'esprit et de la matière ainsi que l'harmonie de toutes choses. On disait que les secrets intimes de la réalité se dissimulaient dans la disposition précise des pierres.

** Dont l'autre titre de gloire était de trancher les lèvres de ses ennemis et de leur garantir la liberté s'ils arrivaient à cavaler à travers la ville en jouant de la trompette.

– Non, ô Père à l'Ecoute de Ton Peuple, je voulais plutôt signaler qu'il s'agit là, je crois, de la vessie et de la rate de l'anguille heurtante des profondeurs, paraît-il le plus succulent des mets, à la réserve près que seuls peuvent le déguster les élus des dieux eux-mêmes, à ce que disent les écritures, catégorie dans laquelle je ne range pas, bien entendu, ma misérable personne. »

D'un mouvement preste du poignet il expédia le morceau dans le bol de l'empereur, où il tremblota avant de s'immobiliser. Le jeune garçon le considéra un moment, puis l'embrocha sur une baguette.

« Ah, fit-il, mais le grand philosophe Ly Tin Wheedle lui-même n'a-t-il pas écrit qu'on peut placer l'érudit au-dessus des princes ? Il me semble me rappeler que vous m'avez un jour donné à lire ce passage, ô Fidèle et Assidu Quêteur du Savoir. »

La chose décrivit un nouvel et bref arc de cercle pour s'écraser, l'air contrite, dans le bol du vizir. Il la ramassa d'un geste vif et la tint en équilibre pour un second service. Ses yeux s'étrécirent.

« Tel est peut-être généralement le cas, ô Rivière de Jade de la Sagesse, mais en la circonstance on ne peut me placer au-dessus de l'empereur que j'aime comme mon propre fils, et ce depuis la mort malheureuse de son père infortuné, voilà pourquoi je dépose cette modeste offrande à vos pieds. »

Les yeux de la Cour suivirent le pauvre organe dans sa troisième traversée de natte en vol plané, mais l'empereur saisit son éventail et réussit un magnifique retour de volée dont l'impact final dans le bol du vizir souleva une gerbe d'algues.

Que quelqu'un le mange, par pitié ! cria Morty sans qu'on l'entende. J'suis pressé, moi !

« Vous êtes bien le plus prévenant des serviteurs, ô Dévoué et en Vérité Unique Compagnon de Feu mes Père et Grand-Père à l'Heure de leur Trépas, et je décrète donc que votre récompense sera ce mets des plus rares et délicats. »

Le vizir tâta la chose d'une baguette hésitante et considéra le sourire de l'empereur. Un sourire rayonnant, horrible. Il chercha une excuse.

« Hélas, on dirait que j'ai déjà beaucoup trop mangé... commença-t-il, mais l'empereur le réduisit du geste au silence.

– Il lui manque sûrement l'assaisonnement approprié », dit-il, et il frappa dans ses mains. Le mur dans son dos se fendit de haut en bas et quatre gardes célestes firent leur entrée; trois d'entre eux brandissaient des sabres de *cando* tandis que le quatrième s'empressait d'avaler un mégot allumé.

Le bol échappa des mains du vizir.

« Le plus fidèle de mes serviteurs ne se croit plus de place pour une dernière bouchée, dit l'empereur. Vous pouvez certainement lui sonder l'estomac pour voir s'il dit vrai. Pourquoi cet homme a-t-il de la fumée qui lui sort par les oreilles ?

– Impatient d'agir, ô Céleste Eminence, répondit à la hâte le sergent. Impossible de le retenir, j'en ai peur.

– Alors, qu'il prenne son couteau et... Oh, le vizir nous paraît avoir faim, après tout. Bravo. »

Dans un silence total, les joues du vizir se gonflaient en rythme. Puis il avala.

« Délicieux, dit-il. Merveilleux. Le mets des dieux, vraiment, et maintenant, si vous voulez bien m'excuser... » Il décroisa les jambes et entreprit de se lever. De petites gouttes de sueur lui perlaient au front.

« Vous souhaitez nous quitter ? fit l'empereur dans un haussement de sourcils.

– Des affaires d'Etat urgentes, ô Dignité Perspicace de...

– Asseyez-vous. Se relever si tôt d'un repas risque de nuire à la digestion, dit l'empereur, et les gardes approuvèrent du chef. Par ailleurs, il n'est point d'affaires d'Etat urgentes, à moins que vous ne fassiez allusion au contenu de la petite bouteille rouge libellée ANTIDOTE dans le cabinet de laque noir sur le tapis de bambou de vos quartiers, ô Lampe à l'Huile de Coude. »

Les oreilles du vizir commencèrent à tinter. Sa figure se mit à bleuir.

« Vous voyez ? fit l'empereur. L'activité prématurée sur un estomac lourd vicie les humeurs. Puisse la nouvelle se répandre sans retard aux quatre coins du pays, afin que chacun prenne connaissance de votre malheureux état et en tire enseignement.

– Je... dois... féliciter votre... Dignité pour... tant... d'égards, dit le vizir qui tomba en avant dans un plat de crabes à carapace molle bouillis.

– J'ai eu un excellent professeur, fit l'empereur.

– Ben, c'est pas trop tôt », dit Morty, et il fit un moulinet de son épée.

Un instant plus tard, l'âme du vizir se leva de la natte et le toisa.

« Qui es-tu, barbare ? lança-t-elle sèchement.

– La Mort.

– Pas la mienne, dit le vizir d'un ton ferme. Où est le grand Dragon Noir de Feu Céleste ?

– L'a pas pu venir », répondit Morty.

Des ombres prenaient forme derrière l'âme du vizir. Plusieurs d'entre elles portaient des robes d'empereurs, mais beaucoup d'autres les bousculaient, et toutes avaient l'air extrêmement impatientes d'accueillir le nouvel arrivant au royaume des morts.

« J'ai l'impression qu'on désire vous voir », dit Morty, et il se dépêcha de partir. Au moment où il atteignait le couloir, l'âme du vizir se mit à hurler...

Ysabell attendait patiemment près de Bigadin, lequel broutait en guise de dernier casse-croûte un bonsaï de cinq cents ans.

« Et d'un, fit Morty en grimpant en selle. Viens. J'ai un mauvais pressentiment pour le suivant, et on a pas beaucoup de temps. »

Albert se matérialisa au centre de l'Université Invisible, là même où il avait quitté le monde quelque deux mille ans plus tôt.

Il grogna de satisfaction et brossa deux ou trois grains de poussière de sa robe.

Il eut conscience qu'on l'observait ; il leva la tête et découvrit qu'il était brusquement apparu sous le regard sévère, de marbre, de sa propre effigie.

Il ajusta ses lunettes et lut d'un œil désapprobateur la plaque de bronze vissée sur le piédestal. Elle disait :

*Alberto Malik, Fondateur de cette Université. A. M. 1222-1289. On Ne Reverra Jamais Son Pareil.*

Ça, c'est de la prédiction, songea-t-il. Et puisqu'ils pensaient tant de bien de lui, ils auraient au moins pu engager un sculpteur décent. Un vrai scandale. Le nez n'allait pas du tout. Vous appelez ce machin une jambe, vous ? Des vandales avaient même gravé leurs noms dessus. Il n'aimerait pas non plus qu'on le voie mort affublé d'un chapeau pareil. Evidemment, s'il ne tenait qu'à lui, on ne le verrait pas mort du tout.

Albert expédia une boule de feu octarine sur l'horreur et sourit méchamment lorsqu'elle explosa en poussière.

« Eh oui, lança-t-il au reste du Disque, me revoilà. » Le picotement de la magie lui remonta tout le long du bras et lui alluma un feu chaleureux dans la tête. Ça lui avait drôlement manqué, durant toutes ces années...

Des mages firent irruption en toute hâte par les grandes doubles portes, alertés par l'explosion, et tirèrent la mauvaise conclusion du spectacle qui s'offrit à leurs yeux.

Ils virent le piédestal, vide. Ils virent un nuage de poussière de marbre qui recouvrait tout. Et Albert, marmonnant dans sa barbe, qui en émergeait.

Les mages aux derniers rangs de l'attroupement entreprirent de s'éclipser aussi vite et discrètement que possible. Pas un qui n'ait, au cours de sa jeunesse turbulente, retourné un récipient usuel de chambre à coucher sur la tête du vieil Albert, gravé son nom quelque part sur l'anatomie glacée de la statue, renversé de la bière sur le piédestal. Et même pire, pendant la Semaine du Chahut, lorsque la bibine coulait à flots et qu'ils n'avaient pas le temps de zigzaguer jusqu'aux cabinets. Des blagues qu'ils avaient trouvées désopilantes, à l'époque. Elles leur paraissaient soudain beaucoup moins drôles, aujourd'hui.

Il ne resta plus que deux silhouettes pour affronter le courroux de la statue, la première parce qu'elle s'était coincé la robe dans la porte, la seconde parce qu'il s'agissait en fait d'un singe qui pouvait donc témoigner d'un certain détachement envers les affaires humaines.

Albert empoigna le mage, lequel essayait à toute force de pénétrer dans le mur. L'homme poussa un cri perçant.

« D'accord, d'accord, j'avoue ! J'étais soûl cette fois-là, croyez-moi, c'était pour rire, mince, je regrette, je regrette...

– Qu'est-ce que tu me chantes là, mon vieux? fit Albert, sincèrement surpris.

– ... regrette vraiment, si je pouvais vous dire combien je regrette, on...

– Arrête tes conneries ! » Albert baissa les yeux sur l'anthropoïde trapu qui lui adressa un sourire amical. « Comment tu t'appelles, mon vieux?

– Oui, monsieur, j'arrête, monsieur, tout de suite, plus de conneries, monsieur... Rincevent, monsieur. Bibliothécaire adjoint, si ça vous va. »

Albert le détailla de haut en bas. L'homme avait l'air désespérément fripé, comme dans l'attente d'une lessive. Si la magie en était arrivée à ce point, il fallait faire quelque chose.

« Quelle espèce de bibliothécaire voudrait de toi pour adjoint ? demanda-t-il d'un ton irrité.

– Oook. »

Une sorte de gant de cuir doux et chaud cherchait à lui prendre la main.

« Un singe ! Dans mon université !

– Un orang-outan, monsieur. C'était un mage, mais il a été pris dans une décharge de magie, monsieur ; il refuse qu'on le ramène comme avant et il est le seul à savoir où se trouvent tous les livres, s'empressa de rectifier Rincevent. Je m'occupe de ses bananes », ajouta-t-il, sentant qu'on attendait davantage d'explications.

Albert lui lança un regard mauvais.

« La ferme.

– Voilà, je la ferme, monsieur.

– Et dis-moi où est la Mort.

– La Mort, monsieur ? fit Rincevent qui recula contre le mur.

– Grand, squelettique, les yeux bleus, la démarche raide, PARLE COMME ÇA... La Mort. Tu l'as vu, ces derniers temps ? »

Rincevent déglutit. « Pas ces derniers temps, monsieur.

– Eh ben, je veux le trouver. Faut que ça s'arrête, ces bêtises. Et je vais arrêter ça *tout de suite*, vu ? J'ordonne que les huit mages les plus élevés en grade se rassemblent ici, t'entends, dans une demi-heure, avec tout le matériel nécessaire pour accomplir le rite d'AshkEnte, c'est compris ? J'peux pas dire que votre vue à tous me rassure. Une vraie bande de colimollassons, oui, et toi, arrête de me prendre la main !

– Oook.

– A présent je m'en vais au bistro, lança Albert. Où est-ce qu'on vend de la pisse de chat à peu près potable ces temps-ci ?

– Il y a le Tambour, monsieur, répondit Rincevent.

– Le Tambour Crevé ? Dans la rue des Filigranes ? Il existe toujours, ce bouge ?

– Ben, de temps en temps il change de nom et on le reconstruit complètement, mais le bouge n'a pas... euh...

bougé depuis des années. J'imagine que vous devez avoir le gosier sec, hein, monsieur ? fit Rincevent d'un air de camaraderie blême.

– Qu'est-ce que t'en sais ? fit sèchement Albert.

– Rien du tout, monsieur, répondit vivement Rincevent.

– Alors, je file au Tambour. Une demi-heure, hein. Et s'ils sont pas là quand je vais revenir, eh ben... eh ben, gare à eux ! »

Il sortit en trombe de la salle dans un nuage de poussière de marbre.

Rincevent le regarda partir. Le bibliothécaire lui tenait la main.

« Tu ne sais pas la meilleure ? fit Rincevent.

– Oook ?

– Je ne me souviens même pas être passé sous un chat noir. »

A peu près au moment où Albert se chamaillait avec le patron du Tambour Rafistolé à propos d'une note de bar jaunie, consciencieusement transmise de père en fils par-delà un régicide, trois guerres civiles, soixante et un incendies graves, quatre cent quatre-vingt-dix vols et plus de quinze mille bagarres de tavernes pour rappeler qu'Alberto Malik devait encore à la direction trois pièces de cuivre plus les intérêts qui couraient toujours à la satisfaction de la majorité des grosses chambres-fortes du Disque, preuve une fois de plus qu'un commerçant ankhien détenteur d'une facture impayée jouit d'une mémoire à faire pâlir un éléphant... à peu près au même moment, donc, Bigadin laissait une traînée de vapeur dans les cieux au-dessus du vaste et mystérieux continent de Klatch.

Loin en dessous, des tambours battaient dans l'ombre odorante des jungles et des volutes de brume montaient en colonnes de rivières cachées où des bêtes sans nom se tapissaient sous la surface et attendaient le passage sur la rive de leur dîner.

« Il n'y a plus de fromage, faut que tu prennes le jambon, dit Ysabell. C'est quoi, cette lumière, là-bas ?

– Les Barrages de Lumière, répondit Morty. On approche. » Il tira le sablier de sa poche et vérifia le niveau du sable.

« Mais pas assez vite, bon sang ! »

Les Barrages s'étendaient du côté Moyeu de leur course comme des lacs de lumière, ce qu'ils étaient effectivement ; certaines tribus avaient édifié des murs de miroirs dans les montagnes du désert pour capter la lumière solaire du Disque, qui est lente et plutôt lourde. On s'en servait comme monnaie.

Bigadin plana au-dessus des feux de camps nomades et des marécages silencieux du fleuve Tsort. Devant eux, des formes familières se révélèrent bientôt au clair de lune.

« Les Pyramides de Tsort au clair de lune ! soupira Ysabell. Que c'est romantique !

– CIMENTÉES AVEC LE SANG DE MILLIERS D'ESCLAVES, observa Morty.

– S'il te plaît, ne parle pas comme ça.

– Pardon, mais le fait est que ces...

– D'accord, d'accord, tu m'as convaincue, fit Ysabell avec irritation.

– C'est beaucoup de boulot, d'enterrer un roi mort, remarqua Morty tandis qu'ils décrivaient un cercle au-dessus d'une des petites pyramides. Ils les remplissent d'un tas de conservateurs, tu sais, pour qu'ils survivent dans l'autre monde.

– Ça marche ?

– Visiblement non. » Morty se pencha sur l'encolure de Bigadin. « Y a des torches en bas, dit-il. Accroche-toi. »

Une procession sinueuse s'éloignait de l'avenue des pyramides : une statue géante d'Offler le Dieu Crocodile la conduisait, portée par une centaine d'esclaves en sueur. Bigadin les survola au petit galop, sans qu'on le remarque, et réussit un atterrissage impeccable à quatre pattes sur le sable durci devant l'entrée de la pyramide.

« Ils ont mis un autre roi dans le vinaigre », dit Morty. Il examina une fois de plus le sablier au clair de lune. Un sablier plutôt ordinaire, pas du genre qu'on associe normalement à un souverain.

« Ça ne peut pas être lui, dit Ysabell. Ils ne les mettent pas en conserve encore vivants, hein ?

– J'espère que non, parce que j'ai lu qu'avant de les remplir de vinaigre on... euh... les ouvre en deux et qu'on leur enlève...

– Je ne veux pas entendre...

– ... toutes les parties molles, conclut maladroitement Morty. C'est aussi bien que leur histoire de conserve, ça marche pas, en fin de compte, tu les vois se balader sans... ?

– Donc, ce n'est pas le roi que tu es venu chercher, dit Ysabell d'une voix forte. Qui c'est, alors ? »

Morty se tourna vers l'entrée obscure. On ne la scellerait pas avant l'aube, afin de laisser le temps à l'âme du roi défunt de prendre le large. L'ouverture avait l'air profonde et de mauvais augure, on lui devinait des intentions autrement plus sinistres que, disons, garder une lame de rasoir bien affûtée.

« Allons voir », dit-il.

« Attention ! Il revient ! »

Les huit mages les plus élevés en grade de l'Université s'alignèrent en traînant la semelle, s'évertuèrent à se défriper la barbe et firent dans l'ensemble un effort en pure perte pour se donner l'air présentable. Ce n'était pas facile. On les avait arrachés à leurs salles de travail, ou à leur digestif devant un feu ronflant, voire à une méditation au calme dans un fauteuil confortable, la tête sous un mouchoir, et tous étaient perplexes en même temps que terriblement inquiets. Ils jetaient sans arrêt des coups d'œil au piédestal vide.

Une seule et unique créature aurait pu reproduire l'expression de leurs visages : un pigeon qui vient d'apprendre non seulement que Lord Nelson est descendu de sa colonne mais qu'on l'a aussi aperçu qui achetait un fusil à répétition calibre 12 et une boîte de cartouches.

« Il arrive dans le couloir ! » s'écria Rincevent avant de plonger derrière un pilier.

Le groupe de mages regarda les grandes doubles portes comme si elles allaient exploser, ce qui prouve leur compétence en matière de prémonition, parce qu'elles explosèrent. Une averse d'éclats de chêne gros comme des allumettes s'abattit parmi eux et une petite silhouette toute menue se découpa sur le fond de lumière. Elle tenait un bourdon fumant dans une main. Dans l'autre un petit crapaud jaune.

« Rincevent ! beugla Albert.

– Monsieur !

– Débarrasse-moi de ça et va me le balancer où tu veux. »

Le crapaud se traîna dans la main de Rincevent et lui lança un regard d'excuse.

« C'est la dernière fois que ce foutu bistrotier fait l'insolent avec un mage, dit Albert d'un air satisfait et avantageux. Il suffit, on dirait, que je tourne le dos quelques centaines d'années pour qu'aussitôt les habitants de cette ville s'enhardissent à vouloir répondre aux mages, hein ? »

L'un des mages supérieurs marmonna quelque chose.

« Qu'est-ce qu'y a ? Plus fort, mon vieux !

– En tant qu'économe de cette université, je dois dire que nous avons toujours encouragé une politique de bon voisinage vis-à-vis de la communauté », grommela-t-il en essayant d'éviter le regard fixe et perçant d'Albert. Il avait un pot de chambre renversé sur la conscience, plus trois cas de graffitis obscènes à porter à son actif.

Albert laissa pendre sa mâchoire. « Pourquoi donc ? demanda-t-il.

– Ben... euh... le sentiment du devoir civique... Nous pensons qu'il est d'une importance vitale de montrer l'exemp... arrgh ! »

Le mage se démena pour étouffer le feu qui avait pris dans sa barbe. Albert abaissa son bourdon et des yeux passa lentement en revue le rang de mages. Sous son regard ils penchèrent en arrière comme herbe par grand vent.

« Y en a d'autres qui veulent nous faire part de leur sentiment du devoir civique ? fit-il. D'autres amateurs de bon voisinage ? » Il se redressa de toute sa taille. « Espèces d'asticots ramollis ! J'ai pas fondé cette Université pour qu'on prête à tout le monde la putain de tondeuse à gazon ! A quoi bon le pouvoir, si vous l'exercez pas ? Çui qui nous manque de respect, on lui fout son auberge de merde en l'air, on lui laisse même pas de quoi se griller des châtaignes, compris ? »

Quelque chose comme un léger soupir monta du groupe de mages. Ils contemplaient d'un œil attristé le crapaud dans la main de Rincevent. La plupart d'entre eux, au temps de leur jeunesse, étaient passés maîtres dans l'art de se soûler comme des bourriques au Tambour. Evidemment, tout ça datait maintenant, mais le gueuleton annuel de la Guilde des Marchands, avec couteaux et fourchettes, devait se tenir au Tambour le lendemain soir, dans la salle du premier, et tous les mages de Huitième Niveau avaient reçu des billets de faveur : le menu prévoyait du cygne rôti, deux sortes de charlottes et une rafale de toasts fraternels portés à « nos estimés, que dis-je ? distingués invités » jusqu'au moment où les appariteurs du collège devraient s'amener avec les brouettes.

Albert passa le rang en revue d'un air important, rentrant ici et là une bedaine d'un coup de bourdon. Il avait la tête qui chantait et dansait. Repartir ? Jamais ! Ça, c'était le pouvoir, ça, c'était vivre ; il allait défier le vieux taulier et cracher dans son œil vide.

« Par le Miroir Fumant de Grism, va y avoir du chambardement dans le coin ! »

Les mages qui avaient étudié l'Histoire hochèrent une tête inquiète. On allait revenir à la pierre froide sous les pieds, aux levers avant le jour, à l'interdiction absolue de l'alcool et à la mémorisation des vrais noms de tout ce qu'on peut imaginer jusqu'à ce que le cerveau en craque.

« *Qu'est-ce qu'il nous fait, çui-là ?* »

Un mage qui avait distraitement sorti sa blague à tabac laissa échapper la cigarette à demi confectionnée de ses doigts tremblants. Elle rebondit par terre, et tous les mages la regardèrent rouler avec des yeux d'envie jusqu'à ce que leur fondateur s'avance d'un pas vif et l'écrase.

Albert se retourna d'un bloc. Rincevent, qui le suivait comme une sorte d'adjudant officieux, faillit lui rentrer dedans.

« Toi, là ! Rincemachin ! Tu fumes ?

– Non, monsieur ! Une sale manie ! » Rincevent évita le regard de ses supérieurs. Il prenait soudain conscience qu'il venait de se faire des ennemis à vie, et c'était une maigre consolation de savoir qu'il ne les garderait sans doute pas longtemps.

« Bien ! Tiens-moi mon bourdon. Maintenant, bande de misérables récidivistes, vous allez m'arrêter ca. z'entendez ? Pour commencer, demain, debout à l'aurore, trois tours de cour et retour ici pour la gymnastique ! Repas équilibrés ! Etudes ! Exercices vivifiants ! Et ce foutu singe décanille dans un cirque, illico !

– Oook ? »

Plusieurs des vieux mages fermèrent les yeux.

« Mais d'abord, dit Albert en baissant la voix, vous allez me faire le plaisir de procéder au Rite d'AshkEnte.
» Il me reste un boulot à terminer », ajouta-t-il.

Morty parcourait à grands pas les couloirs sombres comme une taupe de la pyramide, suivi d'Ysabell qui se dépêchait pour ne pas se laisser distancer. La faible luisance de son épée éclairait des silhouettes déplaisantes ; Offler le Dieu Crocodile avait l'air d'une publicité pour cosmétiques auprès des horreurs qu'adoraient les habitants de Tsort. Les alcôves qu'ils croisaient abritaient des statues de créatures apparemment composées de tous les bouts dont Dieu ne s'était pas servi.

« Ils sont là pour quoi ? chuchota Ysabell.

– A en croire les prêtres tsortiens, ils se mettent à vivre une fois qu'on a scellé la pyramide, et puis ils rôdent dans les couloirs pour protéger le corps du roi des pilleurs de tombes, répondit Morty.

– Quelle superstition horrible.

– Qui te parle de superstition ? fit distraitement Morty.

– Ils deviennent vraiment vivants ?

– Tout ce que je peux te dire, c'est que les Tsortiens, quand ils lancent une malédiction quelque part, ils rigolent pas. »

Morty tourna un angle et Ysabell le perdit de vue le temps d'un bref arrêt du cœur. Elle se précipita dans l'obscurité et percuta le jeune homme. Il examinait un oiseau à tête de chien.

« Urgh, fit-elle. Ça ne te donne pas des frissons dans le dos ?

– Non, répondit Morty tout net.

– Pourquoi ?

– PARCE QUE JE SUIS MORTY. » Il se retourna, et elle vit luire ses yeux comme des têtes d'épingles bleues.

« Arrête ça !

– JE NE... PEUX PAS. »

Elle voulut rire. Sans succès. « Tu n'es pas la Mort, dit-elle. Tu fais seulement son travail.

– LA MORT, C'EST CELUI QUI FAIT LE TRAVAIL DE LA MORT. »

Le silence accablé qui suivit ces paroles fut rompu par un gémissement venant de plus loin dans le conduit sombre. Morty pivota sur ses talons et se hâta dans sa direction.

Il a raison, songea Ysabell. Même sa façon de marcher...

Mais la peur des ténèbres, lesquelles n'attendaient que le départ de la lumière pour revenir, triompha de tous ses doutes et elle se glissa à sa suite, tourna à un autre angle et pénétra dans ce qui apparut, à la lueur intermittente de l'épée, comme un croisement de salle au trésor et de grenier très encombré.

« C'est quoi, ici ? souffla-t-elle. Je n'ai jamais vu un bric-à-brac pareil !

– LE ROI EMPORTE ÇA AVEC LUI DANS L'AUTRE MONDE, répondit Morty.

– Il ne doit pas savoir ce que c'est que voyager léger. Regarde-moi ça, un bateau entier. Et une baignoire en or !

– IL VEUT SÛREMENT RESTER PROPRE DE L'AUTRE CÔTÉ.

– Et toutes ces statues !

– CES STATUES, J'AI LE REGRET DE LE DIRE, C'ÉTAIENT DES GENS. LES SERVITEURS DU ROI, TU COMPRENDS. »

Le visage d'Ysabell se ferma.

« LES PRÊTRES LEUR DONNENT DU POISON. »

Un second gémissement leur parvint depuis l'autre côté du capharnaüm. Morty remonta à sa source, enjamba maladroitement des tapis roulés, des régimes de dattes, des cageots de vaisselle et des tas de pierres précieuses. A l'évidence, le roi n'avait pas pu se décider sur ce qu'il allait laisser derrière lui au moment du départ, aussi avait-il préféré ne pas prendre de risque et tout emmener.

« SEULEMENT, ÇA N'AGIT PAS TOUJOURS VITE », ajouta sombrement Morty.

Ysabell se hissa crânement derrière lui et contempla par-dessus une pirogue une jeune fille affalée sur une pile de couvertures. Elle portait un pantalon de gaze, un gilet taillé dans un métrage trop juste de tissu et assez de bracelets pour mouiller un navire de bon tonnage. Une tache verte lui cernait la bouche.

« Ça fait mal ? demanda doucement Ysabell.

– NON. ILS SE FIGURENT QU'ILS VONT AU PARADIS.

– Ils y vont ?

– PEUT-ÊTRE. QUI SAIT ? » Morty sortit le sablier d'une poche intérieure et l'examina à la lueur de l'épée. Il eut l'air de compter tout seul puis, d'un geste vif, il jeta le sablier par-dessus son épaule et abattit l'épée de l'autre main.

L'ombre de la fille s'assit et s'étira dans un tintement fantomatique de bijoux. Elle vit Morty et inclina la tête.

« Mon seigneur !

– LE SEIGNEUR DE PERSONNE, fit Morty. À PRÉSENT, FILE LÀ OÙ TU CROIS DEVOIR ALLER.

– Je vais être concubine à la cour céleste du roi Zetesfoutu qui séjournera éternellement parmi les étoiles, dit-elle avec fermeté.

– Tu n'es pas obligée », fit sèchement Ysabell. La fille se tourna vers elle, les yeux écarquillés.

« Oh, mais il le faut. Je me suis préparée à ça, dit-elle alors qu'elle s'estompait peu à peu. Je n'ai réussi qu'à faire servante jusqu'à présent. »

Elle disparut. Ysabell, l'œil désapprobateur, fixait l'espace qu'elle avait occupé.

« Alors ça ! fit-elle, puis : Tu as vu ce qu'elle avait sur le dos ?

– ALLONS-NOUS-EN D'ICI.

– Mais ça ne peut pas être vrai, cette histoire du roi Machin qui séjourne parmi les étoiles, grommela-t-elle tandis qu'ils retraversaient la chambre encombrée pour sortir. Il n'y a rien d'autre que l'espace vide, là-haut.

– C'EST DIFFICILE À EXPLIQUER, dit Morty. DANS SA TÊTE, IL VA SÉJOURNER PARMI LES ÉTOILES.

– Avec des esclaves ?

– SI C'EST CE QU'ILS CROIENT ÊTRE.

– Ce n'est pas très juste.

– IL N'Y A PAS DE JUSTICE, répliqua Morty. RIEN QUE NOUS. »

Ils se dépêchèrent de reprendre à l'envers les avenues de goules dans l'attente du réveil, et ils couraient presque lorsqu'ils jaillirent dans la nuit du désert. Ysabell s'adossa contre la pierre rugueuse et chercha à reprendre haleine.

Morty, lui, n'était pas hors d'haleine.

Il n'en avait pas, d'haleine. Il ne respirait pas.

« JE TE RECONDUIS LÀ OÙ TU VEUX, dit-il, ET APRÈS JE TE LAISSE.

– Mais je croyais que tu voulais sauver la princesse ! »

Morty secoua la tête de gauche à droite.

« JE N'AI PAS LE CHOIX. IL N'Y A PAS DE CHOIX POSSIBLES. »

Elle courut en avant et lui saisit le bras alors qu'il se tournait vers Bigadin qui les attendait. Il lui repoussa gentiment la main.

« J'AI TERMINÉ MON APPRENTISSAGE.

– C'est dans ta tête, tout ça ! hurla Ysabell. Tu es ce que tu crois être ! »

Elle s'arrêta et regarda par terre. Le sable autour des pieds de Mortimer commençait à sauter en l'air par petits jets et tourbillons de poussière.

L'air fit entendre un crépitement et devint comme graisseux au toucher. Morty paraissait mal à l'aise.

« QUELQU'UN EST EN TRAIN D'ACCOMPLIR LE RITE D'ASH... »

Comme un coup de marteau, une force tomba du ciel et creusa un cratère dans le sable. Un bourdonnement grave s'éleva, accompagné d'une odeur de fer-blanc chauffé.

Morty regarda autour de lui dans la tempête de sable, tourna sur lui-même comme dans un rêve, seul dans l'œil calme du cyclone. Un éclair fulgura dans le nuage tourbillonnant. Tout au fond de sa tête, il se débattait pour se libérer, mais quelque chose le tenait dans ses griffes et il ne pouvait pas plus résister qu'une aiguille de compas ne peut ignorer la force qui l'oblige à se pointer vers le Moyeu.

Il finit par trouver ce qu'il cherchait : une porte bordée de lumière octarine qui donnait sur un court tunnel. Des silhouettes, à l'autre bout, l'invitaient du geste.

« J'ARRIVE », dit-il avant de se retourner en entendant un bruit soudain derrière lui. Soixante-dix kilos de jeune fille le percutèrent en pleine poitrine et le firent décoller du sol.

Morty atterrit, Ysabell agenouillée sur lui ; elle lui cramponnait farouchement les bras.

« LÂCHE-MOI, psalmodia-t-il. ON M'A INVOQUÉ.

– Pas toi, idiot ! »

Elle plongea son regard dans les étangs bleus, sans pupilles, de ses yeux. C'était comme regarder au fond d'un tunnel impétueux.

Morty cambra les reins et cria une imprécation si ancienne et violente que, dans le puissant champ magique, elle prit réellement forme, battit de ses ailes parcheminées et s'esquiva en douce. Un micro-orage s'abattit autour des dunes de sable.

Les yeux de Morty attiraient encore la jeune femme. Elle détourna le regard pour ne pas tomber comme une pierre dans un puits de lumière bleue.

« JE TE L'ORDONNE. » La voix de Morty aurait percé des trous dans le roc.

« Père a essayé ce ton-là sur moi pendant des années, dit-elle calmement. En général quand il voulait que je nettoie ma chambre. Ça ne prenait déjà pas. »

Morty brailla une autre imprécation qui dégringola du néant et chercha à s'enfouir dans le sable.

« LA DOULEUR...

– C'est dans ta tête, tout ça, dit-elle en s'arc-boutant contre la force qui voulait les entraîner vers la porte tremblotante. Tu n'es pas la Mort. Tu es Morty, c'est tout. Tu es ce que tu crois être. »

Au centre du bleu flou dans les orbites du jeune homme, deux tout petits points marron grandissaient à vue d'œil.

La tempête autour d'eux se renforça et gémit. Morty hurla.

Le Rite d'AshkEnte, tout bonnement, invoque et contraint la Mort. Les étudiants de l'occulte n'ignorent pas qu'on peut l'accomplir avec une simple incantation, trois petits bouts de bois et quatre centimètres cube de sang de souris, mais il ne viendrait à l'idée d'aucun mage digne de son chapeau pointu de se livrer à une cérémonie aussi peu spectaculaire ; ils savaient au fond d'eux-mêmes que sans grosses bougies jaunes, sans une profusion d'encens rare, sans cercles tracés sur le sol avec huit couleurs de craie différentes et sans quelques chaudrons disposés ici et là, un sortilège ne valait pas le coup.

Les huit mages positionnés sur les pointes du grand octogramme de cérémonie dodelinaient et psalmodiaient, les bras tendus latéralement de manière à toucher le bout des doigts de leurs voisins respectifs.

Mais quelque chose clochait. D'accord, une brume s'était formée au centre exact de l'octogramme vivant ? mais elle se tortillait, tournait sur elle-même, refusait de se fixer.

« Plus de puissance ! cria Albert. Donnez plus de puissance ! »

Une silhouette apparut brièvement dans la fumée, en

robe noire, une épée miroitante à la main. Albert jura lorsqu'il surprit la figure blême sous le capuchon ; elle n'était pas assez blême.

« Non ! hurla Albert qui sauta dans l'octogramme et battit l'air des mains pour chasser la forme vacillante. Pas toi, pas toi... »

Et dans le lointain pays de Tsort, Ysabell oublia qu'elle était une dame : elle ferma le poing, plissa les yeux et frappa Morty en pleine mâchoire. Le monde autour d'elle explosa...

Dans la cuisine de l'Antre à Côtes de Harga, la poêle à frire s'écrasa par terre, forçant les chats à détaler par la porte...

Dans la grande salle de l'Université Invisible tout arriva en même temps [1].

La force terrible que les mages exerçaient sur le royaume de l'ombre se concentra brusquement. Comme un bouchon réticent sortant du goulot, comme une éclaboussure de ketchup vermillon tombant de la bouteille de sauce retournée de l'Infini, la Mort atterrit dans l'octogramme et jura.

Albert s'aperçut, hélas trop tard, qu'il se trouvait à l'intérieur du cercle enchanté et il exécuta un plongeon vers le dehors. Mais des doigts squelettiques le saisirent par le bord de sa robe.

Les mages, du moins ceux encore debout et conscients, furent plutôt étonnés de découvrir que la Mort portait un tablier et tenait un petit chaton.

« POURQUOI IL A FALLU QUE TU GÂCHES TOUT ?

– Que je gâche tout ? Vous avez vu ce que le gamin a fait ? » répondit sèchement Albert qui cherchait toujours à regagner la périphérie du cercle.

La Mort releva le crâne et flaira.

Le bruit transperça tous les autres dans la salle et les réduisit au silence.

C'était le genre de bruit qu'on entend à la lisière nébuleuse des rêves, une horreur sans nom dont on se réveille trempé d'une sueur glacée. C'était le reniflement sous la porte de la terreur. Comme le reniflement d'un hérisson, mais attention, le hérisson qui fonce des bas-côtés pour écrabouiller les camions. C'était le genre de bruit qu'on

1. Ce n'est pas tout à fait vrai. Les philosophes s'accordent à penser que le temps le plus court durant lequel tout peut arriver est d'un billion d'années.

n'aimerait pas entendre deux fois ; qu'on n'aimerait pas entendre *une seule* fois.

La Mort Se redressa lentement.

« C'EST COMME ÇA QU'IL ME REMERCIE DE MES BONTÉS ? ME VOLER MA FILLE, INSULTER MES SERVITEURS ET METTRE EN PÉRIL LE TISSU DE LA RÉALITÉ SUR UNE TOQUADE ? OH, J'AI ÉTÉ BÊTE, MAIS BÊTE, J'AI ÉTÉ BÊTE TROP LONGTEMPS !

– Maître, si vous aviez l'amabilité de me lâcher la robe... » commença Albert, et le mage nota dans sa propre voix des accents implorants absents jusque-là.

La Mort l'ignora. Il claqua des doigts comme s'il s'agissait de castagnettes, et le tablier qui lui ceignait la taille explosa en flammes courtes. Mais le chaton, il le posa très délicatement par terre avant de le chasser doucement du pied.

« EST-CE QUE JE NE LUI AI PAS OFFERT UNE OCCASION EN OR ?

– Tout à fait, maître, et maintenant si vous pouviez vous arranger pour...

– UNE QUALIFICATION ? UN PLAN DE CARRIÈRE ? DES POSSIBILITÉS D'AVANCEMENT ? LA GARANTIE DE L'EMPLOI ?

– Certainement, et si vous vouliez bien lâcher... »

Le changement dans la voix d'Albert était total. Les trompettes autoritaires s'étaient muées en piccolos suppliants. Il avait l'air terrifié, mais il parvint à attirer l'attention de Rincevent et à siffler : « Mon bourdon ! Jette-moi mon bourdon ! Tant qu'il est dans le cercle, il est pas invincible ! Donne-moi mon bourdon et je pourrai me libérer !

– Vous dites ? fit Rincevent.

– OH, C'EST À MOI QUE REVIENT LA FAUTE D'AVOIR CÉDÉ AUX FAIBLESSES DE CE QUE PAR MANQUE D'UN MEILLEUR MOT J'APPELLERAI LA CHAIR !

– Mon bourdon, espèce d'imbécile, mon bourdon ! bafouilla Albert.

– Pardon ?

– BRAVO, SERVITEUR FIDÈLE, POUR M'AVOIR RAMENÉ À LA RAISON, dit la Mort. NE PERDONS PAS DE TEMPS.

– Mon bour... ! »

Il y eut une implosion et une irruption d'air soudaine. Les flammes des bougies s'étirèrent en lignes de feu, puis s'éteignirent.

Un petit moment s'écoula.

Puis la voix de l'économe, de quelque part au ras du

sol, fit : « Pas très gentil de votre part, Rincevent, de lui perdre son bourdon comme ça. Rappelez-moi de vous punir sévèrement un de ces jours. Quelqu'un a du feu ?

– Je ne sais pas où il est passé, moi ! Je l'ai posé contre le pilier, là, et après...

– Oook.

– Oh, fit Rincevent.

– Double ration de bananes pour le singe », dit tranquillement l'économe. Une allumette s'enflamma et quelqu'un réussit à allumer une bougie. Les mages entreprirent de se remettre debout.

« Bon, que ça nous serve de leçon à tous », reprit l'économe qui se brossa la robe de la main pour en chasser la poussière et la cire de bougie. Il leva les yeux, s'attendant à voir la statue d'Alberto Malik revenue sur le piédestal.

« Visiblement, même les statues se vexent, dit-il. Pour ma part je me rappelle, quand je n'étais qu'un étudiant de première année, avoir écrit mon nom sur son... Enfin, passons. Donc, je propose de remplacer la statue séance tenante. »

Un silence de mort accueillit ladite proposition.

« Mettons, une effigie fidèle moulée dans l'or. Convenablement rehaussée de pierres précieuses, comme il sied à notre grand fondateur, poursuivit-il joyeusement. Et pour être sûrs qu'aucun étudiant ne vienne dégrader la statue, je suggère qu'on l'érige dans la cave la plus profonde, continua-t-il.

» Et qu'on ferme ensuite la porte à clé », ajouta-t-il. Plusieurs mages commencèrent à se dérider.

« Et qu'on balance la clé ? fit Rincevent.

– Et qu'on soude la porte », renchérit l'économe. Le Tambour Rafistolé lui revenait en mémoire. Il réfléchit un instant et se rappela aussi le régime de bonne condition physique.

« Et qu'on mure l'entrée. » Une salve d'applaudissements lui répondit.

« Et qu'on balance le maçon ! » glousssa Rincevent qui sentait qu'il commençait à attraper le coup.

L'économe lui jeta un regard réprobateur. « Ne nous emballons pas », dit-il.

Dans le silence, une dune plus imposante que la normale fit maladroitement le gros dos, puis s'affaissa brusquement pour laisser apparaître Bigadin, qui souffla le sable de ses naseaux et secoua sa crinière.

Morty ouvrit les yeux.

Il devrait exister un mot pour désigner ce bref instant immédiatement après le réveil, quand l'esprit baigne dans un néant rose et chaud. Vous êtes étendu, vide de toute pensée, en dehors du sentiment grandissant que vous retombent dessus, comme une chaussette bourrée de sable mouillé dans une ruelle nocturne, tous les souvenirs dont vous vous passeriez bien et qui conduisent à la conclusion que le seul élément réconfortant dans votre avenir horrible, c'est la certitude qu'il sera relativement court.

Morty se redressa sur son séant et se mit les mains sur la tête pour l'empêcher de se dévisser davantage.

Le sol auprès de lui se souleva et Ysabell se poussa en position assise. Elle avait la figure noire de poussière de la pyramide et les cheveux pleins de sable. Certains avaient grillé à la pointe. Elle considéra le jeune homme d'un œil morne.

« Tu m'as tapé dessus ? demanda-t-il en se tâtant doucement la mâchoire.

– Oui.

– Oh. »

Il regarda le ciel, comme s'il pouvait y retrouver la mémoire. Il fallait qu'il se rende quelque part, et vite, se souvint-il. Puis il se rappela autre chose.

« Merci, dit-il.

– Pas de quoi, je t'assure. »

Ysabell se releva et s'efforça d'enlever la poussière et les toiles d'araignée de sa robe.

« On va la sauver, ta princesse ? » fit-elle timidement.

Sa réalité personnelle, interne, rattrapa Morty. Il bondit sur ses pieds avec un cri étranglé, vit des feux d'artifice bleus lui exploser devant les yeux, et s'écroula une fois encore. Ysabell le saisit sous les aisselles et le hissa debout à nouveau.

« On va descendre au fleuve, dit-elle. On a bien besoin de boire un coup, je crois.

– Qu'est-ce qui m'est arrivé ? »

Elle haussa du mieux qu'elle put les épaules sous le poids du jeune homme.

« Quelqu'un a accompli le Rite d'AshkEnte. Père a horreur de ça, il dit qu'on l'invoque tout le temps aux plus mauvais moments. La... part de toi qui était la Mort a disparu, et toi tu es resté. Je crois. En tout cas tu as retrouvé ta vraie voix.

– Quelle heure il est ?

– A quelle heure tu disais que les prêtres fermaient la pyramide ? »

Paupières plissées, les yeux larmoyants de Morty revinrent vers la tombe du roi. Pas de doute, à la lumière des torches des doigts s'activaient sur la porte. Bientôt, selon la légende, les gardiens s'éveilleraient à la vie et commenceraient leur patrouille interminable.

Il *savait* qu'ils le feraient. Il se rappelait tout. Il se rappelait la sensation de froid glacé dans son esprit infini comme le ciel nocturne. Il se rappelait l'assignation à une existence peu engageante dès l'apparition de la première créature vivante, parfaitement conscient qu'il survivrait à la vie jusqu'au dernier soupir du dernier être de l'univers, et que ce serait alors à lui, comme qui dirait, de mettre les chaises sur les tables et d'éteindre toutes les lumières.

Il se rappelait la solitude. « Me laisse pas, dit-il très vite.

– Je suis là, répondit-elle. Aussi longtemps que tu auras besoin de moi.

– Il est minuit », fit-il d'un ton de découragement en s'affaissant au bord du Tsort et en penchant sa tête douloureuse vers l'eau. Près de lui, dans un bruit de vidange de baignoire, Bigadin se désaltéra aussi.

« Ça veut dire qu'il est trop tard ?

– Oui.

– Je suis désolée. Je voudrais pouvoir faire quelque chose.

– Tu peux rien faire.

– Au moins, tu as tenu ta promesse à Albert.

– Oui, dit amèrement Morty. J'aurai au moins fait ça. »

Presque à l'autre bout du Disque...

Une fois encore, il devrait y avoir un mot pour désigner la microscopique étincelle d'espoir qu'on n'ose pas entretenir de peur qu'un intérêt excessif ne la fasse disparaître, comme lorsqu'on essaie de regarder un photon. On ne peut que s'en approcher discrètement, regarder au-delà, *passer* devant, attendre qu'il devienne assez gros pour affronter le monde.

Il releva un visage ruisselant d'eau, considéra l'horizon vers le couchant et tâcha de se rappeler la grande reproduction du Disque dans le cabinet de la Mort sans vraiment révéler à l'univers ce qu'il avait en tête.

Dans ces cas-là, on a l'impression d'un équilibre si fragile dans le champ du possible que réfléchir trop fort suffirait à le rompre.

Il s'orienta aux fines flèches de lumière du Moyeu qui dansaient sur le fond d'étoiles et décida, pris d'une inspiration, que Sto Lat se trouvait... là-bas...

« Minuit, dit-il tout haut.

– Minuit passé, maintenant », rectifia Ysabell.

Morty se releva, s'efforçant de ne pas laisser sa joie rayonner de ses yeux comme des lumières de phare, et empoigna le harnais de Bigadin.

« Viens, dit-il. On a pas beaucoup de temps.

– De quoi tu parles ? »

Il tendit la main pour aider la jeune femme à monter en croupe. Geste qui partait d'un bon sentiment, mais du coup il faillit se désarçonner tout seul. Ysabell le repoussa gentiment et grimpa par ses propres moyens. Bigadin, qui sentait l'agitation fiévreuse de Morty, faisait des pas de côté, s'ébrouait, frappait le sable du sabot.

« Dis, de quoi tu parles ? »

Morty fit volter le cheval face au rougeoiement lointain du coucher du soleil.

« De la vitesse de la nuit », répondit-il.

Coupefin passa la tête au-dessus des créneaux du palais et gémit. La démarcation n'était plus qu'à une rue, parfaitement visible dans l'octarine, et il n'avait pas besoin d'imaginer le bruit de friture. Il l'entendait : un méchant bourdonnement en dents de scie dû aux particules de possibilité qui, dans leur course erratique, percutaient l'interface et libéraient leur énergie sous forme de bruit. A mesure qu'elle se rapprochait, péniblement, la paroi nacrée avalait banderoles, torches et badauds pour ne laisser que rues obscures. Quelque part là-bas, songea Coupefin, je dors profondément dans mon lit et rien de tout ça n'est arrivé. Le veinard.

Il se baissa bien vite, glissa à bas de l'échelle, prit pied sur les pavés et cavala pour revenir dans la grande salle, les jupes de sa robe lui battant autour des chevilles. Il se faufila par la petite poterne du grand portail, ordonna au garde de la verrouiller, puis reprit ses jupes à la main, ses jambes à son cou et enfila bruyamment un couloir de service qui lui évitait de rencontrer des invités.

Des milliers de bougies éclairaient la salle pleine de dignitaires de Sto Lat, pour la plupart incertains sur le pourquoi de leur présence au palais. Et, bien sûr, il y avait l'éléphant.

C'était l'éléphant qui avait convaincu Coupefin que sa raison déraillait ; l'idée lui avait pourtant paru bonne quelques heures plus tôt, lorsque la vue basse du Grand Prêtre l'avait tellement mis hors de lui qu'il s'était souvenu de cette scierie à la sortie de la ville qui employait l'animal en question au transport de lourdes charges. Le pachyderme avait un certain âge, de l'arthrite et un caractère inégal, mais aussi un gros avantage en tant que victime sacrificielle. Le Grand Prêtre ne pourrait manquer de le voir.

Une demi-douzaine de gardes essayaient timidement de retenir l'éléphant dont le cerveau épais venait de l'informer qu'il aurait dû se trouver dans son écurie familière avec beaucoup de foin, d'eau et de temps devant lui pour rêver aux journées ensoleillées dans les grandes plaines kaki de Klatch. Il commençait à s'agiter.

L'autre raison de sa vivacité grandissante ne va pas tarder à se manifester : dans la confusion d'avant cérémonie, sa trompe a découvert le calice rituel contenant cinq litres de vin capiteux et les a bus cul sec. Des images bizarres, violentes, apparaissent comme dans des bulles devant ses yeux encroûtés : baobabs déracinés, combats entre mâles à la saison des amours, charges glorieuses dans des villages indigènes et autres plaisirs à demi oubliés. Si ça continue, il va voir des humains roses.

Heureusement, Coupefin ne savait rien de ce qui précède ; il attira l'attention de l'assistant du Grand Prêtre – un jeune homme inspiré qui avait eu la prévoyance de s'équiper d'un long tablier de caoutchouc et de cuissardes – et signala du geste que la cérémonie devait démarrer.

Il fonça comme une flèche dans le vestiaire du prêtre, batailla pour enfiler la robe de gala que la couturière du palais lui avait spécialement taillée, fouilla au fond de la corbeille à ouvrage à la recherche de chutes de dentelle, de paillettes et de fil d'or pour réaliser un habit d'un mauvais goût si flagrant que même l'Archichancelier de l'Université Invisible n'aurait pas eu honte de le porter. Coupefin s'accorda cinq secondes pour admirer son reflet dans le miroir avant de s'enfoncer le chapeau pointu sur la tête et de repartir en trombe vers la porte, où il s'arrêta juste à temps pour sortir d'un pas mesuré, comme il sied à une personne de condition.

Il retrouva le Grand Prêtre à l'instant où Kéli commençait à remonter l'allée centrale, flanquée de caméristes qui s'affairaient autour d'elle comme remorqueurs autour d'un paquebot de ligne.

Malgré le handicap de la robe héréditaire, Coupefin la trouva belle. Quelque chose en elle le faisait...

Il serra les dents et fit effort pour se concentrer sur les mesures de sécurité. Il avait posté des gardes à divers points stratégiques de la salle, au cas où le duc de Sto Hélit tenterait un remaniement de dernière minute de la succession royale, et il se rappela qu'il devait garder particulièrement à l'œil le duc en question qui se tenait assis au premier rang, un sourire curieusement serein sur la figure. L'homme surprit le regard de Coupefin, et le mage s'empressa de s'intéresser à autre chose.

Le Grand Prêtre leva les mains pour imposer silence. Coupefin se faufila jusqu'à lui alors que le vieillard se tournait vers le Moyeu et d'une voix cassée attaquait l'invocation aux dieux.

Coupefin laissa son regard glisser à nouveau vers le duc.

« Entendez-moi, hmm, ô dieux... »

Sto Hélit n'avait-il pas la tête levée vers l'obscurité des chevrons, repaire des chauves-souris ?

« ... entends-moi, ô Io l'Aveugle aux Cent Yeux ; entends-moi, ô Grand Offler à la Bouche Ouverte aux Oiseaux ; entends-moi, ô Fatalité Miséricordieuse ; entendsmoi, ô Destin, hmm, Glacé ; entends-moi, ô Sek aux Sept Mains ; entends-moi, ô Hoki des Bois ; entends-moi, ô... »

Une horreur sourde saisit Coupefin qui comprit que le vieux crétin, malgré les consignes, allait passer toute la liste en revue. Il existait actuellement plus de neuf cents dieux connus sur le Disque, et des théologiens chercheurs en découvraient de nouveaux chaque année. Ça pouvait prendre des heures. L'assemblée commençait déjà à remuer les pieds.

Kéli, debout devant l'autel, avait le visage furieux. Coupefin flanqua un coup de coude dans les côtes du Grand Prêtre, ce qui n'eut aucun effet notable, puis il agita férocement les sourcils à l'intention du jeune acolyte.

« Arrête-le ! souffla-t-il. On n'a pas le temps !

– Les dieux vont se fâcher...

– Pas autant que moi, et moi, je suis ici. »

L'acolyte considéra un instant l'expression de Coupefin et se dit qu'il valait mieux s'expliquer plus tard avec les dieux. Il donna une tape sur l'épaule du Grand Prêtre et lui chuchota quelques mots à l'oreille.

« ... ô Steikhegel, dieu de, hmm, des étables isolées ; entends-moi, ô... hein ? Quoi ? »

Murmure, murmure.

Le Grand Prêtre lança un regard mauvais à Coupefin, du moins là où il croyait qu'il se tenait.

« Oh, très bien. Hmm, prépare l'encens et les parfums pour la Confession-Absolution du Sentier Quatre-Voies. »

Murmure, murmure.

La figure du Grand Prêtre s'assombrit.

« J'imagine, hmm, qu'une petite prière, hmm, serait absolument hors de question ? fit-il d'un ton acide.

– Si certaines personnes ne s'activent pas, dit Kéli d'un air de ne pas y toucher, il va y avoir du vilain. »

Murmure.

« Ma foi, je ne sais pas, moi, fit le Grand Prêtre. C'était bien la peine de s'embêter avec une cérémonie, hmm, religieuse. Va me chercher ce fichu éléphant, alors. »

L'acolyte lança un regard affolé à Coupefin et fit signe aux gardes. Tandis que les responsables de l'animal le poussaient en avant avec force cris et coups de bâtons pointus, le jeune prêtre se glissa en crabe jusqu'à Coupefin et lui fourra quelque chose dans la main.

Le mage baissa les yeux. Un chapeau imperméable.

« C'est nécessaire ?

– Le Grand Prêtre est très pieux, fit l'acolyte. Un tuba ne serait pas de trop. »

L'éléphant arriva à l'autel où on le força, sans trop de mal, à s'agenouiller. Il avait des hoquets.

« Bon, alors, où il est ? fit sèchement le Grand Prêtre. Qu'on en finisse avec cette, hmm, *farce* ! »

Murmure de l'acolyte. Le Grand Prêtre écouta, hocha gravement la tête, saisit son couteau sacrificiel à manche blanc et l'éleva à deux mains au-dessus de sa tête. Toute l'assemblée regardait, retenant son souffle. Puis il le rabaissa.

« *Où ça*, devant moi ? »

Murmure.

« Je n'ai sûrement pas besoin de ton aide, mon ami ! Ça fait soixante-dix ans que je sacrifie des hommes et des jeunes garçons – et, hmm, des femmes et des animaux –, alors le jour où je ne saurai plus me servir du, hmm, couteau, il sera temps qu'on me mette au lit avec une pelle ! »

Et il abattit la lame dans un grand geste qui, par pure chance, ne causa qu'une blessure superficielle à la trompe de l'éléphant.

Le pachyderme sortit de sa léthargie euphorique et glapit. L'acolyte se retourna, horrifié, pour se trouver face à deux yeux minuscules injectés de sang qui lui louchaient dessus le long d'une trompe furieuse, et il franchit l'autel d'un seul bond à pieds joints.

L'éléphant était enragé. De vagues souvenirs lui revenaient en masse et embrouillaient son cerveau douloureux : des feux, des cris, des hommes avec des filets, des cages et des piques, et toutes les années passées à tirer de lourds troncs d'arbres. Il assena un coup de trompe sur la pierre d'autel et, à sa grande surprise, l'éclata en deux ; il souleva les deux moitiés en l'air avec ses défenses, tenta vainement de déraciner un pilier puis, pris d'un besoin pressant d'une bouffée d'air frais, se lança dans une charge arthritique en direction de la sortie à l'autre bout.

Il percuta la porte à toute allure, le sang bouillant de l'appel de la harde et pétillant d'alcool, et l'arracha de ses gonds. Le châssis toujours sur les épaules, il franchit la cour en donnant de la bande, pulvérisa le portail extérieur, rota et traversa la ville endormie dans un bruit de tonnerre. Il continuait d'accélérer lorsque la brise nocturne lui apporta les effluves du lointain et sombre continent de Klatch ; alors, la queue dressée, il se rendit à l'invitation ancestrale du pays.

Dans la salle, ce n'étaient que poussière, cris et confusion. Coupefin repoussa le chapeau qui lui bouchait la vue et se releva à quatre pattes.

« Merci, dit Kéli, allongée sous lui. Et pourquoi m'avez-vous sauté dessus ?

– L'instinct m'a poussé à vous couvrir, Votre Majesté.

– Oui, c'était peut-être l'instinct, mais... » Elle s'apprêtait à déclarer que l'éléphant aurait peut-être pesé moins lourd, mais la vue de la grosse figure sérieuse, un rien cramoisie du mage la fit changer d'avis.

« Nous en reparlerons plus tard », fit-elle. Elle s'assit et s'épousseta. « En attendant, je crois que nous allons nous passer de sacrifice. Je ne suis pas encore Votre Majesté, seulement Votre Altesse, et maintenant, si quelqu'un veut bien aller chercher la couronne... »

Le petit bruit sec d'un cran de sûreté se fit entendre derrière eux.

« Le mage va poser ses mains là où je peux les voir », dit le duc.

Coupefin se releva lentement et se retourna. Le duc avait le soutien d'une demi-douzaine de gros costauds inquiétants, le genre de particuliers dont l'unique fonction dans la vie consiste à déployer leur carrure derrière des hommes comme le duc. Ils étaient armés d'une douzaine de grosses arbalètes tout aussi inquiétantes dont le but principal était d'avoir l'air prêtes à partir.

La princesse bondit sur ses pieds et s'élança contre son oncle, mais Coupefin l'empoigna.

« Non, dit-il d'une voix calme. Je le vois mal vous attacher dans une cave et vous laisser juste assez de temps pour que les souris rongent vos liens avant la marée haute. C'est le genre à vous tuer séance tenante. »

Le duc s'inclina.

« On peut véritablement dire que les dieux ont parlé, fit-il. Manifestement, la princesse s'est fait tragiquement écraser par l'éléphant solitaire. Le peuple en sera bouleversé. J'ordonnerai personnellement une semaine de deuil.

– Vous n'oserez pas, tous les invités ont vu... ! » commença la princesse, au bord des larmes.

Coupefin secoua la tête. Il regardait les gardes qui se déplaçaient à travers la foule des invités ahuris.

« Non, dit-il. Vous seriez surprise de tout ce qu'ils n'ont pas vu. Surtout quand ils vont apprendre que mourir tragiquement écrasé par des éléphants solitaires peut être contagieux. On risque même d'y passer dans son lit. »

Le duc éclata d'un rire joyeux.

« Vraiment, tu es plutôt intelligent pour un mage,

dit-il. A vrai dire, je propose simplement le bannissement...

– Vous ne vous en tirerez pas comme ça », fit Coupefin. Il réfléchit un instant et ajouta : « Enfin, vous vous en tirerez peut-être comme ça, mais ça vous travaillera sur votre lit de mort et vous regretterez... »

Il se tut. Sa mâchoire s'affaissa.

Le duc se retourna à moitié pour suivre la direction de son regard.

« Eh bien, mage ? Qu'as-tu vu ?

– Non, vous ne vous en tirerez pas comme ça, fit un Coupefin hystérique. Vous ne serez même pas là. Bientôt, tout ça ne sera jamais arrivé, vous comprenez ?

– Surveillez ses mains, ordonna le duc. S'il bouge ne serait-ce qu'un doigt, abattez-les. »

Il regarda encore autour de lui, intrigué. Le mage avait paru sincère. Evidemment, on racontait que les mages voyaient des choses qui n'étaient pas là...

« Ça n'a même aucune importance, si vous me tuez, bafouilla Coupefin, parce que demain je vais me réveiller dans mon lit et il ne se sera rien passé. Ç'a traversé le mur ! »

La nuit se déroulait, s'étendait sur le Disque. Elle était bien sûr toujours présente, tapie dans les ombres, les trous et les caves, mais à mesure que la lumière alanguie du jour se traînait à la remorque du soleil, les mares et les étangs de nuit débordaient, se rejoignaient et fusionnaient.

La lumière du Disque-monde se déplace lentement à cause du formidable champ magique. La lumière du Disque-monde n'est pas comme la lumière d'ailleurs. Elle a vécu, elle a roulé sa bosse, elle n'éprouve pas le besoin de se précipiter partout. Elle sait qu'elle aura beau faire vite, l'obscurité arrivera toujours avant elle, alors elle ne s'énerve pas.

Minuit glissait au-dessus du paysage comme une chauve-souris aux ailes de velours. Et plus vite que minuit, tout petit point lumineux sur le fond noir du Disque, Bigadin galopait puissamment à sa poursuite. Des flammes grondaient dans le sillage de ses sabots. Les muscles jouaient sous sa peau luisante comme des serpents dans l'huile.

Le coursier et ses deux cavaliers filaient en silence. Ysabell ôta une main de la taille de Morty et regarda les étincelles qui chatoyaient autour de ses doigts dans les huit couleurs de l'arc-en-ciel. Des serpentins de lumière lui couraient en crépitant le long du bras et fulguraient à la pointe de ses poils.

Morty fit descendre sa monture, laissant un sillage de nuage en ébullition qui s'étirait sur des kilomètres derrière eux.

« Maintenant je sais que je deviens dingue, marmonna-t-il.

– Pourquoi ?

– Je viens de voir un éléphant, là-dessous. Ho, mon joli. Regarde, on aperçoit Sto Lat là-bas. »

Ysabell scruta par-dessus l'épaule de son compagnon la lueur au loin.

« Combien de temps il nous reste ? demanda-t-elle nerveusement.

– J'sais pas. Quelques minutes, peut-être.

– Morty, je ne t'ai pas encore demandé...

– Oui ?

– Qu'est-ce que tu vas *faire*, une fois là-bas ?

– J'sais pas, dit-il. J'comptais plus ou moins trouver une idée le moment venu.

– Tu l'as trouvée ?

– Non. Mais le moment est pas encore venu. Le sortilège d'Albert nous aidera peut-être. Et je... »

Le dôme de réalité recouvrait le palais comme une méduse qui s'avachit. La voix de Morty se perdit dans un silence horrifié. Puis Ysabell remarqua : « Là, je crois qu'il est *presque* venu, le moment. Qu'est-ce qu'on va faire ?

– Accroche-toi ! »

Bigadin franchit en vol plané le portail défoncé de la cour extérieure, glissa sur les pavés dans une gerbe d'étincelles et bondit par l'entrée béante de la salle. La paroi nacrée de l'interface apparut et disparut dans une impression d'embruns glacés.

Morty eut la vision confuse de Kéli, de Coupefin et d'un groupe d'hommes qui plongeaient à terre en catastrophe. Il reconnut le duc, dégaina son épée et sauta de selle dès que le coursier fut en bout de dérapage.

« La touchez pas ! s'écria-t-il. J'vous fais sauter la tête !

– Vraiment très impressionnant, dit le duc qui dégaina de même son épée. Et aussi très imprudent. Je... »

Il s'arrêta. Ses yeux se ternirent. Il bascula en avant. Coupefin reposa le gros chandelier d'argent dont il venait de se servir et adressa un sourire d'excuse à Morty.

Lequel se tourna vers les gardes ; la flamme bleue de l'épée de la Mort bourdonnait dans sa main.

« D'autres amateurs ? » gronda-t-il. Ils reculèrent, puis exécutèrent un demi-tour et prirent leurs jambes à leur cou. Lorsqu'ils traversèrent l'interface, ils disparurent. Il n'y avait pas d'invités non plus, de l'autre côté. Dans la vraie réalité, la salle était vide et obscure.

Tous quatre se retrouvaient seuls dans un hémisphère qui se réduisait rapidement.

Morty s'approcha discrètement de Coupefin.

« Vous avez une idée, vous ? fit-il. J'ai là, quelque part, un sortilège magique...

– Laisse tomber. Si j'essaie de la magie ici, ça va nous arracher la tête. Cette réalité est trop petite pour la contenir. »

Morty s'affaissa contre les restes de l'autel. Il se sentait vide, lessivé. L'espace d'un instant, il suivit des yeux la paroi grésillante de l'interface qui se rapprochait tranquillement. Il y survivrait, espérait-il, et Ysabell aussi. Coupefin non, mais un *certain* Coupefin, oui. Seule Kéli...

« Va-t-on me couronner, oui ou non ? fit d'un ton glacial la princesse. Je dois mourir reine ! C'est déjà épouvantable de mourir, alors s'il faut en plus mourir roturière... ! »

Morty tourna vers elle un regard vague, il essayait de retrouver de quoi elle pouvait bien parler. Ysabell farfouilla dans les décombres derrière l'autel et ramena un cercle d'or plutôt cabossé, serti de petits diamants. « C'est ça ? demanda-t-elle.

– C'est la couronne, fit Kéli, au bord des larmes. Mais il n'y a pas de prêtre ni rien. »

Morty poussa un profond soupir. « Coupefin, si on est dans notre réalité à nous, on peut l'arranger comme on veut, non ?

– Tu penses à quoi ?

– Vous êtes maintenant prêtre. Désignez votre dieu. »

Coupefin fit une révérence et prit la couronne des mains d'Ysabell.

« Vous vous moquez tous de moi ! ragea Kéli.

– Pardon, dit Morty d'une voix lasse. La journée a été longue.

– J'espère faire ça bien, dit un Coupefin solennel. C'est mon premier couronnement.

– A moi aussi, c'est mon premier couronnement! répliqua la princesse.

– Bien, fit le mage d'un ton apaisant. On va apprendre ensemble. » Il se mit à marmonner des mots impressionnants dans une langue étrange. Il s'agissait en fait d'un banal sortilège pour débarrasser les vêtements des puces, mais, songea-t-il, rien à foutre. Puis il se dit : bon sang, dans cette réalité-ci je suis le mage le plus puissant qui ait jamais existé, voilà de quoi raconter à mes petits-enf... Il serra les dents. Dans cette réalité-ci, certaines règles seraient différentes, sûrement.

Ysabell s'assit auprès de Morty et glissa la main dans la sienne.

« Alors ? demanda-t-elle calmement. Le moment est venu. Rien, pas d'idée ?

– Non. »

L'interface était à plus de la moitié de la salle, elle ralentissait légèrement tandis qu'elle écrasait implacablement la résistance de la réalité intruse.

Quelque chose d'humide et chaud souffla dans l'oreille de Morty. Il leva le bras et toucha le museau de Bigadin.

« Brave vieux cheval, dit-il. Et j'ai plus de morceaux de sucre. Va falloir que tu retrouves tout seul le chemin de la maison... »

Sa main se suspendit au milieu d'une tape affectueuse.

« On peut *tous* y rentrer, à la maison, dit-il.

– Je ne crois pas que Père apprécierait beaucoup, dit Ysabell, mais Morty l'ignora.

– Coupefin !

– Oui ?

– On s'en va. Vous venez ? Vous existerez toujours quand la démarcation va se refermer.

– Une partie de moi, oui.

– C'est ce que je voulais dire, fit Morty qui bondit sur le dos de Bigadin.

– Mais en tant que partie qui n'existera plus, j'aimerais me joindre à vous, s'empressa d'accepter le mage.

– J'ai l'intention de rester ici et de mourir dans mon royaume, déclara Kéli.

– Vos intentions, vous pouvez vous les garder, fit Morty. J'ai traversé tout le Disque pour vous sauver, vous voyez, alors vous allez être sauvée.

– Mais je suis la reine ! » s'indigna Kéli. Le doute envahit son regard et elle se retourna d'un bloc vers Coupefin qui rabaissa son chandelier d'un air coupable. « Je vous ai entendu prononcer la formule ! Je suis bien reine, n'est-ce pas ?

– Oh, oui », répondit en hâte Coupefin ; puis, la parole d'un mage étant supposée plus solide que l'airain, il ajouta vertueusement : « Et aussi protégée contre toute infestation.

– Coupefin ! » aboya Morty. Le mage hocha la tête, attrapa Kéli par la taille et la souleva à bras-le-corps sur le dos de Bigadin. Il se retroussa ensuite les jupes jusqu'à la ceinture, se hissa non sans mal derrière Morty, tendit la main et tira Ysabell dans son dos. Le cheval dansa quelques pas de gigue, mécontent de la surcharge, mais Morty le fit volter vers l'entrée démolie et le lança.

L'interface les suivit le temps qu'ils franchissent dans un fracas de sabots la salle et la cour avant de décoller péniblement. Sa brume nacrée n'était qu'à quelques mètres, elle se resserrait petit à petit.

« Excusez-moi, dit Coupefin à Ysabell en levant son chapeau. Igné Coupefin, mage de première catégorie (UI), ancien Identificateur Royal et futur décapité, sûrement. Sauriez-vous, par hasard, où nous nous rendons ?

– Chez mon père, cria Ysabell par-dessus le vent de leur course.

– L'ai-je déjà rencontré ?

– Ça m'étonnerait. Vous n'auriez pas oublié. »

Le faîte du mur du palais racla les sabots de Bigadin qui, muscles bandés, s'efforçait de prendre de l'altitude. Coupefin se pencha de nouveau en arrière, cramponné à son chapeau.

« Ce gentilhomme dont nous causons, c'est qui ? hurla-t-il.

– La Mort, répondit Ysabell.

– Pas...

– si.

– Oh. »

Coupefin fouilla du regard les toits loin en dessous et adressa un sourire de travers à la jeune femme. « On gagnerait peut-être du temps si je sautais tout de suite ?

– Il est charmant quand on le connaît, se défendit Ysabell.

– Ah oui ? Vous croyez qu'on en aura l'occasion ?

– Attention ! fit Morty. On devrait pas tarder à passer... »

Un trou tout noir fondit du ciel et les engloutit.

L'interface tremblota, hésitante, aussi vide qu'une poche de pauvre, et continua de se ratatiner.

La porte de devant s'ouvrit. Ysabell passa la tête dehors.

« Il n'y a personne à la maison, dit-elle. Vous feriez mieux d'entrer. »

Ses trois compagnons pénétrèrent en file dans le vestibule. Coupefin s'essuya consciencieusement les pieds.

« C'est un peu petit, critiqua Kéli.

– C'est beaucoup plus grand à l'intérieur, dit Morty qui se tourna vers Ysabell. Tu as regardé partout ?

– Je n'ai pas trouvé Albert non plus. Je ne me souviens même pas l'avoir déjà vu absent. »

Elle toussa, se rappelant ses devoirs d'hôtesse.

« Quelqu'un veut boire quelque chose ? » proposa-t-elle. Kéli l'ignora.

« Je m'attendais au moins à un château, dit-elle. Immense, noir, avec de grandes tours sombres. Pas à un porte-parapluies.

– Il y a une faux dedans, remarqua Coupefin.

– On va tous aller dans le cabinet, on va s'asseoir et je suis sûre qu'on se sentira mieux », dit précipitamment Ysabell qui poussa la porte matelassée noire.

Coupefin et Kéli franchirent le seuil en se chamaillant. Ysabell prit le bras de Morty.

« Qu'est-ce qu'on fait, maintenant ? demanda-t-elle. Père va être drôlement en colère s'il les voit ici.

– Je vais trouver quelque chose, dit Morty. Je vais récrire les autobiographies, n'importe quoi. » Il eut un faible sourire. « T'inquiète pas. Je vais trouver quelque chose. »

La porte claqua derrière eux. Morty se retourna pour tomber nez à nez avec la figure rigolarde d'Albert.

Le grand fauteuil de cuir de l'autre côté du bureau pivota lentement. La Mort regarda son apprenti par-dessus des doigts réunis en clocher. Une fois assuré d'avoir capté toute l'attention horrifiée de son auditoire, il déclara :

« VAUDRAIT MIEUX T'Y METTRE TOUT DE SUITE. »

Il se leva, parut grandir tandis que la pièce s'assombrissait.

« PAS LA PEINE DE T'EXCUSER », ajouta-t-il.

Kéli enfouit son visage dans la poitrine imposante de Coupefin.

« JE *suis revenu*. ET JE *suis en colère.*

– Maître, je... commença Morty.

– TAIS-TOI », le coupa la Mort. D'un index calcaire, il fit signe à Kéli. Elle se tourna vers lui pour le regarder, son corps n'osait pas désobéir.

La Mort avança le bras et lui toucha le menton. La main de Morty se porta vers son épée.

« EST-CE LÀ LE VISAGE QUI A POUSSÉ MILLE VAISSEAUX À PRENDRE LA MER ET EMBRASÉ LES TOURS GIGANTESQUES DE PSEUDOPOLIS ? » s'étonna la Mort. Kéli fixait, hypnotisée, les têtes d'épingle rouges à des kilomètres de profondeur dans les orbites sombres.

« Euh... excusez-moi, fit Coupefin qui tenait respectueusement son chapeau à la manière mexicaine.

– OUI ? fit la Mort, ramené à la réalité.

– Ce n'est pas elle, monsieur. Vous devez confondre avec un autre visage.

– COMMENT TU T'APPELLES ?

– Coupefin, monsieur. Je suis mage, monsieur.

– " JE SUIS MAGE, MONSIEUR ", se moqua la Mort. TAIS-TOI, MAGE.

– Monsieur. » Coupefin recula.

La Mort se tourna vers Ysabell.

« MA FILLE, EXPLIQUE-TOI. POURQUOI AS-TU AIDÉ CET IMBÉCILE ? »

Ysabell exécuta une révérence nerveuse.

« Je... je l'aime, Père. Je crois.

– C'est vrai ? s'étonna Morty. Tu l'as jamais dit !

– Ça ne semblait jamais le moment. Père, il ne voulait pas...

– TAIS-TOI. »

Ysabell baissa les yeux.

« Oui, Père. »

La Mort fit le tour du bureau de son pas raide pour s'arrêter bien en face de son apprenti. Il le considéra un long moment.

Puis, d'un seul geste à peine visible. sa main frappa Morty en pleine figure et l'envoya à terre.

« JE T'INVITE SOUS MON TOIT, dit-il, JE TE FORME, JE TE NOURRIS, JE T'HABILLE, JE T'OFFRE DES CHANCES DONT TU NE RÊVAIS MÊME PAS, ET VOILÀ COMMENT TU ME REMERCIES. TU DÉTOURNES MA FILLE DE MOI, TU NÉGLIGES LE SERVICE, TU FAIS DES VAGUES DANS LA RÉALITÉ QU'ON METTRA UN SIÈCLE À GUÉRIR. TES INTERVENTIONS INTEMPESTIVES ONT CONDAMNÉ TES CAMARADES À L'OUBLI. C'EST LE MOINS QU'EXIGERONT LES DIEUX.

» BREF, PETIT, TU COMMENCES BIEN MAL DANS TON PREMIER EMPLOI. »

Morty se mit péniblement en position assise en se tenant la joue. Elle brûlait d'un feu froid, comme de la glace de comète.

« Morty, rectifia-t-il.

– ÇA PARLE ! ET ÇA DIT QUOI ?

– Vous pourriez les laisser partir. Ils étaient là comme ça. C'était pas leur faute. Vous pourriez arranger...

– POURQUOI JE FERAIS ÇA ? ILS M'APPARTIENNENT À PRÉSENT.

– Pour eux, je suis prêt à me battre contre vous, dit Morty.

– TRÈS NOBLE. LES MORTELS SE BATTENT TOUT LE TEMPS CONTRE MOI. TU ES VIRÉ. »

Morty se remit debout. Il se rappelait avoir été la Mort. Il en retrouva la sensation, la laissa remonter à la surface...

« NON, dit-il.

– AH. TU ME DÉFIES D'ÉGAL À ÉGAL, ALORS ? »

Morty déglutit. Mais au moins la marche à suivre était claire maintenant. Quand vous tombez d'une falaise, votre vie prend une direction bien définie.

« S'il le faut, dit-il. Et si je gagne...

– SI TU GAGNES, TU SERAS EN POSITION DE FAIRE TOUT CE QUI TE CHANTE, dit la Mort. SUIS-MOI. »

Il passa devant l'apprenti de sa démarche raide et sortit dans le vestibule.

Les quatre autres regardèrent Morty.

« Tu es sûr de savoir ce que tu fais ? demanda Coupefin.

– Non.

– Tu ne peux pas battre le maître », dit Albert. Il soupira. « Crois-moi.

– Qu'est-ce qui va se passer si vous perdez ? fit Kéli.

– Je ne perdrai pas. C'est ça l'ennui.

– Père veut qu'il gagne, dit amèrement Ysabell.

– Vous voulez dire qu'il va laisser Morty gagner ? fit Coupefin.

– Oh, non, il ne va pas le *laisser* gagner. Il veut seulement qu'il gagne. »

Morty approuva de la tête. Tandis qu'ils suivaient la forme sombre de la Mort, il imagina un avenir à servir éternellement le dessein mystérieux que le Créateur avait en tête, à vivre hors du Temps. Il ne pouvait reprocher à la Mort de vouloir lâcher le métier. La Mort avait dit que les os n'étaient pas obligatoires, mais peut-être que ça n'aurait pas beaucoup d'importance. L'éternité donnerait-elle une impression de longueur, ou est-ce que toutes les vies – d'un point de vue personnel – avaient exactement la même durée ?

*Salut,* fit une voix dans sa tête. *Tu te souviens de moi ? Je suis toi. C'est moi qui t'ai fourré dans ce pétrin.*

« Merci », dit-il avec aigreur. Les autres lui jetèrent un regard.

*Tu pourrais t'en sortir,* reprit la voix. *Tu as un gros avantage. Tu as été lui, et lui n'a jamais été toi.*

La Mort traversa rapidement le vestibule pour passer dans la Longue Salle, où toutes les bougies s'allumèrent docilement d'un coup à son entrée.

« ALBERT.

– Maître ?

– VA ME CHERCHER LES SABLIERS.

– Maître. »

Coupefin saisit le bras du vieillard.

« Vous êtes mage, siffla-t-il. Vous n'êtes pas obligé de faire ce qu'il dit !

– T'as quel âge, mon gars ? demanda gentiment Albert.

– Vingt ans.

– Quand t'auras le mien, les choix t'apparaîtront autrement. » Il s'adressa à Morty. « Excuse-moi. »

Morty dégaina son épée à la lame presque invisible dans la lumière des bougies. La Mort se retourna et lui fit face, mince silhouette devant un immense casier de sabliers.

Il étendit les bras. La faux apparut dans ses mains, accompagnée d'un coup de tonnerre miniature.

Albert ramena par l'une des allées bordées d'étagères deux sabliers qu'il déposa sans un mot sur une saillie d'un des piliers.

Le premier avait plusieurs fois la taille des sabliers ordinaires : noir, délicat et orné d'un motif intriqué de crânes et de tibias.

Ce n'était pas ce que l'objet avait de plus déplaisant. Morty étouffa un grognement. Il ne voyait pas de sable dedans.

L'autre, plus petit, était plutôt simple, sans décoration. Morty avança la main vers lui.

« Je peux ? demanda-t-il.

– JE T'EN PRIE. »

Le nom *Morty* était gravé sur l'ampoule supérieure. Il leva le sablier à la lumière et nota sans véritable surprise qu'il n'y restait presque plus de sable. Lorsqu'il se l'approcha de l'oreille, il crut entendre, même par-dessus le rugissement permanent des millions de compte-vies qui l'entouraient, le bruit de sa propre existence qui se vidait.

Il le reposa très délicatement.

La Mort se tourna vers Coupefin.

« MONSIEUR LE MAGE, JE VOUS PRIE, AURIEZ-VOUS L'AMABILITÉ DE COMPTER JUSQU'À TROIS POUR NOUS ? »

Coupefin accepta de la tête, sans enthousiasme.

« Vous êtes sûr de ne pas pouvoir trouver un arrangement autour d'une table ronde... ? commença-t-il.

– NON.

– Non. »

L'apprenti et la Mort tournèrent prudemment l'un autour de l'autre ; leurs reflets dansaient sur les empilements de sabliers.

« Un », fit Coupefin.

La Mort brandit sa faux d'un geste menaçant.

« Deux. »

Les lames s'entrechoquèrent entre les deux adversaires dans un raclement de chat qui glisse le long d'une vitre.

« Ils ont tous les deux triché ! » s'exclama Kéli. Ysabell hocha la tête. « Evidemment », dit-elle.

Morty fit un bond en arrière et porta un coup de taille trop lent que son maître détourna facilement avant de transformer sa parade en un fauchage à ras le sol auquel l'apprenti n'échappa que par un saut maladroit à pieds joints.

Bien que la faux ne figure pas parmi les armes de guerre de premier plan, quiconque s'est trouvé du mauvais côté, disons, d'une révolte paysanne, sait combien elle devient redoutable entre des mains expérimentées. Une fois que le faucheur a commencé à la faire aller et venir, nul ne sait – y compris le faucheur lui-même – où se trouve la lame et où elle se trouvera l'instant suivant.

La Mort s'avança en souriant. Le jeune homme se baissa pour esquiver un fauchage à hauteur de tête et plongea de côté ; il entendit un tintement de verre derrière lui lorsque la pointe de métal embrocha un sablier sur l'étagère la plus proche...

... Dans une ruelle sombre de Morpork, un entrepreneur de vidange s'agrippa la poitrine et piqua du nez dans son tombereau...

Morty roula et se releva pour mouliner à deux mains au-dessus de sa tête ; un frémissement de joie mauvaise le parcourut lorsque la Mort rompit en vitesse sur le carrelage. Le moulinet furieux trancha dans une étagère ; son chargement de sabliers se mit à glisser vers le dallage. Morty eut vaguement conscience d'Ysabell qui le dépassait à toute allure pour les rattraper un à un...

... Ici et là sur le Disque, quatre personnes échappèrent miraculeusement à une chute mortelle...

... et il se précipita en avant pour pousser son avantage. Les mains de la Mort ne furent plus que des éclairs indistincts tandis qu'elles paraient chaque coup de taille et d'estoc, puis elles changèrent leur prise sur le manche pour ramener la lame en un arc de cercle vertical que l'apprenti évita gauchement d'un pas de côté, entaillant avec la garde de son épée le châssis d'un sablier qui vola à travers la salle...

... Dans les montagnes du Bélier, un berger de thargas qui cherchait à la lumière de sa lampe une femelle égarée perdit l'équilibre et dégringola dans un précipice de trois cents mètres...

... Coupefin plongea en avant, attrapa le sablier au vol d'une main désespérément tendue, retomba sur le carrelage et glissa sur le ventre...

... Sous le berger hurlant apparut mystérieusement un sycomore noueux qui brisa sa chute et le débarrassa de ses problèmes majeurs – la mort, le jugement des dieux, l'incertitude d'aller au Paradis et ainsi de suite – pour leur substituer celui relativement plus simple d'escalader une trentaine de mètres d'à-pic glacé par nuit noire.

Il y eut une pause quand les combattants s'écartèrent l'un de l'autre et se tournèrent encore autour, dans l'attente d'une ouverture.

« Nous pouvons certainement faire quelque chose ? demanda Kéli.

– Morty perdra, de toute façon », répondit Ysabell en secouant la tête. Coupefin dégagea d'une saccade le chandelier d'argent de sa manche bouffante et se le passa d'une main à l'autre d'un air songeur.

La Mort leva la faux d'un geste menaçant, fracassa au passage un sablier près de son épaule...

... À Bès Pélargic, le bourreau en chef de l'empereur s'écroula en arrière dans sa propre cuve d'acide...

... et assena un autre coup que Morty esquiva par pur hasard. Mais de justesse. Il sentait une douleur cuisante dans ses muscles et la grisaille engourdissante des toxines de fatigue dans son cerveau, deux handicaps dont son maître n'avait pas à se soucier.

La Mort s'en aperçut.

« ABANDONNE, dit-il. JE ME MONTRERAI PEUT-ÊTRE CLÉMENT. »

Pour illustrer ses dires, il porta un coup de taille que Morty intercepta en catastrophe du tranchant de son épée. La lame de faux rebondit en l'air, fit voler un sablier en milliers d'éclats...

... Le duc de Sto Hélit s'étreignit le cœur, eut l'impression de recevoir un coup de poignard glacé, hurla sans un bruit et culbuta de son cheval...

Morty recula jusqu'à ce qu'il sente la rudesse d'un pilier de pierre sur son cou. Le sablier de la Mort aux ampoules désespérément vides se trouvait à quelques centimètres de sa tête.

Ladite Mort ne lui prêtait guère attention. L'air pensif, il regardait par terre les tessons de la vie du duc.

Morty poussa un hurlement et donna un violent coup d'épée en l'air, sous les maigres applaudissements du public qui n'espérait que ça depuis un moment. Même Albert battit de ses mains ridées.

Mais au lieu du tintement de verre auquel s'attendait le jeune homme... il n'y eut rien.

Il se retourna et essaya encore. La lame passa à travers le sablier sans le briser.

Le changement dans la texture de l'air ambiant lui fit ramener l'épée à temps pour dévier un fauchage vicieux de haut en bas. La Mort s'écarta d'un bond pour esquiver la riposte de Morty, une riposte lente et molle.

« C'EST LA FIN, PETIT.

– Morty », fit l'apprenti. Il leva les yeux.

« MORTY », répéta-t-il, et il remonta l'épée en un grand coup qui trancha le manche de la faux en deux. La colère montait en lui. S'il devait mourir, au moins ce serait sous son vrai nom.

« MORTY, ESPÈCE DE SALAUD ! » brailla-t-il avant de se propulser droit sur le crâne ricanant, dans le vrombissement de son épée qui exécutait une danse compliquée de lumière bleue. La Mort recula en titubant ; il riait, se courbait sous la pluie de coups furieux qui continuaient de débiter le manche de la faux en morceaux.

Morty tournait autour de lui, taillait, allongeait une botte, tristement conscient, même à travers les brumes rouges de la rage, que la Mort suivait chacun de ses déplacements, la lame de faux orpheline tenue à la main comme une épée. Il n'y avait pas d'ouverture, et sa colère finirait par retomber. Tu ne le battras jamais, se dit-il. Le mieux qu'on puisse faire, c'est le tenir un moment à distance. Et c'est sans doute préférable de perdre que de gagner. Qui a envie de l'éternité, d'ailleurs ?

A travers le rideau de sa fatigue, il vit la Mort se déplier de toute la longueur de ses os et faire décrire à sa faux un mouvement circulaire lent et indolent, comme si elle fendait de la mélasse.

« Père ! » cria Ysabell.

La Mort tourna la tête.

L'esprit de Morty se réjouissait peut-être à la perspective de la vie à venir, mais son corps, qui devait se dire qu'il avait beaucoup à perdre dans l'affaire, émit des objections. Il abattit l'épée à bout de bras en un coup imparable qui éjecta la lame de la main de son adversaire, lequel se retrouva immobilisé contre le pilier le plus proche.

Dans le silence soudain, Morty se rendit compte qu'il n'entendait plus un petit bruit à la limite de l'audible qui le gênait depuis dix minutes. Il lança un regard rapide en coin.

Son sable tirait à sa fin.

« FRAPPE. »

Morty leva l'épée et plongea les yeux dans les deux flammes bleues.

Il rabaissa son arme.

« Non. »

La Mort décocha un violent coup de pied à hauteur d'aine, à une vitesse qui fit même tressaillir Coupefin.

Sans un cri, Morty se plia en boule et roula sur le sol. A travers ses larmes, il vit s'approcher la Mort, la lame de faux dans une main et le sablier de son apprenti dans l'autre. Il vit Kéli et Ysabell écartées dédaigneusement alors qu'elles faisaient le geste de s'accrocher à la robe. Il vit Coupefin écoper d'un coup de coude dans les côtes et son chandelier tomber avec fracas sur le carrelage.

La Mort se dressa au-dessus de lui. La pointe de la lame plana un instant devant ses yeux, puis s'éleva très vite.

« Tu as raison. Il n'y a pas de justice. Rien que toi. »

La Mort hésita et baissa lentement la faux. Il se retourna et posa un regard interrogateur sur le visage d'Ysabell. Elle tremblait de colère.

« CE QUI VEUT DIRE ? »

Elle lui rendit un regard noir, après quoi sa main vola en arrière, vira, fusa en avant et frappa dans un bruit de cornet à dés.

Un bruit beaucoup moins sonore que le silence qui s'ensuivit.

Kéli ferma les yeux. Coupefin se détourna et se couvrit la tête des bras.

La Mort porta une main à son crâne, tout doucement.

La poitrine d'Ysabell montait et descendait, un spectacle qui aurait dû faire abandonner la magie à Coupefin pour le restant de ses jours.

D'une voix encore plus caverneuse que d'habitude, la Mort finit par demander : « POURQUOI ?

– Tu as dit que tripatouiller le destin d'un individu risquait de détruire le monde entier, fit Ysabell.

– OUI ?

– Tu es intervenu dans le sien. Et dans le mien. » Elle pointa un doigt tremblant vers les bris de verre par terre. « Et dans ceux-là aussi.

– ET ALORS ?

– Qu'est-ce qu'ils vont réclamer les dieux, pour ça ?

– À MOI ?

– Oui ! »

La Mort parut surpris. « LES DIEUX NE PEUVENT RIEN ME RÉCLAMER, À MOI. MÊME LES DIEUX FINISSENT PAR ME RENDRE DES COMPTES.

– M'a pas l'air très équitable, hein ? Les dieux ne se soucient donc pas de justice ni de miséricorde ? » fit sèchement Ysabell. Sans qu'on la remarque vraiment, elle avait ramassé l'épée.

La Mort eut un grand sourire. « J'APPLAUDIS À TES EFFORTS, dit-il, MAIS ÇA NE SERT À RIEN. ÉCARTE-TOI.

– Non.

– IL FAUT QUE TU COMPRENNES : MÊME L'AMOUR N'EST PAS UNE PROTECTION CONTRE MOI. JE REGRETTE. »

Ysabell leva l'épée.

« Toi, tu regrettes ?

– ÉCARTE-TOI, JE TE DIS.

– Non. Tu es rancunier, c'est tout. Ce n'est pas juste ! »

La Mort baissa un instant le crâne, puis le releva, les yeux flamboyants.

« TU FERAS CE QU'ON TE DIT.

– Non.

– TU RENDS LES CHOSES DIFFICILES.

– Tant mieux. »

Les doigts de la Mort battirent une charge impatiente sur la lame de la faux, comme une souris qui aurait dansé des claquettes sur une boîte de conserve. Il avait l'air de réfléchir. Il regarda Ysabell debout au-dessus de Morty, puis il se retourna et regarda les autres qui se blottissaient contre un rayonnage.

« NON, dit-il enfin. NON. ON NE ME DONNE PAS D'ORDRES, À MOI. ON NE ME FORCE PAS. JE FERAI UNIQUEMENT CE QUE JE SAIS ÊTRE JUSTE. »

Il fit un geste de la main, et l'épée s'arracha en vrombissant de la prise d'Ysabell. Il exécuta un autre mouvement compliqué, et ce fut la fille qui se retrouva saisie et plaquée sans rudesse mais avec fermeté contre le pilier voisin.

Morty vit la Faucheuse noire revenir vers lui, sa lame brandie en arrière avant de porter le coup de grâce. La Mort se planta devant le jeune homme.

« TU NE SAIS PAS À QUEL POINT ÇA ME NAVRE », dit-il.

Morty se redressa sur les coudes.

« Peut-être que si. »

Son maître le considéra d'un regard étonné plusieurs secondes durant, puis éclata d'un rire qui rebondit, sinistre, dans toute la salle, se répercuta sur les étagères. Sans cesser de rire comme un tremblement de terre dans un cimetière, il mit le propre sablier de Morty sous le nez de son propriétaire.

Morty essaya de faire le point sur l'objet. Il vit le dernier grain de sable déraper sur la surface polie, vaciller sur le bord puis tomber vers le fond, dans une chute au ralenti. Il tournait sur lui-même et ses minuscules facettes de silice renvoyaient par intermittence la lumière des bougies. Il atterrit sans un bruit et forma un petit cratère.

La lueur dans les yeux de la Mort brillait jusqu'à emplir tout le champ de vision de l'apprenti ; son rire secouait l'univers.

Et alors, la Mort retourna le sablier.

Une fois de plus, les lumières des bougies et la musique inondaient la grande salle de Sto Lat.

Alors que les invités descendaient en foule les marches et s'abattaient sur les viandes froides, le Maître des Cérémonies présentait d'une traite ceux qui, pour une question de prestige ou par simple étourderie, arrivaient en retard. Par exemple :

« L'Identificateur Royal, Maître de la Chambre de la Reine, Son Ipississumusité Igné Coupefin, Mage de Premier Niveau (UI). »

Coupefin s'approcha du noble couple, le sourire aux lèvres, un gros cigare à la main.

« Je peux embrasser la mariée ? fit-il.

– Si c'est permis aux mages, répondit Ysabell qui tendit une joue.

– On a trouvé le feu d'artifice formidable, dit Morty. Et je pense qu'on pourra bientôt rebâtir le mur extérieur. Vous allez sûrement trouver le chemin du buffet tout seul.

– Il a l'air beaucoup mieux ces temps-ci, remarqua Ysabell derrière un sourire figé tandis que Coupefin disparaissait dans la masse des invités.

– S'il est le seul à pas prendre la peine d'obéir à la reine, c'est qu'il y a de bonnes raisons, fit Morty tout en échangeant un salut de la tête avec un aristocrate de passage.

– On raconte que c'est lui le vrai pouvoir derrière le trône, dit Ysabell. Une chose grise.

– Ruminance grise, fit distraitement Morty. T'as

remarqué qu'il a arrêté la magie depuis un certain temps ?

– Tais-toi, le voilà.

– Sa Majesté Suprême la Reine Kélirehenna Ire, Seigneur de Sto Lat, Protectrice des Huit Protectorats et Impératrice de la Bande de Territoire Contestée du Côté Moyeu de Sto Kerrig. »

Ysabell exécuta une petite révérence. Morty inclina la tête. Kéli leur adressa à tous deux un sourire radieux. Ils ne pouvaient s'empêcher de noter qu'une quelconque influence l'inclinait à porter désormais des vêtements qui épousaient plus ou moins les courbes de sa silhouette, et à éviter les coiffures qui rappelaient le croisement d'un ananas et d'une barbe à papa.

Elle planta un baiser sur la joue d'Ysabell, puis recula d'un pas et considéra Morty des pieds à la tête.

« Comment va Sto Hélit ? demanda-t-elle.

– Bien, bien, dit Morty. Mais faudra faire quelque chose au sujet des caves. Feu votre oncle avait des... passe-temps qui sortaient de l'ordinaire, et...

– C'est de toi qu'elle parle, chuchota Ysabell. C'est ton nom officiel.

– Je préférais Morty.

– Très intéressantes, vos armoiries, fit la reine. Faux en croix sur sablier rampant en champ de sable. Elles ont donné une bonne migraine au Collège Royal.

– C'est pas que ça m'embête d'être duc, dit Morty. C'est d'être marié à une duchesse qui m'épate.

– Vous vous y habituerez.

– J'espère que non.

– Bien. A présent, Ysabell, dit Kéli, la mâchoire décidée, si vous devez fréquenter les cercles royaux, il y a certaines personnes qu'il vous faut absolument connaître... »

Ysabell lança à Morty un regard désespéré pendant qu'on l'entraînait dans la foule où elle se perdit bientôt.

Le jeune homme se passa un doigt dans l'encolure, jeta un coup d'œil à droite, un autre à gauche, et fila dans un coin d'ombre, à l'abri de fougères près de l'extrémité du buffet, afin de rester un moment seul au calme.

Derrière lui, le Maître des Cérémonies s'éclaircit la gorge. Ses yeux prirent un air absent, vitreux.

« Le Voleur d'Ames, annonça-t-il de la voix distante de celui dont les oreilles n'entendent pas ce que disent les lèvres, Vainqueur d'Empires, Avaleur d'Océans,

Escamoteur d'Années, l'Ultime Réalité, Moissonneur de l'Humanité, la...

– ÇA VA, ÇA VA. JE PEUX ENTRER TOUT SEUL. »

Morty se figea, une cuisse de dinde froide à mi-chemin de sa bouche. Il ne se retourna pas. Nul besoin. Il n'y avait pas à se tromper sur cette voix qu'on sentait davantage qu'on ne l'entendait, ni sur l'atmosphère qui fraîchissait et s'assombrissait. Les bavardages et la musique de la réception nuptiale ralentirent et s'estompèrent.

« On pensait pas que vous alliez venir, dit-il à une fougère en pot.

– AU MARIAGE DE MA PROPRE FILLE ? D'AILLEURS, C'EST LA PREMIÈRE FOIS QU'ON M'INVITE À QUOI QUE CE SOIT. UNE INVITATION DORÉE SUR TRANCHE, AVEC RSVP ET TOUT.

– Oui, mais comme on vous a pas vu au service...

– JE ME SUIS DIT QUE CE N'ÉTAIT PEUT-ÊTRE PAS TOUT À FAIT DE CIRCONSTANCE.

– Ben, oui, j'imagine...

– POUR ÊTRE FRANC, JE M'ATTENDAIS QUE TU ÉPOUSES LA PRINCESSE. »

Morty rougit.

« On en a discuté. Puis on s'est dit que c'est pas parce qu'on sauve une princesse qu'il faut se précipiter.

– TRÈS SAGE. IL Y A TROP DE JEUNES FEMMES À SE JETER AU COU DU PREMIER FRELUQUET QUI LES RÉVEILLE D'UN SOMMEIL DE CENT ANS, PAR EXEMPLE.

– Et puis... ben... on s'est dit que tout compte fait, ben... comme je commençais à mieux connaître Ysabell. ben...

– OUI, OUI, JE SUIS SÛR. UN CHOIX *EXCELLENT*. PAR AILLEURS, MOI, J'AI DÉCIDÉ DE NE PLUS M'INTÉRESSER AUX AFFAIRES HUMAINES.

– Vraiment ?

– SAUF À TITRE OFFICIEL, BIEN ENTENDU. ÇA ME TROUBLAIT LE JUGEMENT. »

Une main de squelette apparut à la limite de la vision de Morty et piqua adroitement un œuf farci. Morty pivota.

« Qu'est-ce qui s'est passé ? demanda-t-il. Faut que je sache ! On était dans la Longue Salle et la seconde d'après on s'est retrouvés dans un champ en dehors de la ville ; et c'était vraiment nous ! Je veux dire, la réalité a été modifiée pour nous faire entrer dedans. Qui c'est qu'a fait ça ?

– J'EN AI TOUCHÉ UN MOT AUX DIEUX. » La Mort avait l'air mal à l'aise.

« Oh, vous avez fait ça, hein ? » dit le nouveau duc.

La Mort évita son regard.

« OUI.

– Ils ont pas dû être très contents, j'pense.

– LES DIEUX SONT JUSTES. ILS SONT AUSSI SENTIMENTAUX. MOI, JE N'Y SUIS JAMAIS ARRIVÉ.

» MAIS TU N'ES PAS ENCORE SORTI D'AFFAIRE. TU DOIS VEILLER À CE QUE L'HISTOIRE S'ACCOMPLISSE.

– Je sais, dit Morty. Unir les royaumes et tout.

– Tu vas peut-être finir par regretter de ne pas être resté avec moi.

– J'ai sûrement beaucoup appris », reconnut Morty. Il porta la main à sa figure et caressa distraitement les quatre minces cicatrices blanches de sa joue. « Mais j'crois pas que j'étais taillé pour ce genre de boulot. Ecoutez, je regrette vraiment...

– J'AI UN CADEAU POUR TOI. »

La Mort reposa son assiette de hors-d'œuvre et fourragea dans les replis mystérieux de sa robe. Lorsque sa main osseuse émergea, elle tenait un petit globe entre le pouce et l'index.

Le globe faisait sept ou huit centimètres de diamètre. Il aurait pu passer pour la plus grosse perle du monde, sauf que sa surface n'était qu'un tourbillon en mouvement de formes argentées tarabiscotées, perpétuellement sur le point de se résoudre en un tracé identifiable mais qui parvenaient toujours à s'y soustraire.

Lorsque la Mort le lâcha dans la paume tendue du jeune homme, l'objet parut étonnamment lourd et légèrement chaud.

« POUR TOI ET TA DAME. UN CADEAU DE MARIAGE. UNE DOT.

– C'est magnifique ! On croyait que le porte-toasts en argent venait de vous.

– ÇA, C'ÉTAIT ALBERT. JE CRAINS QU'IL N'AIT PAS BEAUCOUP D'IMAGINATION. »

Morty tournait et retournait le globe dans ses mains. On aurait dit que les formes qui bouillaient à l'intérieur répondaient à son toucher, qu'elles envoyaient des petits serpentins de lumière qui se cambraient en surface vers ses doigts.

« C'est une perle ? fit-il.

– OUI. QUAND QUELQUE CHOSE IRRITE UNE HUÎTRE ET QUE LA PAUVRE BÊTE NE PEUT PAS S'EN DÉBARRASSER, ELLE L'ENROBE DE MUCUS ET LE TRANSFORME EN PERLE. ÇA, C'EST UNE PERLE D'UNE AUTRE NATURE. UNE PERLE DE RÉALITÉ. TOUT CE QUI BRILLE LÀ, C'EST DE LA RÉALITÉ CONGELÉE. TU DEVRAIS LA RECONNAÎTRE... C'EST TOI QUI L'AS CRÉÉE, APRÈS TOUT. »

Morty se passait doucement le globe d'une main à l'autre.

« On va le mettre avec les joyaux du château, dit-il. On en a pas tant que ça.

– UN JOUR, CE SERA LE GERME D'UN NOUVEL UNIVERS. »

Morty eut un geste maladroit, mais sa main plongea dans un réflexe fulgurant et rattrapa le globe avant qu'il ne tombe sur le dallage.

« Quoi ?

– LA PRESSION DE CETTE RÉALITÉ-CI MAINTIENT L'AUTRE DANS CE VOLUME. LE JOUR PEUT ARRIVER OU L'UNIVERS FINIRA ET LA RÉALITÉ MOURRA, ALORS L'AUTRE EXPLOSERA ET... QUI SAIT ? GARDE ÇA EN LIEU SÛR. CE PRÉSENT EST AUSSI UN AVENIR. »

La Mort pencha le crâne de côté. « C'EST PEU DE CHOSE, ajouta-t-il. TU AURAIS PU OBTENIR L'ÉTERNITÉ.

– Je sais, fit Morty. J'ai eu beaucoup de chance. »

Il posa très soigneusement le globe sur la table du buffet, entre les œufs de cailles et les friands à la saucisse.

« J'AI UN AUTRE CADEAU », dit la Mort. Il replongea la main sous sa robe et sortit une forme oblongue maladroitement emballée et attachée avec une ficelle.

« C'EST POUR TOI, PERSONNELLEMENT. TU N'AS JAMAIS EU L'AIR DE T'Y INTÉRESSER. TU T'IMAGINAIS DONC QU'IL N'EXISTAIT PAS ? »

Morty déballa le paquet et se rendit compte qu'il tenait un petit livre relié Cuir. Sur le dos luisait un seul mot. frappé à la feuille d'or : *Morty*.

Il le feuilleta à partir de la fin, passa en revue les pages blanches jusqu'à ce qu'il tombe sur le mince filet d'encre qui serpentait patiemment vers le bas de la page, et il lut :

*Morty referma le livre avec un petit claquement qui résonna dans le silence comme l'explosion de la création, et il eut un sourire gêné.*

*« Il y a beaucoup de pages à remplir, dit-il. Combien de sable il me reste ? D'après Ysabell, comme vous avez retourné le sablier, ça veut dire que je mourrai à...*

*– IL T'EN RESTE ASSEZ, fit la Mort avec froideur. LES MATHÉMATIQUES, ÇA N'EST PAS AUSSI FORMIDABLE QU'ON LE PRÉTEND.*

*– Ça vous dirait d'être invité à des baptêmes ?*

*– JE NE CROIS PAS. JE N'AVAIS PAS DE DISPOSITIONS POUR ÊTRE PÈRE, ET ENCORE MOINS POUR ÊTRE GRAND-PÈRE. JE N'AI PAS LES GENOUX QU'IL FAUT. »*

*Il reposa son verre de vin et fit un signe de tête à Morty.*

*« MES AMITIÉS À TA DAME, dit-il. ET MAINTENANT, FAUT VRAIMENT QUE J'Y AILLE.*

*– Vous êtes sûr ? Vous pouvez rester, ça nous ferait plaisir.*

*– C'EST GENTIL À TOI DE ME LE PROPOSER, MAIS LE SERVICE ME RÉCLAME. » Il tendit une main osseuse. « TU SAIS CE QUE C'EST. »*

*Morty saisit la main et la serra en ignorant le frisson qu'elle provoqua en lui.*

*« Ecoutez, dit-il. Si jamais vous voulez vous libérer quelques jours, vous savez, si vous avez envie de vacances...*

*– JE TE REMERCIE POUR TON OFFRE, fit gracieusement la Mort. J'Y PENSERAI SÉRIEUSEMENT. ET MAINTENANT...*

*– Adieu, dit Morty qui fut surpris de se découvrir une boule dans la gorge. Un mot vraiment affreux, hein ?*

*– PLUTÔT, OUI. » La Mort sourit, la chose est connue, parce qu'il n'avait guère le choix. Mais peut-être y avait-il intention, cette fois.*

*« JE PRÉFÈRE AU REVOIR », dit-il.*

AINSI PREND FIN
MORTIMER,
QUATRIÈME LIVRE DES
ANNALES DU DISQUE-MONDE

## OUVRAGES DE LA COLLECTION « SCIENCE-FICTION »

**Aldiss Brian**
Cryptozoïque
Frankenstein délivré

**Anderson Poul**
Le barde du futur (Le grand temple de la S.-F.)
Tempête d'une nuit d'été
Trois cœurs, trois lions

**Anthony Piers**
*Les livres magiques de Xanth*
1 — Lunes pour Caméléon
2 — La source de magie
3 — Château-Roogna
4 — L'(A)ile du Centaure
5 — Amours, délices et ogres
6 — Cavales dans la nuit
7 — Dragon sur piédestal
8 — La Tapisserie des Gobelins

**Anthony Piers/Lackey Mercedes**
Cher démon

**Asimov Isaac**
*Asimov présente*
1 — Futurs sans escale
2 — Futurs en délire
3 — Futurs à gogos
4 — Futurs pas possibles
5 — Futurs tous azimuts
6 — Futurs sens dessus dessous
7 — Futurs qui craignent
8 — Futurs mode d'emploi
10 — Futurs bien frappés
11 — Futurs moulés à la louche
L'avenir commence demain
Azazel
Les courants de l'espace
Destination cerveau
Les fils de Fondation
Némésis
Prélude à l'éternité (Le grand temple de la S.-F.)
Prélude à Fondation

**Asimov Isaac/Silverberg Robert**
L'enfant du temps
Le retour des ténèbres

**Ballard J. G.**
Crash !
Sécheresse
Les statues chantantes (Le grand temple de la S-F.)
Le vent de nulle part
Vermilion Sands

**Barjavel René**
Les dames à la licorne
Le grand secret
La nuit des temps
Une rose au paradis

**Blish James**
*Les apprentis sorciers*
1 — Faust Aleph Zéro
2 — Le lendemain du jugement dernier

**Bloch Robert**
La boîte à maléfices
L'embarquement pour Arkham
Retour à Arkham

**Boulle Pierre**
La baleine des Malouines
Contes de l'absurde
L'énergie du désespoir
La planète des singes

**Brackett Leigh**
*Le livre de Mars*
1 — L'Epée de Rhiannon
2 — Le Secret de Sinharat

3 — Le Peuple du Talisman
4 — Les Terriens arrivent

**Bradley Marion Zimmer**
Les amazones libres
*Unité*
Chasse sur la lune rouge
*La romance de Ténébreuse*
1 — La Planète aux vents de folie
2 — Reine des orages!
3 — La Belle Fauconnière
4 — Le Loup des Kilghard
5 — Les Héritiers d'Hammerfell
6 — Redécouverte
7 — La Chaîne brisée
8 — La Maison des Amazones
9 — La Cité Mirage
10 — L'Epée enchantée
11 — La Tour interdite
12 — L'Etoile du danger
13 — Soleil sanglant
14 — La Captive aux cheveux de feu
15 — L'Héritage d'Hastur
16 — L'Exil de Sharra
17 — Projet Jason
18 — Les Casseurs de mondes
Les voix de l'espace (Le grand temple de la S.-F.)

**Bradley Marion Zimmer/ Norton André & May Julian**
Les trois Amazones

**Brin David**
*Terre*
1 — La Chose au cœur du monde
2 — Message de l'univers

**Brown Fredric**
Paradoxe perdu

**Brunner John**
Le jeu de la possession
Noire est la couleur

**Clarke Arthur**
Et la lumière tue (Le grand temple de la S.-F.)
Le vent venu du soleil

**Crichton Michael**
Les mangeurs de morts

**Delany Samuel**
*La chute des tours*
3 — La Cité des mille soleils
Triton

**Dick Philip K.**
Le bal des schizos
Les dédales démesurés
Glissement de temps sur Mars
Le guérisseur de cathédrales
Les joueurs de Titan
La planète impossible (Le grand temple de la S.-F.)
Simulacres

**Donaldson Stephen**
*Le cycle des Seuils*
1 — L'Histoire véritable
2 — Le Savoir interdit
3 — L'Eveil du Dieu noir
*L'appel de Mordant*
1 — Le Feu de ses passions
2 — Le Miroir de ses rêves
3 — Un cavalier passe

**Duveau Marc**
*Fantasy* (Le grand temple de la S.-F.)
High Fantasy 1 — le Manoir des roses
Heroic Fantasy 2 — la Citadelle écarlate
New fantasy 3 — le Monde des chimères
Science Fantasy 4 — la Cathédrale de sang

**Duvic Patrice**
Naissez, nous ferons le reste

**Eddings David**
*La Belgariade*
1 — Le Pion blanc des présages
2 — La Reine des sortilèges
3 — Le Gambit du magicien
4 — La Tour des maléfices
5 — La Fin de partie de l'enchanteur
*La Mallorée*
1 — Les Gardiens du Ponant
2 — Le Roi des Murgos
3 — Le Démon majeur de Karanda
4 — La Sorcière de Darshiva
5 — La Sibylle de Kell
*La Trilogie des joyaux*
1 — Le Trône de diamant
2 — Le Chevalier de rubis

**Farmer Philip José**
Le jeu de la création (le Grand temple de la S.-F.)
Le masque vide
*Les Mémoires intimes de Lord Grandrith*
1 — La Jungle nue
2 — Le Seigneur des arbres
L'odyssée Verte
*La saga des hommes-dieux*
1 — Le Faiseur d'univers
2 — Les Portes de la création
3 — Cosmos privé
4 — Les Murs de la Terre
5 — Le Monde Lavalite
6 — Plus fort que le feu
7 — La Rage d'Orc le Rouge
*Un exorcisme*
1 — Comme une bête
2 — Gare à la bête
3 — L'Homme qui trahit la vie

**Glut Donald**
*Starwars*
L'empire contre-attaque
(voir Kahn J. et Lucas G.)

**Hambly Barbara**
Fendragon

**Heinlein Robert**
L'âge des étoiles
Citoyen de la Galaxie
L'enfant tombé des étoiles
*Histoire du futur*
1 — L'homme qui vendit la Lune
2 — Les Vertes Collines de la Terre
4 — Les Enfants de Mathusalem
Longue vie (Le grand temple de la S.-F.)
Révolte sur la lune
Route de la gloire
Le vagabond de l'espace

**Herbert Frank**
La barrière Santaroga
*Le bureau des sabotages*
1 — L'Etoile et le fouet
2 — Dosadi
Champ mental
*Cycle de Dune*
1 — Dune tome 1
2 — Dune tome 2
3 — Le Messie de Dune
4 — Les Enfants de Dune
5 — L'Empereur-dieu de Dune
6 — Les Hérétiques de Dune
7 — La Maison des mères
Le dragon sous la mer
Et l'homme créa un dieu
Les fabricants d'Eden
Le preneur d'âmes
Les prêtres du psi
*Le programme conscience*
1 — Destination vide
2 — L'Incident Jésus
Le prophète des sables (Le grand temple de la S.-F.)
Les yeux d'Heisenberg

**Hubbard L. Ron**
Au bout du cauchemar
*Mission Terre*
1 — Le Plan des envahisseurs
2 — La Forteresse du mal

3 — L'Ennemi intérieur
4 — Une affaire très étrange
5 — L'Empire de la peur
6 — Objectif mort
7 — Destination vengeance
8 — Catastrophe
9 — Noire victoire
10 — Requiem pour une planète
Final blackout
*Terre champ de bataille*
1 — Les Derniers hommes
2 — La Reconquête
3 — Le Secret des Psychlos

**Huxley Aldous**
Ile
Jouvence
Le meilleur des mondes
Retour au meilleur des mondes
Temps futurs

**Kahn James**
*Starwars*
Le retour du Jedi
(voir Glut D. et Lucas G.)

**Knight Damon**
Le pavé de l'enfer

**Koontz Dean R.**
Le monstre et l'enfant

**Kurtz Katherine**
*Les Derynis*
1 — La Chasse aux magiciens
2 — Le Réveil des magiciens
3 — Le Triomphe des magiciens
4 — Roi de folie

**Kuttner Henry & Moore Catherine**
Ne vous retournez pas (le grand temple de la S.-F.)

**Lackey Mercedes**
*L'Honneur et la gloire*
1 — Sœurs de sang
2 — Les Parjures

**Lafferty R. A.**
Tous à Estrevin !

**Lee Tanith**
*Le bain des Limbes*
1 — Ne mords pas le soleil !
2 — le Vin saphir
*Le dit de la Terre plate*
1 — Le Maître des ténèbres
2 — Le Maître de la mort
3 — Le Maître des illusions
4 — La Maîtresse des délires
5 — Les Sortilèges de la nuit

**Le guin Ursula**
L'autre côté du rêve
*La ligue de tous les mondes*
1 — Les Dépossédés
2 — Le Nom du monde est Forêt
3 — La Main gauche de la nuit
4 — Le Monde de Rocannon
5 — Planète d'exil
6 — La Cité des illusions
*Terremer*
1 — Le Sorcier de Terremer
2 — Les Tombeaux d'Atuan
3 — L'Ultime rivage
4 — Tehanu

**Leiber Fritz**
*Le cycle des épées*
1 — Epées et démons
2 — Epées et mort
3 — Epées et brumes
4 — Epées et sorciers
5 — Le Royaume de Lankhmar
6 — La Magie des glaces
7 — Le crépuscule des épées
Demain les loups
Les lubies lunatiques
Le vaisseau lève l'ancre à minuit (Le grand temple de la S.-F.)

**Lem Stanislas**
Mémoires trouvés dans une baignoire
Le masque
Le congrès de Futurologie
Mémoires d'Ijon Tichy

**Lovecraft H. P.**
*Les papiers du Lovecraft club*
1 — Le Rôdeur devant le seuil
2 — l'Horreur dans le musée
3 — L'Horreur dans le cimetière
4 — L'Ombre venue de l'espace
5 — Le Masque de Cthulhu
6 — La Trace de Cthulhu
*Légendes du mythe de Cthullu*
1 — L'Appel de Cthulhu
2 — La chose des Ténèbres

**Lovecraft J. P. /Campbell Ramsey**
*Nouvelles légendes du mythe de Cthulhu*
3 — Le Livre noir

**Lovecraft H. P.** (psaumes pour)
*R. Weinberg & M. Greenberg présentent :*
L'ombre du maître

**Lucas George**
*Starwars*
La guerre des étoiles
(voir Glut D. et Kahn J.)

**McCaffrey Anne**
*La Ballade de Pern*
1 — Le Vol du dragon
2 — La Quête du dragon
3 — Le Chant du dragon
4 — La Chanteuse-dragon de Pern
5 — Les Tambours de Pern
6 — Le Dragon blanc
7 — La Dame aux dragons
8 — L'Aube des dragons
9 — Histoire de Nerilka
10 — Les Renégats de Pern
11 — Tous les Weyrs de Pern
*Chroniques de Pern*
1 — La Chute des fils
La dame de la haute tour
(Le grand temple de la S.-F.)
Les forces majeures
*La transe du crystal*
1 — La Chanteuse crystal
2 — Killashandra
3 — La Mémoire du crystal
*Le vol de Pégase*
1 — Le Galop d'essai
2 — Le Bond vers l'infini
3 — La Rowane
4 — Damia

**McKillip Patricia**
La magicienne de la forêt d'Eld

**McKinley Robin**
Belle

**Matheson Richard**
Journal d'un monstre (Le grand temple de la S.-F.)
Miasmes de mort

**Moorcock Michael**
Le cavalier Chaos (Le grand temple de la S.-F.)
Le navire des glaces
*Le cycle d'Elric*
1 — Elric des dragons
2 — La Forteresse de la perle
3 — Le Navigateur sur les mers du destin
4 — Elric le nécromancien
5 — La Sorcière dormante
6 — La Revanche de la Rose
7 — L'Epée noire
8 — Stormbringer
9 — Elric à la fin des temps
*La Légende de Hawkmoon*
1 — Le Joyau noir

2 — Le Dieu fou
3 — L'Epée de l'aurore
4 — Le Secret des runes
5 — Le comte Airain
6 — Le Champion de Garathorm
7 — La Quête de Tanelorn
*Les livres de Corum*
1 — Le Chevalier des épées
2 — La Reine des épées
3 — Le Roi des épées
4 — La Lance et le taureau
5 — Le Chêne et le bélier
6 — Le Glaive et l'étalon
*La quête d'Erekosë*
1 — Le Champion éternel
2 — Les Guerriers d'argent
3 — Le Dragon de l'épée

**MOORE Catherine**
Magies et merveilles

**MOORE Catherine & KUTTNER Henry**
Ne vous retournez pas (Le grand temple de la S.-F.)

**PELOT Pierre**
La nuit du sagittaire

**POHL Frederik**
La promenade de l'ivrogne

**POHL F. ET KORNBLUTH C. M.**
L'ère des gladiateurs
La tribu des loups

**PRIEST Christopher**
Le monde inverti

**REMY Yves et Ada**
La maison du cygne
Les soldats de la mer

**RUSS Joanna**
L'autre moitié de l'homme

**RUSSELL Eric Frank**
Guêpe
Plus X

**SCARBOROUGH Elizabeth**
Un air de sorcellerie

**SHECKLEY Robert**
Eternité société anonyme
Omega
Tu brûles (Le grand temple de la S.-F.)

**SILVERBERG Robert**
Le fils de l'homme
Le livre des crânes
La porte des mondes
Résurrections
Revivre encore
Trips
Voir l'invisible (Le grand temple de la S.-F.)

**SIMMONS Dan**
Hypérion 1
Hypérion 2
La chute d'Hypérion 1
La chute d'Hypérion 2

**SMITH Cordwainer**
*Les seigneurs de l'instrumentalité*
1 — Tu seras un autre
2 — Le Rêveur aux étoiles
3 — Les Puissances de l'espace
4 — L'Homme qui acheta la Terre
5 — Le Sous-peuple
6 — La Quête des trois mondes

**SPINRAD Norman**
Les avaleurs de vide
Le chaos final
La grande guerre des bleus et des roses
Les miroirs de l'esprit
Les pionniers du chaos
Rêve de fer

**Springer Nancy**
Le cerf pâle

**Sturgeon Theodore**
Les songes superbes
Un soupçon d'étrange (Le grand temple de la S.-F.)
Symboles Secrets

**Tolkien J.R.R.**
*Contes et légendes inachevés*
1 — Le Premier âge
2 — Le Deuxième âge
3 — Le Troisième âge
*Le Seigneur des anneaux*
1 — La Communauté de l'anneau
2 — Les Deux tours
3 — Le Retour du roi
Le silmarillion

**Tolkien J.R.R. (chansons pour)**
*M. Greenberg présente :*
1 — L'Adieu au roi
2 — Sur les berges du temps
3 — L'Eveil des Belles au bois

**Tucker Wilson**
L'année du soleil calme

**Van Asten Gail**
Le chevalier aveugle

**Van Vogt A. E.**
A l'assaut de l'invisible
Au-delà du néant
La bête
Les enfants de demain
Futur parfait (Le grand temple de la S.-F.)
La maison éternelle
Mission stellaire
Quête sans fin

**Vance Jack**
*Les aventuriers de la planète géante*
1 — La Planète géante
2 — Les Baladins de la planète géante
Châteaux en espace
*Les chroniques de Cadwal*
1 — La Station d'Araminta
2 — Araminta 2
3 — Bonne vieille Terre
4 — Throy
*Chroniques de Durdane*
1 — L'Homme sans visage
2 — Les Paladins de la liberté
3 — Asutra
Les cinq rubans d'or
Crimes et enchantements
Docteur Bizarre
Les domaines de Koryphon
Emphyrio
*La geste des princes-démons*
1 — Le Prince des étoiles
2 — La Machine à tuer
3 — Le Palais de l'amour
4 — Le Visage du démon
5 — Le Livre des rêves
*Lyonesse*
1 — Le Jardin de Suldrun
2 — La Perle verte
3 — Madouc
Les maisons d'Iszm
Les maîtres des dragons
Les mondes de Magnus Ridolph
Pagaille au loin
Papillon de lune (le Grand temple de la S.-F.)
Space Opera
Un monde d'azur
Un tour en Thaéry

**Vonnegut Kurt**
Le pianiste déchaîné

**Watson Ian**
La mort en cage
Les visiteurs du miracle

**Weis Margaret / Hickman Tracy**
*Les portes de la mort*
1 — L'Aile du dragon
2 — L'Etoile des elfes

3 — La Mer de feu
4 — Le Serpent mage
5 — La Main du Chaos
6 — Voyage au fond du labyrinthe
*La rose du prophète*
1 — Le Désir du Dieu errant
2 — Le Paladin de la nuit
3 — Le Prophète d'Akhran

**WILLIAMSON Jack**
Plus noir que vous ne pensez

**WUL Stefan**
La mort vivante

Piège sur Zarkass
Le temple du passé

**ZAHN Timothy**
*Starwars*
L'héritier de l'empire

**ZELAZNY Roger**
*L'enfant de nulle part*
1 — L'Enfant tombé de nulle part
2 — Franc-sorcier
Le maître des ombres
Le maître des rêves
Un pont de cendres

*Achevé d'imprimer en septembre 1998*
*sur les presses de l'Imprimerie Bussière*
*à Saint-Amand (Cher)*

POCKET - 12, avenue d'Italie - 75627 Paris Cedex 13
Tél. : 01-44-16-05-00

— N° d'imp. 1960. —
Dépôt légal : octobre 1998.

*Imprimé en France*